氷点

（下）

角川文庫
17407

目次

雪虫	五
行くえ	七
冬の日	六七
うしろ姿	六八
大吹雪	八九
淵(ふち)	九九
答辞	一二三
千島から松	一三五
川	一四九
赤い花	一六八
雪の香り	一八〇
階段	一三三
写真	一四〇
堤防	一五五
街角	一六九

ピアノ　二〇二
とびら　二三〇
遺書　　二五四
ねむり　二六〇

解説　　原田洋一　三六九

雪虫

　雪虫がとぶころになった。啓造が函館《はこだて》から帰って、五日ほど過ぎた。

　北国では、雪の降る前になるときまって、乳色の小さな羽虫が飛ぶ。飛ぶというよりも、むしろ漂うような、はかなげな風情があって、人々は寒さを迎える前のきびしい構えが、ふっと崩されたような優しい心持になるのであった。

　もう、少しの暖かさもなくなった晩秋の夕光の中を、啓造は病院の帰りに街に向ってうつむきながら歩いていた。

　今朝の食卓で、徹のいったことが、心につかえていた。今朝、徹は、

「おとうさん。病院の村井って先生、なかなかハンサムだね」

といった。村井や事務長が台風の夜に、放送で啓造の難を知っていち早くかけつけたことを、啓造もきいて知っていた。だからめったに病院に行かない徹が、村井の名を知っていても不審には思わなかった。

「うん。映画俳優になった方がよかったようだね」

　啓造は、そうおだやかに答えた。すると徹が無邪気にいった。

「あ、そうそう、おかあさん、あの先生だね。台風の日に何か相談があるって、おかあ

さんと約束してこなかった先生は……」

とっさに返答につまった夏枝を見て、啓造はうちのめされたような思いだった。

(おれのるすに、夏枝はまた村井と会う約束をしていたのか)

夏枝が突然旅行を中止した理由が、村井にあったことを、啓造はいやでも思いしらされずにはいられなかった。啓造はけさのそのことを思い出していた。

雪虫がひたと吸いよせられるように、啓造の合オーバーについた。うすいかすかな羽が透《す》いて、合オーバーの茶がうつった。啓造は雪虫をソッとつまんだ。しかし雪虫は他愛なくペタペタと死んだ。それは一片の雪が、指に触れて溶けるような、あわあわしさであった。

(幸福とか、平和というのも、この雪虫のようなものだな)

啓造は生きているということが、どんなに厳しい事実であるかを、今度の海難事故で知ったつもりだった。あの痛ましい犠牲の上に生きている事実を生涯忘れずに、本当に真剣に生きようと啓造は旭川《あさひかわ》に帰ってきたのだった。

しかし、あの体験は啓造一人の体験であった。夏枝も、徹も、周囲の者も、あのたけり狂う波の中をくぐって来て、いまを生きているのではなかった。小学校一年生のような、ういういしい真剣さで生きようとした啓造の心持は再び垢《あか》にまみれた手で、もとの生活にグイと引きもどされた感じだった。啓造がいくら忘れよう、許そうとねがっても、夏枝は啓造を裏切ろうとしているように思われてならなかった。

（しょせん、人間は誰《だれ》も自分一人の生活しか生きることはできないのだ）

啓造はふっと、今年の春死んだ前川正を思い出した。


茫々《ぼうぼう》天地間に漂ふ実存と己れを思ふ手術せし夜は

肺結核で肋骨《ろっこつ》切除をした時の、前川正の歌だった。前川正は、啓造の三期後輩だった。同じテニス部の頭のよい医学生だった。彼のこの歌境にあった時の孤独を、いま啓造はしみじみと思いやることができた。それはあの暗い波間に浮き沈みしていた時の啓造に似ていた。

（この孤独を通って彼は死に、そしておれは生きた）

しかし生きるということは、あの大波とたたかうことに何とよく似ていることだろう。啓造は明るく平和に暮したいとねがっているのに、波はまた啓造に襲いかかっていた。

（夏枝！　静かに暮させてくれ！）

啓造はそう叫びたかった。啓造はいつまでも雪虫のただよう街を歩いていたい思いだった。

いつしか啓造は富貴堂《ふうきどう》書店の前にきていた。

夕方の書店は、歩くこともできないほど混み合っていた。土曜日のせいかも知れなかった。人をかきわけて店の奥まで入ることがおっくうで、啓造は目の前にある書棚を見あげた。

「クリスマス・プレゼントには聖書を」

という貼紙《はりがみ》があった。その下に黒表紙に金の背文字の聖書が、おどろくほどたくさん並べてあった。

クリスマスが間近いような貼紙だったが、まだ十月の中旬であった。

啓造は聖書を一冊手にとってみた。ずしりと重い聖書に、啓造は学生時代を思い出した。英語の勉強が目的で、宣教師の所に通っているうちに、バイブルを読み、教会にも出入りした一時期があった。別段何のなやみも、問題もなくて聞く説教には、さして胸にひびくものはなかった。それでも、神の存在や、永遠について、教会の青年たちと論じあった思い出はあった。

卒業後は、聖書が本棚のどこにあるかもわからぬほど、読むことはなくなった。いまこうして再び聖書を手にすると、やはり読んだころがなつかしく思い出された。

(ほう、口語訳か)

啓造はあちらこちらと拾い読みをした。

「求めよ、さらば与へられん。尋ねよ、さらば見出《みいだ》さん」

と記憶していたマタイ伝の聖句が、

「求めよ、そうすれば、与えられるであろう。捜せ、そうすれば、見いだすであろう」

となっているのも珍しく、何かユーモラスでさえあった。

拾い読みをしているうちに、啓造の視線はマタイ伝第一章に、熱心に注がれはじめた。一読して啓造は、息をのんだ。再び啓造は読み返した。

処女マリヤが、妊娠をした物語であった。

「イエス・キリストの誕生の次第はこうであった。……母マリヤはヨセフと婚約していたが、まだ一緒にならない前に、聖霊によって身重になった。夫ヨセフは正しい人であったので、彼女のことが公になることを好まず、ひそかに離縁しようと決心した。彼がこのことを思いめぐらしていたとき、主の使が夢に現われて言った。〝ダビデの子ヨセフよ、心配しないでマリヤを妻として迎えるがよい。その胎内に宿っているものは聖霊によるのである。彼女は男の子を産むであろう。その名をイエスと名づけなさい。彼はおのれの民を救う者となるからである〟。すべてこれらのことが起ったのは、主が預言者によって言われたことの成就するためである。……ヨセフは眠りからさめた後に、主の使が命じたとおりに、マリヤを妻に迎えた」

啓造にとって、これほど重大な言葉は、聖書のどこにもないように思われた。

学生時代の啓造が、ここを読んだ時の問題は、「バージン（処女）の妊娠は可能か」という医学的、科学的な疑問であった。

無精《むせい》で卵子が分裂するということが、人間の場合、可能かどうかと論じ合った。卵子を針で何万回も突いて、処女妊娠の可能を証明しようとしている学者の話などに興味があった。

「聖霊による処女の妊娠なんて、まっぱじめから書いてあるのでは、聖書もあやしいものだ」

といったり、また、

「処女懐胎が嘘《うそ》ならば、わざわざ、こんな疑われるようなことを、第一章から書くはずはない。これは、とにかく事実であったからだ。しかも二千年、消されも、書き直しもされずにきたというのは、事実だった証拠だ。奇跡はあり得る。科学では証明できないものを奇跡というのだ。われわれ科学するものの対象は、不思議であって奇跡ではない」

と話し合ったこともあった。

だがとにかく、そのころの啓造にとって、処女の妊娠など、どうもばかばかしく思われたことは事実だった。しかしいま、この話は啓造の胸を打った。夏枝の背信に悩んだ啓造にとって、読み過ごすことのできない話であった。

結婚していない婚約者の妊娠が、人目につくほどになった。それを知った時のヨセフの懊悩《おうのう》が、啓造にはじゅうぶんに察することができた。

「ひそかに離縁しようとした」

という短い一句に、その思いがこめられているように思えた。しかし、夢に現われた天使が、その妊娠は神の意志によると告げたのである。破約しようとまで考えていたヨセフが天使の命じた通りに、マリヤを妻に迎えたという、その一事に啓造は、強く心打たれた。啓造は、深い吐息をついた。二千年来、世界に何十億のキリスト信者がいたであろうが、マリヤの処女懐胎をヨセフほど信じがたい立場にあったものはいなかったと、啓造は思った。

最も信じがたい立場にあって、天使の言葉に素直に従ったヨセフに、啓造は驚嘆した。ヨセフが神を信じ、マリヤを信じたように啓造も、夏枝の人格を信じたかった。

啓造は、時おり彼の体にぶつかりながら出入りする客の中で、聖書を持ったまま溢《あふ》れる涙をこらえかねた。

夏枝のうなじに残った紫のキスマークが、八年を経た今もなお啓造の目にありありと浮かんだ。

ヨセフが、マリヤの処女妊娠を信じたことで、マリヤの日ごろの人となりが、啓造にもうかがうことができた。ありきたりの、清純、正直なぐらいの女性ではなかったのだ。崇高といえるものがあったのだ。そう啓造は思った。

夏枝と村井が、どの辺までの深いつながりがあったのか、それは啓造にもわからなかった。しかし、いまの啓造には、夏枝が村井に惹《ひ》かれたという、その事実が耐えがたかった。

(あんなに行きたがっていた旅行をやめてまでも、夏枝は、今すぐにでも村井に会いたかったのだろうか)

(村井が夏枝に相談があるといったという、徹の言葉をそのまま、うのみにしないまで

も、とにかく、二人が会う約束があったのは事実だったのだ)

啓造は、口語訳の聖書を一冊買って外へ出た。

(ヨセフがマリヤを信じたほどの、堅い信頼で結びつく人間関係というものがあるだろうか)

啓造は、わびしかった。荒波のなかであれほど苦しい思いをして新しく生命を得たというのに、結局はつまらぬ思いにとらわれて生きていることがわびしかった。

(こんな思いを繰返して、愚かしく一生を終えるのだろうか)

とすれば、あのまま海に死んだところで、それほど惜しい命でもなかったように思われた。

救命具を胃けいれんの女に与えた宣教師は死んだと、啓造は聞いた。

(あの宣教師に、この命をやるんだった)

啓造はそう思って自嘲《じちょう》した。

既に外は暗かった。寒さが足もとから、静かにからみついてくるようだった。家に帰ると門灯の下に陽子が立っていた。啓造をみるとかけてきて、

「おかえりなさい。土曜なのに遅いんだもの。陽子心配した」

と、啓造の手にぶらさがった。

「うん……」

街を歩きまわって、啓造は、疲れていた。思わず陽子の手をふり払うようにした。ふ

り払った手が陽子の顔を打った。陽子がおどろいて啓造を見あげた。

「あ、ごめん。痛かったかい。おとうさん疲れていたんだ」

自分の帰りを心配して待ちつくしていた陽子のほおを誤ったとはいえ打ってしまった。啓造はやりきれない思いで一ぱいになった。


あるき回った疲れが出て、あくる日、啓造はひるごろまでねむってしまった。日曜日であった。午後になって夏枝は啓造への見舞返礼のため、市立図書館に行く徹と車で出かけた。

次子が手伝いにきて、台所で越冬の漬物をつけていた。啓造は本を読むこともおっくうだった。何ということもなく漬物をつけるのをみたり、家の前に出たりしてぶらぶらとしていた。

林の方から、陽子を先頭に、女の子供たちが四、五人、なわとびをしながら駈《か》けてきた。啓造が家の前に立っているのを見ると、陽子ははにかんで、なわとびの紐《ひも》が足にもつれた。あぶなく転びそうになった陽子を啓造がささえた。陽子は、遊んであかくなったほおを啓造に向けた。

「あぶないよ」

陽子はこっくりとうなずいた。

「どれ、おとうさんに、それをかしてごらん」

「あら、おとうさんも跳ぶの？」

陽子がうれしそうに、なわとび紐《ひも》を啓造に手わたした。他の子供たちも珍しそうに啓造のまわりをとりかこんだ。啓造は、和服に下駄のままで、なわをくるくる回したが、紐がみじかかった。

「ざんねんながら、みじかいね」

啓造がそういって、紐を陽子に返すと、陽子がつまらなそうにいった。

「おとうさん。もう遊ばないの？」

子供たちが、再び林の方にかけて行った。啓造は昨夜、陽子のほおを誤って打ったつぐないをしたいような、やさしい気持になっていた。

「陽子、おとうさんと遊ぼうか」

陽子の顔がパッと輝いた。

「本当？　何をして遊ぶの？」

きかれて、啓造は返事につまった。小さな女の子を遊ばせた経験を、啓造は持たなかった。

「外は寒いよ、とにかくおうちへ入ろう」

啓造は陽子の手をとった。陽子はうれしそうに、スキップしながら門の中に入った。

(陽子とならば、自分の心がけ次第でもっと楽しくできるはずだ)

陽子の喜ぶ姿をみると、啓造もやはりうれしかった。昨日ほおをうったつぐないに、もっともっと喜ばせてやりたい思いだった。いま、啓造は陽子がたれの子であるかを忘れていた。

「折り紙をしようか」

啓造がいうと、陽子は廊下をバタバタと走って、すぐに大きなボール箱を持ってきた。

「何を折るの？　おとうさん」

「陽子は何を折れる？」

「つるも、奴《やっこ》さんも、だまし舟も……」

「たくさん折れるんだね。だまし舟ってどうだったかな」

明るい陽《ひ》ざしの窓を、何鳥かよぎって消えた。

(愛そうと思えば、おれだって陽子を愛せるのだ)

啓造は自分をほめたい思いになっていた。

陽子は唇をキュッと固くつぐんで、器用にいろ紙を折っていた。いろ紙の角と角を重ね折る時の、少しの狂いもない正確な折り方に、啓造は驚いた。でき上がると陽子はにっこりして、いった。

「おとうさん。この舟の先を持ってちょうだい。それから目をつむるのよ」

(こんなにかわいい子どもだったのか)

啓造はいまさらのように、陽子の笑顔をあかずに見つめた。

「あら、目をつぶるのよ」

陽子が、おかしそうに笑った。陽子の笑顔は明るくて、その髪の毛まで笑っているようだった。

「陽子」

「なあに？」

「おとうさんにだっこしないか」

二年生のいままで、陽子は啓造にだかれたことはなかった。陽子はうれしさと恥ずかしさで真赤になった。しかし、素直に啓造のひざに抱かれた。

「陽子はずいぶん重いんだねえ」

意外に肉づきのよい陽子を膝《ひざ》にだきながら、啓造は一度もだいたことのない自分の冷たさがかえりみられた。

「だって陽子二年生だもの」

「組で大きい方だろう？」

「そう、二番目に大きい」

「ほう、それはえらいな」

啓造は患者の体にふれるように、静かに両肩に手をおいた。陽子はちょっと首をかしげて、おとなしくしていた。次に啓造は、かるく両腕に手をふれた。腕も思ったよりも太かった。

向うむきに抱かれている陽子の背に、ほおをおしつけるようにして、足に手をやった。

すべすべの丸いひざ小僧があいらしかった。

「何だ。くつ下をはいていないの？」

「長いソックスをはいていたもの」

「こんなに、ひざ小僧なんか出して寒いだろう」

「ううん。今日はあったかいもの」

絹繻子《きぬじゅす》のような感触の、ひざのあたりを啓造はなでていた。なでながら、幼女が痴漢《ちかん》におそわれた話を思い出していた。

小さな女の子に、大の男が何が面白くて、ばかなことをするのかと、啓造は自分の少年の日の過失を忘れて、嘲笑《ちょうしょう》してきたことだった。しかしいま、陽子を膝《ひざ》の上にだきながら、啓造はその痴漢の幼女に対する心理が、わかるような気がした。

それは、成熟した女性といる時とはちがった、もっとひそかな、妖《あや》しい心持であった。一人前の女性ともなれば、性に対する知識も感情も豊かで、必ず何らかの応答があるはずである。しかし、幼女には、その知識も感覚もなかった。幼女をだくのは、密室の一人の遊びに似ていた。女の子は無邪気に抱かれているだけで、何も誘ってはいないのに、成熟した女性の誘いとは別の、妖しい魅惑があった。

啓造は、そのことに気づくと、あわてて陽子を膝からおろした。

「重いなあ。陽子は」

陽子はちょっと首をすくめて笑った。仮にこの小さな唇をむさぼり吸ったとしても、陽子はそれを父の愛として受けるだけであろう。そう思いながら啓造は、そのような想像をした自分におどろいた。

(陽子が、実のわが子なら、決してこんな想像はしないはずだ)

自分という人間が底知れぬ醜い人間であることを、思わない訳にはいかなかった。

(おれも、陽子を愛することができる)

と自負した先ほどの思いは跡かたもなく消えた。

(こんなのは愛じゃない。しょせんおれは感覚的にしか人をかわいがることができないのじゃないか)

陽子は、そんな啓造の思いを知るはずもなかった。だかれたことがうれしくて、一生懸命つるを折っていた。

(愛するというのは……一体どうすればいいんだ?)

啓造は、みるともなしに折り紙をしている陽子の手もとを、ぼんやりみていた。

(愛するというのは、ただかわいがることではない。好きというのともちがう)

「こんどは、何を折ったらいい?」

「…………」

「ねえ、おとうさん」

「うん?」

啓造は、陽子をみた。

「何を折るの」

「うん、飛行機だな」

「飛行機？」

啓造は、少年のころ広告のチラシで飛行機を折って遊んだ。それが思わず口から出たのである。

（愛するとは……）

ふっと、洞爺丸《とうやまる》で会った宣教師が思い出された。

（あれだ！　あれだ！　自分の命を相手にやることだ）

啓造は思わず膝《ひざ》を打った。

（だが……おれにはできない。長い間、陽子を膝の上にだくこともできなかった。そして、やっとだきあげたと思ったら、おれはただ感覚的になってしまうところだった。そんな自分に、あの宣教師のまねはできない）

それはなぜかと、啓造は思った。

（おれは、汝《なんじ》の敵を愛せよという言葉は知っていた。しかし、人を愛するのは、スローガンをかかげるだけじゃ、だめなんだ。あの宣教師は、もっと大事な何かを知っていたんだ。単なる言葉じゃないものを知っていたのだ。言葉だけじゃなく、もっと命のあるものを知っていたんだ）

それを啓造は知りたかった。

「おとうさん、ハイ飛行機」

陽子が折りあがった飛行機を、啓造に向ってとばした。飛行機があざやかに弧をえがいて啓造をとびこえた。その時、

「おう、生きてる、生きてる」

高木が、ふすまを開けて顔をつき出した。

「おう」

啓造は、ちょっと顔をあからめた。

「悪運の強い奴《やつ》だな。いや、辻口は精進がいいっていうやつか。あまり悪人じゃないもんな」

高木は、啓造の膝《ひざ》にふれんばかりに間近にすわりこんで、じっと啓造の顔をのぞきこんだ。啓造は胸が熱くなった。

「よかった。何せ生きていることだ。人間死んじゃだめだぜ。なあ、陽子くんや」

高木は、そういって、そばにすわった陽子をかるがるとだきあげて、自分のひざにおいた。

「おとうさん生きてて、よかったな」

「よかったわ」

「死んだら、どうした？」

「泣くわ」

「泣くか。どのくらい泣く？」

「わかんない。おかあさんね。きぜつしたの」

「気絶？」

「病院の先生がたが、注射したのよ。おにいちゃんも泣いたの。おとうさんが死んだって」

「フーン。大変だったな。陽子くんも泣いたのか。エーンエーンって」

「陽子は泣かなかったわ」

「どうして？　悲しくなかったか」

「だってね。おにいちゃんはおとうさんが死んだっていうけれど、陽子はウソッと思ったの。きっとウソだと思ったの」

啓造は高木が陽子をだいているのを見ながら、先ほどの自分の醜い思いを恥じていた。

陽子をよぶ友だちの声が、林の方からきこえた。

「いま行くわ。待っててね」

陽子はよく通る大きな声で答えると、いろ紙の箱をかかえて出て行った。

「…………」

「…………」

高木と啓造は、じっと顔を見合わせた。顔を見ただけで何もいうことはなかった。

「ひどい目にあったな」

「ああ」

「思い出すのもいやだろう」

「うん」

「人に会うたび、同じことを何べんもきかれるだろう？　おれは聞かんぞ。どうせ興味だけで聞くんだ。世間の奴《やつ》らは」

「とばかりも、いえないだろうが……」

「なあに、命がけの苦しい目に会ったことを、情容赦もなく、聞くもんだよ、人間なんて」

「…………」

「こんな目に会ったからって、心を新しくして生きようなんて、気ばらんことだな」

「…………」

「どうせ、人間なんて何べん焼き直しても、どうにもならんもんさ。まあ、あんまり自分は利口だとさえ思わなきゃいいんだよ。気楽に生きることだな」

啓造は、自分の愚かさを見すかされたような気がした。しかし、高木の言葉に何かが欠けているのを啓造は感じた。

「あ、少しあとで村井もくるぜ」

「村井が？　何か用事かね」

「いや、別に」
二、三日前から、啓造は病院に出ていた。だから、村井とはいくども顔を合わせていた。
「夏枝さんは？」

次子が、ウイスキーを出して立ち去ると、高木がたずねた。

「返礼回りだ」

「返礼？　何の返礼だ」

「今度のことで見舞ってもらった礼だがね」

「なあんだ。一世一代の、それこそ、へらからい目にあったんだ。この度の見舞はもらい放しでもかまうめえ」

高木は、まっ白な歯をみせて笑った。林の方で、陽子の笑う声がひときわ澄んで響いた。

「元気のいい子じゃないか」

「ああ、陽子かね」

啓造は、耳を傾けるようにして、

「とにかく、いうところのない子だね」

と、高木をみた。

「それは、何よりだ」

のである。

「陽子は……本当に犯人の子供なのかね」

啓造は高木をみすえるように、しっかりと見つめた。先ほどからそれを聞きたかった
「どうした？」

啓造はじっと高木の顔をみつめた。

「………」


「約束を忘れたな」

高木も、おし返すように啓造をみた。不意をつかれたろうばいの色はなかった。

「いや、約束は憶《おぼ》えている。しかし……」

「お前たちの子のはずだ。犯人の子だなんて、おれは知らん」

高木はそういうと、ネクタイをひいてグイとゆるめた。

「陽子は、頭がよくて、学校の成績も二位と下ったことがない」

「フン」

「あの通り、明るくって、しかもやさしい子だ」

「それで？」

「おまけにあの顔立ちときている。殺人犯の子に、あんな子が生まれるものかね」

「フン、何だ、つまらねえ。じゃ何か。殺人犯の子というものは、みんな少し、頭がわるくて、顔も下卑《げび》てて、性質がひねくれているとでもいうんか」

「いや、そうじゃないが、佐石というのは、タコなんかしていたし……」

「辻口、お前の祝い酒をのんでいて、文句はいいたくはないがねえ。おれが、乳児院の子を見にくる奴《やつ》らに、いつも腹の立つのはソレなんだ。何か一段低いものでも見るような目つきで、子供たちを見るんだ。たとえ親がタコだろうとイカだろうと、おれたちの子とどれだけ違うっていうんだい。陽子くんが、医者のタネなら文句はない。タコの子じゃ、どうもおかしいと、辻口もそう思うんだろう？」

高木が、にらみつけるように啓造をみた。

「そうかも知れん」

啓造は、高木の言葉に自分を恥じた。

「おれはなあ、辻口。いつも乳児院の子供をみて思うんだ。おれと、この子らと一体どこがちがうのかなって。見学者たちが、何か一段上の人間のような顔つきで、見て行くたびにそう思うんだ」

「…………」

「お前のところには、忍術の巻物のような長い長い系図とかいうのがあったたな。由緒正しいなんていってみたって、みんな人殺しをしたようなもんだ。メカケのいたのや、合戦のたびに殺し合ったのやな。そんなのが一人もいない家系なんて、先《ま》ずないだろう？」

「まあ、そうだね。しかしそれは犯罪人とはちがうよ」

「そうかね。おれなんて、何十人も何百人も、腹の中の赤ん坊を殺して来たぜ。逃げも、かくれもできない胎児をね。あれだけ殺せば化けて出そうなもんだが、かわいそうに化けてもこない。法律に反したことでもないから警察にもつかまらない」

高木は自嘲《じちょう》した。

「そりゃ犯罪人じゃないもの」

「チェッ。わからねえ野郎だな。法にふれなきゃ、何をしてもいいのか？　戦争中にこんなことをしたら、みんなカンゴク行きだったぜ。医者も、母親もな。その時代ならおれは前科何百犯だぞ」

「…………」

「というぐらいなら、おれもこんなことはやめればいいんだ。それもしないで、乳児院の子をかわいがって、お茶を濁しているケチな野郎さ」

「天は人の上に人を作らずか。福沢諭吉ってのはやっぱりえらい男だな」

「福沢諭吉といえば、福沢の恋人がいたのを知っているかね」

「知らんな」

「旭川にその恋人の息子や、孫がいるんだがね」

「へえ。本当か」

「ああ、本当らしい。息子といっても、もう七十だ。立派な人でね。孫も慶応出の、できた人間だよ」

「ふうん。これは初耳だ」

「何でも、その恋人は福沢の血縁でね。福沢は結婚を申しこんだが、身分がちがうとかで親に断わられたそうだ」

「なるほど。天は人の上に人を作らずともいいたくなるわけだ」

「いや、福沢の思想とかかわりがあるか、どうかはわからんがね。そんな話を人から聞いたことがある。その恋人の孫などは、長いことわたしの知っている人間だが、福沢の身内だなんて一度もいったことはないがね」

「へえ。どうしてだね」

「謙遜《けんそん》でね。福沢がえらいからといって、ひけらかさないんだな。君のおばあさんは福沢の恋人だったのかときいたら、どこから聞いたと、おどろいていたよ。ところで村井君はおそいようだね」

　啓造の言葉の終らぬうちに、村井が訪ねてきた。

「奥方のご帰館まで、ゆっくり飲むとしようか。辻口はもう大丈夫かな」

「かまわんよ」

　啓造は村井を見ただけで、心が波立った。

「病院には、もう出てるんだって？」

　高木は、次子の持ってきたチーズを三片ほど、いっぺんにほおばった。

「病院に出てる方がラクだよ」

「ぜいたくなもんだな。シェーンな奥方の顔でもながめていたらよさそうなもんだ」

村井は、ぼんやりとウイスキーのグラスを手にしていた。

「どうした村井」

「どうって」

「元気がないぜ」

「そうですかね」

村井はニヤリと笑った。

「ところでお前、ハイラーテン（結婚）する気はないか」

「ハイラーテン？」

「体が無理かな」

高木は啓造にきくような表情をみせた。

「仕事の方も休まないし、そろそろ、いいんじゃないかね」

啓造は、そう答えてから、いかにも村井の結婚を望む態度をとったことを悔いた。

「結婚なんて……」

そういって村井はニヤニヤした。

「いやな笑い方をするぜ。結婚なんて、どうせ、したところで、大ていの人間は後悔するさ。しかし、だから結婚しない方がいいということでもないんだ。人間というものは、どうせ何をしたところで、年中後悔したり、愚痴《ぐち》をいったりしているもんだ」

　高木の言葉に、村井がまたニヤニヤした。

「高木さん。院長と同じ年でしょう？」

「ああ、そうだよ」

「ぼくより、先にハイラーテンしなきゃ」

「ああ、そうか」

　高木は首をなでて、

「世間一般からいうと、そういうことになるな。しかしだな、村井。おれが一人でいるのと、お前が一人でいるのと、一体どっちが目ざわりだと思う？」

　啓造は思わず笑った。村井は、

「人ぎきの悪いことをいわないでくださいよ。何だか、ぼくが悪いことでもしているみたいじゃないですか」

「みたいじゃなくて、悪いことをしているぜ。きっと」

「いやだなあ」

「まあ、とにかくさ、おれが一人でいても、世間の娘どもは、騒がない。しかし、お前が一人でいると、こりゃあ、うるさいに決っているぜ、なあ辻口」

　啓造は、仕方なく笑ってから、思いきっていった。

「夏枝に何か相談があったそうで……。結婚のことでしたか」

村井はちょっとろうばいして、

「あ、別に相談ってことも……」

と、言葉をにごした。

「病院の中に誰《だれ》か、これというのがいないのか」

高木は、あかくなった顔を大きな手でつるりとなでた。顔をなではじめるのは、高木の酔ってきたしるしだった。

「いませんね。残念ながら」

「辻口のところのプレ(看護婦)は割にそろってるじゃないか」

「さあ、大したこともありませんよね。院長」

村井の言葉に、

「事務員の方にはいませんか」

珍しくズバリと啓造はいった。

「いませんね」

村井はそっけなかった。

「そうですか。松崎由香子《ゆかこ》は割と気が合うんじゃないですか」

啓造は意地悪く追った。

「松崎? あれは院長の他にはこの世に男性なしという女ですよ」

村井は平然として、ウイスキーをグラスについだ。

「ほう。辻口にもそんなのがいるんか。見なおしたぜ」

高木は、啓造の顔をのぞきこむようにした。

「冗談じゃない」

啓造は手をふった。

「あわてるところがおかしいぞ。なあ村井」

「松崎ってのは、院長には真剣なんですよ」

村井はニヤニヤした。

「けしからん奴《やつ》だな、辻口も。品行方正な面をして、おれには一言も話したことがない」

高木は、啓造のグラスにウイスキーを注《つ》いだ。啓造は村井の顔をちらりと見た。

（もし、松崎がそうだとしても、なぜ村井は松崎由香子の気持を知っているのか）

「だが、あまり深入りするなよ。夏枝さんが泣くからな」

高木は、そういってから、くるりと村井の方に体を向けた。

「村井、とにかくお前は結婚することだな」

「…………」

「お前のムッター（母親）に、口説《くど》かれたんだ。早く嫁をもらうようにいってくれとな。悪く思うなよ」

「高木さんがもらえというならもらいますよ」

「ほう、ほんとうか」

高木は相好をくずした。胸ポケットに手をいれて、高木は写真をとりだした。

「どうだ。この娘は」

啓造は二人のやりとりをじっとながめていた。

「写真なんか見る必要はありませんよ。どうせ女なんて五十歩百歩だ。高木さんがいいといったら、無条件でもらいますよ」

村井は、ウィスキーのグラスを指にかぶせて、くるくると回した。

「いやなことをいう奴《やつ》だな。見合ぐらいしたっていいじゃないか」

「見合なんか七めんどうくさい」

村井が唇をゆがめた。

「じゃ、いきなりつき合うというのか」

「どうせ結婚したら、いやでも毎日つき合わされますよ。結婚前ぐらい顔を見せないでほしいですね」

「ふん、じゃ何か。写真も見ない、本人も見ない、結婚式ではじめて顔を見るというんか」

高木はあきれて村井を見た。啓造はおどろいた。

「高木さんがいいと思ってすすめてくれるなら、それでいいでしょう」

「しかし、写真ぐらい見たって罰も当るまい」

「写真なんか見たって、その女性の何がわかりますかね。会って見たって、わかりゃしませんよ。三か月や半年ぐらいつきあったって、お互いにごまかせますからね。いいとこばかり見せ合うようですからね」

「だから、つき合わんのか」

「ぼくはぼくなりに、持っている結婚観ですよ。結婚してみなきゃわからない。いや、結婚して何十年たったってわからない。人間ってそんなところがあるんじゃないですか」

「どうだ、辻口。村井の論法は？」

高木がもて余したように、啓造をみた。啓造は、思いがけなく村井の傷口にふれたような気がした。

（村井は、いつ、どこで、こんな深い傷を負っていたのか？）

「高木さんは独身だから、わかりゃしませんよ。しかし院長、結婚なんてカケみたいなもんですよね。うまくいくか、いかないか。どっちかですからね」

「そうですかね」

啓造は、答えかねた。

「猛烈なリーベン（恋愛）をしたり、気の知れた幼なじみと結婚したからって、うまくいくとは限らない。どんな結婚をしたって、成功するか、しないか確率は五十パーセントしかない」

「顔に似合わんことを考えている奴《やつ》だな」

高木は、頭をポリポリとかいた。

「丁か半かですよ。カケをする以上、ぼくは、顔も年齢も名前も親も性質も、その他一切何も知らずにスパッとカケたいですよ」

「マージャンばかりやりやがって、とうとうお前バクチウチになったんか」

「ああ、バクチウチですよ。カケる気にでもならなきゃ、ハイラーテン（結婚）する気になど、なるもんですか」

酔って青くなった村井の顔を見ながら、啓造は村井に対して、はじめて暖かい気持がかすかに動いた。

「しかし、それじゃ女の方でウンとはいわないいんじゃないですか」

啓造の口調はおだやかだった。

「何より、人間をバカにした話だよ。あきれた奴《やつ》だ。おれはお前の嫁の世話なんかごめんこうむるぜ」

高木が、怒ったようにいった時、夏枝が部屋にはいってきた。

客は高木だけかと、夏枝は思っていた。

「高木さんがいらしてます」

次子は、村井の名はいわなかった。次子は高木の名前に村井も含めたつもりかも知れなかった。夏枝は部屋にはいるなり思いがけなく村井の姿を見て、思わずほおをあからめた。そのことに気づくといっそう血がのぼって、首すじまであかくなった。

　啓造と高木の目がそれぞれに、鋭く光った。

「留守に致しまして、失礼申しあげました」

　あいさつをすると、いくぶん夏枝の心は落ちついた。

「夏枝さん。村井が結婚することに決めましたよ」

　高木は、夏枝を見すえるようにして、いった。啓造はまた高木の冗談だと思った。たったいま高木は、

「お前の嫁の世話なんかごめんこうむる」

　と、いったばかりだったからである。

「まあ、それはおめでとうございます」

　夏枝はちょっとおどろいたが、顔色はかわらなかった。台風の夜、啓造が死んだと思って失神した。それ以来、つきものが落ちたように村井を思うことがなくなった。いま、村井の姿をみて、ほおをあからめたのは、単純なおどろきであった。あるいは全く単純といえないまでも、恋心とはちがっていた。夏枝の感情は、小児的な部分があった。いまの夏枝には何よりも啓造がだいじだった。啓造の死を思うだけでも夏枝はおびえた。しかし村井が結婚したところで、夏枝の生活がおびやかされることはなかった。陽子を育てさせた啓造は憎くても、死んでほしいということではなかった。

「おめでとうございます」

という夏枝の言葉を、三人はそれぞれに受けとった。啓造は、

(うそをつけっ!)

と思った。高木は高木で、

(顔色も変えずに、おめでとうとは、どういうことだ? いま真赤になったばかりじゃないか。あれは単なるはじらいだったのか)

と思った。村井は夏枝の感情をそのまま感じとった。

(これが、この人の本当の言葉だ)

「高木さんにすすめられましてね」

村井は平然としていた。夏枝の態度は、〝ちろる〟喫茶店で会った時とは、全くちがっていた。冷たくはないが、遠かった。

「まあ、どんな方ですの?」

夏枝は高木に微笑して、首を傾けた。

「こんな方ですワ」

高木は村井をジロリと見て、夏枝の前に写真をおいた。

「かわいい方! ねえ、あなた」

夏枝は啓造にいった。

「いや、わたしはまだ見ていない」

啓造は、村井も見ていない写真を見ることを、ためらった。啓造は、夏枝の態度に不

安を感じた。

（白っぱくれるのも、いい加減にしないか）

行くえ

洞爺《とうや》丸《まる》事件から、八か月過ぎた。

「高木さんの世話なら結婚する」といった村井は、六月には式をあげることになっていた。

夏枝は、あれ以来、村井に近づいてはいなかった。ルリ子の死も、啓造の遭難も、夏枝が村井に近よった時であるという、この偶然の暗合が夏枝を恐怖させた。夏枝は自分自身を責めるよりも、「村井に近よるとわざわいが降りかかる」という迷信めいた恐れを持った。夏枝らしい幼さであった。

村井の結婚が決ったと聞いた時、夏枝は淋《さび》しくもあったが、何とはなしにほっとした思いであった。厄のがれをしたような、身勝手な心持だった。

啓造の遭難以来、啓造自身も夏枝も、いっそう、無事ということのありがたさを知った。しかし、お互いの心にかかるものがひとつあった。陽子のことであった。無事な日が続けば続くほど、啓造はふっと不安におそわれることがあった。

（夏枝に、陽子の出生がわかったら、この平和もつづくまい）

啓造は夏枝が一年以上も前に、すでにそれを知っていることに気づかなかった。夏枝は、陽子に対して心が定まらなかった。ただ憎くてたまらない時もあった。哀れな運命の子だという思いもあった。つい、うっかりと、かわいいと思う日もあった。陽子を育てさせた啓造を、許すことはできなかった。しかし、洞爺丸《とうやまる》事件以来、少し心持が変っていた。許すことはできないが、ホコ先がにぶっていた。啓造の遭難が、夏枝を和らげた。

辻口家は今のところ平穏であった。徹は中学二年、陽子が小学校三年になっていた。

「桜が咲きはじめたようだね」

徹も陽子も床につき、啓造と夏枝は茶の間でテレビをみていた。徹にねだられて、この四月に買ったばかりのテレビだった。

「神居古潭《かむいこたん》にお花見に行きましょうか」

夏枝がテレビのスイッチを切った。

「しかし、村井のこともあるしね。仲人なんて、ご免こうむりたいんだが……」

「…………」

夏枝は、何かを考えるように、うつむいた。

村井の結婚の仲人を、啓造は高木に頼まれていた。

「君が世話をしたんだから、君が仲人をするといいよ」

啓造がいうと、その時、

「おれは独身だぜ」

高木はあわてて大きな手をふった。

高木のあわてた様子に啓造はめずらしく、声をあげて笑った。

「独身だって、誰《だれ》かと組んでやったらいい。辰ちゃんなんかいいんじゃないかね」

「辰ちゃんか。いい女だが、どうも苦手だな。あの人、人の心の底まで見通すようなところがあるぜ」

「君にも、苦手なんてあったのか」

啓造はおどろいた。

「大ありさ。夏枝さんを借りるんなら、話は別だ。知らん奴《やつ》は、なかなかお似合いの夫婦だなんて、いってくれないわけでもないぜ」

と、高木はうれしそうに笑ったが、

「しかし、新郎は秀才で品行方正、新婦は才媛《さいえん》で何とかだなんて、おれがいうと、いかにもウソッパチにきこえるだろう？　辻口みたいな奴《やつ》がいうと、全くほんとうに聞えるからな」

高木はそんなことをいって、強引に仲人役を押しつけたのだった。

「ことわって下さればよかったんですのに」

夏枝は、仲人役をおしつけた高木にこだわっていた。何くわぬ顔で陽子を自分に育てさせた張本人が、高木のようにも思われて、夏枝は以前のように高木に対して虚心になることができなかった。仲人をおしつけた高木の心の底が、わかるような気がした。

(夏枝さん。村井に引導を渡すのは、あんたが一番ふさわしいよ)

そう高木がいっているような気がした。夏枝は村井に心をひかれはした。しかし、いま考えてみると、どうしても村井でなければならないということはなかった。他の男性でもよかったのかも知れない。夫以外の男性が、家の中にとじこもり勝ちな夏枝には、目新しく刺激的であったのかも知れなかった。もし、高木にいいよられれば、高木でもよかったかも知れなかった。

啓造との生活にいくぶん退屈していたとはいえ、他の男のもとに走ろうとするほど、夏枝は積極的ではなかった。ちょっとした自分の身ぶりそぶりに、男が情熱を示してくるのが面白かったのかもしれなかった。

「しかし、断わる理由もないしね。一応、わたしは村井の職場の長ということになるわけだからね」

啓造は気重そうな夏枝のようすに、困っていった。

村井と立ち並ぶ花嫁を夏枝は想像した。そして、その横につつましやかに立つ自分の姿を想像した。

(きっと、わたしの方が、花嫁よりも美しいわ)

「じゃ、とにかくお引受け致しましょうよ」

夏枝はきげんよく啓造をみた。啓造には何が何だかわからなかった。

その時、電話のベルが鳴った。啓造が受話器をとった。

「もしもし、辻口ですが」

「あ」

かすかに叫ぶ女の声がした。

「わたし松崎由香子です」

しずかな声であった。

「なんだ、君か」

啓造は何となく夏枝をかえりみた。夏枝は座ったまま啓造をみあげていた。

「…………」

「どうしたの、もしもし松崎君」

「……はあ、奥様がお電話に出られるとばかり思っていたものですから」

肉体のない人間のような、頼りないもののいいようが、へんに啓造の胸にこたえた。

「わたしが出て、悪かったかね」

「いいえ、そんな。うれしくてわたし……」

涙ぐんでいるような気配が異常だった。

「どうしたの」

ふたたび啓造は夏枝をかえりみた。

「いいえ、あの……」

と、やや口ごもってから、急に語調がハキハキとした。

「ごめんなさい。院長さん。こんなにおそくにお電話致しまして。わたし今夜カケをしましたの」

「カケ？」

「はあ、実は事務長が結婚をすすめてくださいまして……」

「ほう」

「事務長は、お前は少しおかしいっておっしゃって。あまり院長室の前をうろつくな。早く結婚してしまえって……」

「…………」

啓造は由香子が何をいいたいのか、さっぱりわからなかった。

「……あまり事務長がきつくおっしゃるので、いっそのこと、事務長のいわれるように結婚しようか、どうかと迷って居りましたの。それで、今夜院長さんのお宅にお電話をして、もし奥さんが出られたら、結婚しよう、院長さんが出られたら、一生独身で暮らそうと、そうカケをして……」

「それじゃわたしが出て悪かったね」

啓造は、由香子が酒でも飲んでいるのかと思った。村井の結婚が近いのをチラリと思い浮かべた。

「いいえ。うれしいんです。わたし院長さんのこと一生忘れません」

由香子の必死な声が、受話器を通して熱っぽくひびいた。

「わたしのこと？」

啓造は、夏枝をふりかえった。敏感に何かを感じたらしく、夏枝の視線が鋭く啓造に注がれていた。啓造はあわてた。

「はい。院長さんのことを思って一生独身で通してもいいと、神さまがゆるしてくださったような気がしてうれしいんです」

「ばかな……」

「ばかでも、かまいません」

「君、どうかしたの。何かあったんじゃないか」

「……何も……何もありません。わたし、おねがいです。院長先生の子供を産みたいんです」

「ばかな！」

啓造は思わず受話器をおいてしまった。

「どうしましたの。どこからですの」

夏枝が、啓造のすぐうしろに立っていた。

「病院の事務員からだ」

ばかばかしくて、電話の内容を知らせる気にはなれなかった。

「男の方ですの」

「女だ。松崎という事務員だよ」

(院長先生の子供を産みたい)

といった、二十七、八とはいえ、娘にしては大胆な言葉が啓造には不愉快だった。

夏枝は何かいいたそうにしたが、あとは何もたずねなかった。啓造も、いまの電話をそのまま夏枝に伝えたところで、夏枝の誤解を招くだけだと感じた。

床に入ってからも、啓造は何となく気になった。啓造はふだんでも自分から電話を切る方ではなかった。今日のように、目上、目下を問わず、相手が受話器をおくのを確かめてから、受話器をおいた。

いまになってから、啓造は由香子の電話が、電話の途中で荒々しく受話器をおいたことはなかった。異常というよりも、真剣な電話であったような気がした。

「院長さんの子供を産みたい」

といったことも、案外、軽薄とは、いいきれない、せっぱつまった言葉にも思えた。

(だからといって、まともに返事のできることではない)

寝ぎわに、妙な電話をかけてきた由香子に、啓造は腹だたしいような、哀れなような気持でねむれなかった。

(村井と由香子は一体どんな関係なのだろう)

そう思ってから、ハッと気づいた。

(村井の結婚が、ショックになっているのではないか)

村井の結婚は、一か月あとに迫っている。

村井の相手は、高木の知人の妹で咲子といった。高木の話によると、

「おれの遠縁に、世にもバカげた奴《やつ》がいるんだ。三十六にもなって、嫁にするなら、名前も顔も、年も知らない女がいいなんていってやがる。こんな女はどうだと、せっかく見合写真を持って行っても、見向きもしない。何も見なくても、高木がいいという女なら、もらうというんだ。だからそんな奴に嫁にくるなんていうバカな女は一人もいねえと、こう咲子さんにいったんだ。すると、咲子さんがわたしがそのバカな女になろうかしらなんていい出したんだよ。世の中だよ。おれはあわてて、やめた方がいいぜ、その上、奴はテーベ（結核）だったんだといったんだ。咲子さんは、あら、そう、かまわないわよ、なんて、少しも驚かないんだ。あきれたメッチェン（娘）もいたもんだな。これも縁というヤツかね」

ということだった。そんな、村井たちの希望のない結婚が一か月あとに迫っていた。今日の由香子の電話が、啓造には村井の結婚と、かかわりがあるように思えてならなかった。


村井の結婚式が十日後に迫っていた。

結婚祝いを持って、夏枝は村井の家を訪ねた。村井の家は病院のうらにあった。土曜日の午後で、今日の訪問をしらせてあったから、村井は家にいるはずだった。

このごろでは、もう珍しくなった格子戸を開けると、和服姿の村井が出てきた。

「ああ、どうも」

村井は上りがまちにつったったまま、夏枝をみおろした。下駄《げた》箱の上にライラックの紫が豊かに活《い》けられていた。

「きれいですこと」

夏枝が微笑して、ライラックをながめた。

「お入り下さいませんか」

村井は、あとずさるようにして、右手のふすまを開けた。

六畳の和室だった。その床の間にも、ライラックが活けられてあった。

(だれが活けたのか)

婚約者の咲子が札幌からあそびにきたのかも知れないと思いながら、

「おきれいにしていらっしゃいますのね」

と夏枝はいった。

「おとなりの松田先生のところと共同で、おばさんを頼んでいるもんですから」

「あら、それはよろしいですわね。お食事も用意してくださいますの？」

「あさ、ひる、ばんと三食とも、病院で食べています」

村井は何となく顔色がわるかった。

「この度は、ほんとうにおめでとうございます」

ふくさからつるかめの水引のかかったのし袋をとり出して、夏枝は座敷机の上においた。

「どうも、この度は何かと……」

村井はかるく頭を下げた。仕方なしに頭を下げたような、そんな感じだった。

「お体の方はいかがですの」

「丈夫すぎて困りますよ」

村井は投げだすようなもののいい方をした。結婚を間近に控えた男の感じではなかった。

ライラックが美しく活けられているというのに、妙にさむざむとした雰囲気だった。床の間には、何の掛軸もなかった。部屋の壁にも、柱にも何もかかっていなかった。

村井は夏枝をみることもしなかった。

「新婚旅行はどちらにいらっしゃいますの」

「え？」

村井が顔をあげた。いままで、村井が夏枝に対してこれほど無関心な態度をみせたことはなかった。

「新婚旅行はどちらですの」

「ああ、旅行なんて疲れるだけですからね。やめようと思っているんです。まあ札幌に両方の家がありますからね。家にちょっと顔を出すぐらいのもんでしょう」

張りのない、もののいい方だった。村井は何か考えているようだった。陰惨ともいえる暗い目であった。夏枝は、結婚祝いに来ているような気がしなかった。

毎日啓造の部屋に新聞を持ってくる由香子が、あの夜の電話以来、ずっと姿を見せなかった。

「院長先生の子供を産みたい」

という電話にこだわって、啓造は由香子と顔を合わせたくはなかった。

啓造はめったに事務室をのぞかなかった。事務長にまかせてある部屋に、院長である自分が顔を出すことは、控えた方がよかった。用事は院内電話で事が足りた。用事のある者は院長室を訪れた。

しかし、今日久しぶりに事務室をのぞいてみる気になったのは、このごろ由香子と廊下で会うこともないのに気づいたからである。やはり、幾日も会わないと、電話の件もあって気がかりだった。

ひる休みだった。由香子も事務長もいなかった。啓造は、とじこんだ新聞を机の上においていて、何かを調べるような顔をしていた。事務室はかぎの手になっていて、新聞をおいてあるところは、来客用のテーブルとイスがあり、由香子たちの席からは見えなかった。

「松崎くんは？」

村井の声がした。啓造の所からは姿は見えない。

「まだ、お休みです」

いつも由香子の隣にいる女子事務員の声だった。

「長いな。もう一週間になるね」

「ええ。風邪じゃないんですか」

「欠勤届は出ているの」

「出ていません。下宿の小母《おば》さんから、休むという電話があったんですけど」

「そう」

村井の出て行く気配がした。

「村井先生と由香子さん一体どうなの。これで三日もつづけて、きてるわよ。いい仲なの？」

啓造のいることに気づかず、もう一人の事務員がいった。

「わかんないわ」

「へんよ、何だか。時々廊下でこそこそ立ち話をしたりしてね」

「…………」

「由香子さん、村井先生の結婚式が近づいたから休んでるんだわ」

「…………」

由香子の隣の事務員は、返事をしなかった。

「由香子さんって、何だか妙ね。院長先生のことだって、あんなに……」

「いやね。由香子さんが誰《だれ》を好きになったって、かまわないでしょ」

はねつけるような口調だった。

「だってさ……」

「やめてよ。由香子さんのいるところで、いうといいわ。かげでこそこそいうのきらいだわ。わたし」

啓造は、来客用の出入口から、ソッと事務室を脱《ぬ》けだした。

由香子が風邪で休んでいるとは思われなかった。

村井の結婚式も過ぎた。アカシヤの甘い匂《にお》いが、風にのって院長室にも入ってきた。

(とうとう、村井も結婚した)

咲子という娘は、案外知的な涼しい瞳《ひとみ》の女性だった。村井が選んだとしても、あれぐらいの女性とめぐりあえたかどうかわからないと啓造は思った。

(うまくやってくれるといいが……)

厄介払いをしたような、さっぱりした気持が、ふっとかげった。

(村井のことだ。結婚したからって、油断はできないかもしれない)

新妻の珍しいうちは、当分おとなしくしているかも知れない。しかし、考えてみると、きれいさっぱり夏枝から離れて行ったとも思えなかった。

村井の結婚のしかたは、結婚に対する何の決意も見せていなかった。結婚披露宴《ひろうえん》の時も、村井は祝辞を受けながら白いカーネーションを、ひざの上でくるくると回しつづけていた。仲人の啓造は村井の隣にいて、何かやりきれないような村井の心を感じていた。そんなことを考えている時だった。

事務長が院長室にはいってきた。

「やあ、どうも弱りましたなあ」

「どうしました」

啓造は立って事務長にイスをすすめた。

「これは、どうも。実は松崎のことですがね」

啓造の胸がドキッとした。

「このところ、しばらく休んでおりましてね。あまり長いんで、昨日行って来ました」

「それで？　病気ですか」

「いや、病気ならいいんですがね。下宿のおかみさんの話では、風邪を引いたと電話しておいてくれといって、旅行に出たというんですよ」

「旅行？」

「そうなんですよ。一か月ぐらいゆっくり内地に行くから、病院の誰《だれ》かがたずねてきたら、適当にいっておいてくれ、とこういって出たそうですがね」

「じゃ、そのうち帰ってくるでしょう」

「ところがですね。わたしは少し気になって部屋をみせてくれと、いったんですよ」

「…………」

「どうかしたんですかと、下宿のおかみさんが心配しましてね。いや、欠勤届でもないかと思ってといって、松崎の部屋にはいってみました」

「で？」

「娘一人の部屋にはいるのも、気がひけたんですがね。部屋には、姫鏡台をのせた小机が一つあるっきりなんですよ。何もないんです。姫鏡台の引出しを開けたが何もはいっていない。拭《ぬぐ》ったようにきれいなんです」

「じゃ……」

「机の引出しもからっぽです。おどろきましてね。押入れをあけてみたんです。押入れは、一間の押入れですがね。上の段には、夜具がきちんとたたんで重ねてありました。下には、本がギッシリつまっていましてね。衣類は二つの柳行李《ごうり》にはいっているだけでタンスもありませんよ。ちょっとかわいそうでしたな」

「手紙か何かありませんでしたか」

「実はね。わたしもそれが心配で探してみたんですが、退職ねがいも、置手紙もありませんでしたよ」

「それなら、一か月の旅行が終れば帰ってくるでしょう」

「と、わかればいいんですがね。少しあの部屋がかたづきすぎていましてね」

事務長はじっと啓造をみた。何かをさぐるような視線であった。

「院長」

「何です？」

「松崎はほんとうに帰ってくるでしょうかね」

「どうして？　帰ってくるでしょう」

そういってから、啓造は事務長が何かを知っているような気がした。

「院長は、あの子をどう思いますかね」

煙草《たばこ》をすわない事務長は、ポケットから出したちり紙を、折ったり広げたりしながら、そういった。

「何か、よくわからないんですがね」

「わかりませんか」

「どういう娘なんですか」

啓造が問い返した。

「悪い子じゃありません。わたしに息子があったら嫁にしてもいいような、やさしい娘でしてね」

「ほう」

「両親に早く死に別れたせいか、妙に人なつっこいところもあるんですがね。兄と二人ぐらしだったのが、その兄貴も結婚して、一人ぐらしになってから、ひどく淋《さび》しがりやになりましてね」

啓造は、事務長の話をききながら、由香子の電話を思いうかべていた。

「だれにでも、いやに自分の体をすりつけてくる猫のようなところもありますよ」

「そう、そう。わたしもそれには気がついていた」

「とにかく帰ってきてほしいもんですな。どうも気になっていけません」

事務長は、そういって部屋を出ていった。

病院を出ると、啓造は久しぶりにすぐ近くの石狩川《いしかり》の堤防に立った。夕焼空をうつした石狩川がうつくしかった。みどりいろの弧をえがいた旭橋《あさひばし》の向うに遠い山脈がうすむらさきの線をくっきりとみせていた。土手下の公園の中には早くも灯がついた。池にうかんだ沢山のボートをながめながら、啓造はふっと由香子があわれになっていた。

このうつくしい季節に、何に傷ついて旅に出たのかと、啓造はやさしい気持で由香子を思っていた。


「おかあさん。お客さまよ」

陽子が、台所にきて夏枝を呼んだ。

「どなた？」

夏枝は夕食のあとかたづけを終ったところだった。

「村井先生よ」

そういってから、陽子が、

「おっかない顔をしているの」

と、自分も口をへの字にしてみせた。

「村井先生が？」

夏枝はちょっと衿《えり》をかき合わせて、玄関に出た。村井が戸によりかかるようにして立っていた。

「まあ、ようこそ」

花嫁の咲子とあいさつにきてから、まだ十日と経《た》っていなかった。

「お邪魔しますよ」

そういいながら、しかし村井はまだ戸によりかかったままだった。

「どうぞ、おあがりくださって」

「酔っているんです。いいですか、奥さん」

夏枝さんとはいわなかった。くらい声だった。

「ええ。どうぞ」

村井は足もとが定まらなかった。

「陽子ちゃん。おとうさんをお呼びして」

夏枝はそういって応接室のドアを開いた。村井は今まで、一度も酔って訪ねてきたことはなかった。何のための訪問かと、夏枝は少し不気味に思った。

村井の目は血走ってにごっていた。ふらふらとよろけながら、村井は靴を脱いだ。

(もう、咲子さんと何か面白くないことでもあったのかしら)

夏枝はそう思いながら、イスをすすめた。

「やあ、いらっしゃい」

大島を着た啓造がはいってきた。

「院長!」

どなるように一言そういうと、村井は啓造を、じっとみつめた。夏枝が茶の用意に部屋を出ようとした時、

「奥さんもここにいてください」

と、村井はわめくようにいった。

「どうしました? だいぶ酔っているようだね」

啓造がいうと、

「酔っていませんよ。酔ってなど」

村井はそういって額にたれた髪を乱暴にかきあげた。啓造はかつてこんなに荒々しく酔った村井を見たことはなかった。村井の酒は静かな酒であった。

(一体、何が起ったのか)

啓造と夏枝は顔を見合わせた。

「酔ってなどいません、酔ってなど」

村井はふたたびそういうと、テーブルに顔をふせた。頭がぶつかったかと思うようなふせかただった。

啓造も夏枝も、だまったまま村井をながめていた。何が村井を荒れさせているのか、見当がつきかねた。ふいに村井は顔をあげた。

「院長！」

「院長！」

かさねて村井は叫んだ。村井はにらむように、啓造を見つめ、つづいて夏枝をゆっくりとみた。夏枝は何となく自分にかかわりのあることをいい出されそうな気がして、落ちつきなくイスから立上った。

「奥さん。すわっていてください」

「お水を持ってまいりますわ」

夏枝はやさしくいった。

「ああ、すみません」

村井は意外にしずかにいった。

夏枝は水を持ってきた。村井はちょっと頭を下げて、一息に水を飲んだ。のどぼとけが大きく動いた。

「酒はありませんか」

村井は夏枝をみあげた。夏枝は困惑したように啓造をみた。

「あいにくと、わたしはあまり飲まないんでね。買いおきはないんだが……」

啓造がいうと、

「そうでした。院長は酒もろくにのまない、女にも手を出さない、立派な聖人でありました。ふん聖人か！」

村井は、かすかに笑った。啓造は苦笑しながら、煙草《たばこ》の火を灰皿に強くおしつけた。

「おかあさん」

陽子がドアをあけた。

「よう、めんこいおじょうさん、ここにいらっしゃい」

村井が手招きした。

「先生、お酒のんだの」

陽子がそばにきて村井にいった。

「ああ、のんだよ」

「先生、お酒きらいなの」

「きらいじゃないから、のんだんだ」

「でも、うれしそうじゃないわ」

村井は、陽子をじっとみつめた。

「おとうさんにも、おかあさんにも似ていない」

村井がいった。

「陽子ちゃん、何か用事？」

夏枝がとがめるように陽子の顔をみた。

「あ、おやすみなさいをいいにきたの」

陽子はそういうと、村井の足もとに落ちていた白いハンカチを拾った。村井にそれを手わたして、にっこり笑った。

「おやすみなさい。先生」

陽子が出て行くと、村井は気勢をそがれたように、だまってしまった。啓造も夏枝も、何をいってよいのかわからなかった。

何の鳥か林の方で、鋭く鳴いた。

「どうも……」

村井が口ごもった。

「咲子さんが、お待ちになっていらっしゃいますわ」

夏枝の言葉に村井は答えなかった。

「院長！　松崎は死にましたよ」

「え？」

村井は、目をつぶったまま、くり返した。

「松崎は死にましたよ」

「松崎が死んだ？　ほんとうですか」

思わず啓造は腰をうかした。夏枝がけげんそうに、啓造と村井を交互にみた。

「死にましたね。あいつは」

村井はうなだれた。

「どこで？　いつですか？」

「いつだかわかりませんがね。何の手紙もないんですから」

「どこから、知らせがあったんです？」

啓造は少し落ちつきをとりもどした。

「どこからも、きません」

「なあんだ。かついだんですか」

啓造はほっとした。

「かつぎません。死んだはずですよ。きっと」

村井はしつこくいった。

「何か死ぬわけでもありますか」

啓造は村井の相手をするのが、ばかばかしくなった。

「奥さん」

村井は啓造に答えずに、夏枝を呼んだ。

「何でございましょう？」

「松崎由香子っていうのはね、病院の事務員ですよ。由香子は、院長に恋していたんですがね」

「え？」

夏枝は啓造をみた。

「辻口をですって？」

夏枝は微笑した。

「でたらめだよ」

啓造はとりあわなかった。いくら酔っているにもせよ、村井は何のために、そんなつまらぬことをいうのか、わからなかった。

「でたらめ？　でたらめじゃ、あんまり松崎がかわいそうだ。今日は何もかもハッキリさせましょう。奥さん。奥さんだって由香子をかわいそうだと思ってやる義務はありますよ」

「村井先生のおっしゃること、よくわかりませんわ、わたくし」

「わからせてあげましょう。まあきいてください」

村井は上衣《うわぎ》を脱いで、イスの背にかけた。

「村井君。君、今日は早く帰って休んだ方がいいんじゃないですか？　話はあした病院で聞くことにして……」

啓造は不愉快になった。

「いや、院長。ぼくはどうしても今日話をするつもりできたんです」

「………」

「由香子のために、きいてやってください」

「しかし……死んだというのは、うそでしょう？」

「いや、死にますよ。あいつのことだ。きっと死にますよ。ばかな奴《やつ》だ。あいつは」

村井は上目づかいに、啓造をみた。その目に、さっと涙が走ったかと思うと、みるみる涙は盛りあがった。泣くまいとして村井は開けるだけ大きく目を見ひらいた。

村井は涙をぐいとぬぐった。

「由香子ってのは、妙な女の子でしてね。ぼくが洞爺《とうや》に行く前でした。ある日、ぼくの家に訪ねてきて、院長の奥さんが好きなのかと、つめよるようにいいましてね」

夏枝は思わず顔をあからめた。啓造の顔がくもった。村井はつづけた。

「ぼくは、ああ好きだよ、ぼくが誰《だれ》を好きになろうと、かまわないだろうといいました。すると松崎は、好きになるのはかまわない、かまわないが、態度にあらわすのはやめてくれというんですよ」

啓造は、少しいらいらしてきた。

「態度にあらわすなという権利が君にあるのかと、松崎にいうと、あるとあの子はいうんです。実はわたしは院長先生が好きです。だから、院長が不幸になるようなことは阻止する権利があると、松崎はいいましてね。非常にムキになっているんですよ」

夏枝が啓造をみた。

「君、そんな……。わたしは松崎由香子の、そんな話は知らないんだがね」

啓造は、迷惑そうにいった。

「まあ、今日はだまってきいて下さい。松崎の話では、初めて勤務する日、事務長に連れられて、院長室へあいさつに行ったそうですよ。そこで、父母に早く死に別れた話をしたところ、院長がやさしくうなずいて、苦労してきたね、かわいそうにといって、その場で給料を三割あげてやるように事務長にいった。事務長が不服そうな顔をして、他の事務員とのつり合いもあるからというと、片親でも親がいれば、少なくとも住居は心配ない。この人は住むところから、食べることまで心配しなければならない。住居手当か何かの名目で給料をふやしてやりなさいと、院長はいってくれたそうですね」

村井はそういって、啓造の反応をみるように、顔をみた。そういわれれば、そんなことがあったようにも思えるが啓造には忘れていたことであった。八、九年も前のことである。

「兄と二人ぐらしの、身よりのない樺太《からふと》からの引揚者だったあの子には、それがひどく身に沁《し》みたらしいんですよ。そのことをぼくに話した時も涙をこぼしていましたからね。だから、院長ほどやさしい立派な人間はいないと、初めから好きになったというんです。そして、女のわたしだって、好きなふり一つ見せずに、じっとこらえているのに、村井先生ときたら、院長先生の奥さんのあとばかり追いかけているという評判じゃありませんか。好きなのは仕方がないけれど、もっと院長先生のために、冷静に行動してくれと、松崎はぼくにつめよったのです。ぼくが洞爺《とうや》へ行く半年ぐらい前でしたがね」

酔った村井は、青い顔をしていた。あるいは醒《さ》めて青いのかも知れなかった。

「その夜は、ぼくもどうかしていたんです。ぼくは、松崎が院長を愛していると、悪びれもせずにいうのをみて、妙に小にくらしいような、悩ましいような気持がしてきましてね」

村井は大きな吐息をすると、言葉をつづけた。啓造たちに口をはさませなかった。

「……じゃ、松崎君は院長とよろしくやり給え。ぼくは奥さんと仲よくしようじゃないかと、いってやった。何か、松崎をいじめたいような気持だったんです。松崎は怒って、絶対そんなことはいけない、院長は奥さんを愛している、院長を不幸にしては困る、院長が不幸になるようなことは、命をかけても阻止すると、こうなんですね。

そうか、ぼくだって奥さんを命がけで好きだ。院長、怒らんで下さい。ぼくはどれだけ院長が憎かったかわかりません。院長の死んだ夢を何度みたかわからない。しめた！院長が死んだと思った途端にパッと目がさめて、なんだ夢だったのか、いく度がっかりしたかわかりません」

啓造は思わず夏枝をみた。夏枝はふし目になって、上気した横顔をみせていた。啓造は夏枝の目のいろをのぞきこみたい思いだった。

「あのころはぼくも若かった。奥さんを得るためなら、院長を殺しかねない人間でしたよ。だから松崎に、君がいくら院長の幸福のために命がけだといっても駄目だといってやりました。

するとと松崎はだまって、すっと立ち上りました。その時あの子は立ったまま、すごい目でじっとぼくをにらみつけました。いいにくいことですが……わたしも若かった。その目をみると、急に由香子を征服したい欲望にかられてしまったのです。

わかったよ、ぼくはもう奥さんのあとは追わないよと思わずいってしまいました。松崎は信じがたい顔をして、そのまま立っていました。しかし、その代り条件がある。君は院長のために命も要らないというのなら、その体を、ぼくにくれ。男というものは、そうでもしなければ、愛する女のことなど忘れられないのだといいました。松崎の逃げようとする手をとって、何だ、院長の幸福のためなら命も要らないなんて、口ばかりじゃないかとののしったんです。

悪い奴《やつ》ですよわたしは。それが由香子の不幸の始まりでした。あいつを、その後いつも自由にしていた訳ですからね」

結局は松崎由香子も、村井を愛したのだろうと、啓造は思った。由香子が単に啓造のために、村井の自由になったというのは、作り話のような気もした。しかし、由香子が語ったのではなく、村井が話したことで、真実にも思えた。夏枝は、先ほどとは打って変った冷えきった目で村井をみつめていた。啓造は、それに気づいた。

「松崎は、激しくぼくを憎んでいました。それだけに、院長に対してはこの世のものではないような、憧《あこが》れと愛を持っているようでした。わたしが洞爺《とうや》から帰ると知って、非常に不安だったようです。よほど、病院から逃げ出したかったらしいんですが、院長の顔を一日に一度でも見ることが唯一の楽しみで、由香子はやめることもできなかったそうですが。

洞爺から帰って、ぼくはまた松崎をだいぶ追いかけましたよ。しかし、あいつも歳が歳ですから、大人になっていつもうまく逃げられましたよ。ぼくの結婚をきくと喜びましてね。祝いを持ってきましたよ。この結婚を一番喜んでいるのは、わたしだなんていいましてね。それから、ライラックを沢山活《い》けてくれました。そうそう、奥さんがお祝いを持ってきて下さったあの日でした。院長の子供がほしい。院長の子供を産みたい。それだけがねがいだなんていいましてね。だけど、院長に面と向ってはとてもいえないから、電話をかけた。すると院長先生は、ばかなことをいうなと、ガチャンと電話を切った。どんなにけいべつされたかわからないと思うと、死んでしまいたい。そんなことをいいながら、ライラックを床の間に活けていました。ぼくは、そんな話をする由香子に、次第に心が乱れて、とうとうふたたび過ちを犯してしまったのです」

夏枝は、祝いを持って行った日の、あの異様につかれた暗い村井の顔を思いだした。夏枝はこれ以上、村井の話を聞く気がしなかった。あれが由香子という女性を犯したあとの顔だったのかと思うと、いいようもなく村井がうとましかった。

啓造は、由香子の電話を思い出していた。

「松崎は必死になって抵抗しましたがね。しかし、以前の馴《な》れが二人にはありましたからね。由香子は、もう院長にも会えない……そういって帰りました。翌日、病院に出て、多分机の中もきれいに片づけたのでしょう。それっきり、休んだまま帰ってこないんです」

村井は話し終ると、ぼんやり遠くをみる目になった。

「松崎君と結婚すればよかったのになあ」

つぶやくように啓造がいった。

「院長！」

村井は啓造をにらんだ。

「院長は、今の話をきいて、よくそんなことをいえますね。実はぼくも一度はいった。ニベもなく、いやだといわれましたよ。院長は、若い女が思いきって電話をかけたのに、よくもまあガチャリと電話を切ったもんですね。あの子は死にましたよ。院長のように木のまたから生まれたような男なんて男じゃない。あの子の気持がどうしてわかってやれなかったんだろう。ぼくも加害者だが、院長はもっとひどい。いや、おれの方がわるいかな。とにかく、由香子はもう帰ってきませんよ。死にましたよ。あいつはそんなバカな女なんだ」

村井は、ふらりと立上って、つぶやいた。

「今までわたしを嫌った女は由香子だけだった」

冬の日

夏枝は、陽子が前にもまして、うとましくなった。

「陽子ちゃん」

朝々、学校へ行く陽子の友だちが、声をそろえて呼びにくる。それだけのことが、なぜか気に入らない。

「陽子は？」

外から帰ると、徹は先《ま》ずそうたずねる。そのことが、夏枝をいらいらさせる。陽子は、叱《しか》られるようなことはほとんどしない。叱る種がないということが、夏枝には腹だたしかった。

こうした陽子への感情が何によるかを、夏枝は気づかなかった。酔った村井のあの夜の告白が、夏枝を憂鬱《ゆううつ》にさせていた。村井は自分を愛しているはずだった。自分を愛する者は、ほかの女をもてあそぶような男であってはならなかった。村井の告白は、夏枝に対するいいようもない侮辱であった。そうした村井への憎しみや怒りが、いつのまにか形を変えて陽子に向っていたことに、夏枝自身は気づかなかった。

夏枝の陽子に対する冷たさが、啓造にも感ぜられた。次第に啓造は、陽子にチョコレートや本を買って帰るようになった。それがまた夏枝の感情を刺激する。

（いいわ。陽子を決していつまでも、しあわせにしてはおかないから）

（陽子がだれの子か知っていて、夫は何とも思わないのだろうか）

更に松崎由香子のことを、全く啓造と何もなかったとは思われなかった。啓造の子供を産みたいなどと電話をかけたという以上、全く何の交渉もなかったとは考えられない。

夏枝は、避妊手術のために、とうに子供を産むことができなくなっていた。だから一層由香子のその言葉が、いつまでも心につきささり、その傷がじくじくと膿《う》んでいた。つまり村井の告白に、夏枝は二重にも三重にも傷ついていたのである。

啓造はどうかすると、いつのまにか由香子のことを考えている自分に気がついた。病院の玄関に入ると、つい窓ごしに事務室の中をながめる。毎朝「もしや……」という万一の望みが失われる。既に由香子の机には、他の事務員がすわっていた。

由香子がいなくなってから半年をすぎても、啓造ははかない期待をかけて事務室の中をながめるのだった。辞表も遺書もなく、どこかで由香子の死体が発見もされない間は、ひょっこり思いがけなく帰ってくるような気がした。

夏枝との夜、村井に凌辱《りようじよく》されている由香子の姿態が、ふっと啓造の目に浮かぶこともあった。去られてはじめて、由香子は啓造の胸に生きてきたようであった。

遂《つい》に由香子の行方は知れぬままに年が暮れ、陽子たちの三学期が始まった。

「おかあさん。給食費ちょうだいね」

陽子は今朝からこれで三度目の催促をした。

その度に夏枝は心得たように返事をして、忙しそうに台所に立っていく。陽子は、グリーンのオーバーの上に黒いランドセルを背負って、柱時計を見あげている。夏枝はまたしてもなかなか台所から出てこない。

ふたたび陽子は時計をみあげた。もう時間ぎりぎりだった。

「おかあさん、学校がおくれるわ」

「そう、早くいらっしゃい」

「給食費は？」

「あら、そうだったわね。今ちょっと忙しいの。あしたにしてね」

夏枝は茶碗《ちゃわん》を洗っている。陽子はだまって家を出た。陽子は泣きたくなった。しかしめそめそするのは、きらいだった。いつか学校で先生がいった言葉、「汗と涙は人のために流しなさい」が陽子は好きだった。何となくわかる言葉だった。だから泣きたくなると、陽子はあわててこの言葉を思い出す。そしてにこっと笑ってみる。笑顔になると心が少し静まって、心まで笑っている。

（ふしぎだなあ）

と、陽子は思う。今も、陽子は笑ってみた。だが何となく泣きたくなる。

（何くそ！）

と、陽子は思った。

陽子も四月には四年生になる。夏枝の冷たさが毎日いろいろな形で身にしみた。

(おかあさんは、病気なんだわ)

陽子はそう思う。

(でも、どうして給食費をくれないのかしら)

陽子にはわからない。夏枝は徹には注意する。

「徹さん。今日学級費を持って行く日よ。忘れないでね」

しかし陽子には、二日も三日も催促しないと金をくれない。

(あしたも、きっとくれないわ。ちょっと待っててねというんだわ)

その日、学校が終ると、陽子は辰子《たつこ》の家に向って歩いていた。バス賃がないので歩くことにした。今まで陽子は、街まで歩いたことはない。辰子の家までは一里近い。

橋の上までくると部落が下に見える。雪がつもってらんかんが低くなっていた。一年生ぐらいの男の子が四、五人、太いつららを持ってチャンバラゴッコをしている。そのそばで五歳ぐらいの女の子が、オーバーも着ないでにこにこしている。つららがぶつかって、飛び散った。氷のかけらが女の子のほおに当った。まっかなほおの女の子は、気にもかけずに笑っている。

陽子はらんかんにもたれて、それをみていた。だれとも遊んでもらえないのに笑っている女の子が好きになった。陽子は元気よく歩きだした。今日は先生にいつもよりきびしく注意された。

「いつもお金を忘れてきますね。宿題は忘れないのに、なぜお金を忘れるのですか」

「催促しても、おかあさんはくれないんです」

そんなことは陽子にはいえない。陽子はうつむいたまま、だまって叱《しか》られていた。叱られながら、辰子の家へ行こうと思っていた。空は晴れていた。学校から辰子の家までの道は遠かった。馬橇《ばそり》の通った雪みちが、つるつると光っていた。歩いても歩いても辰子の家は遠かった。歩いているうちに、肌が汗ばんでくる。バスの停留所にある水色のベンチが、雪に埋もれて、ベンチの背がわずかにのぞいている。バスが何台も、陽子を追い越して行った。

広々と雪をはねた辰子の家の前にきた時、陽子はほっとした。玄関には毛のついた赤い防寒草履や、子供の長ぐつが並んでいる。陽子はちょっと考えてから、稽古場《けいこば》には行かずに、茶の間に入った。

茶の間には珍しく誰《だれ》もきていない。陽子は急に空腹をかんじた。学校は土曜日なので給食はない。オーバーを脱ぐと、陽子はストーブのそばに横になった。疲れて陽子はいつのまにかねむっていた。

人の笑い声に目をさますと、辰子がそばにすわっていた。いつのまにか、茶の間には人々が五、六人あつまっている。辰子は陽子をみつめたまま何もいわない。

「こんにちは」

陽子は辰子の視線にはにかんだ。

「よう、起きたな」

高校の国語の教師市川が声をかけた。辰子は、

「よく眠ったね。おかあさんには電話をかけておいたから、もっとねててもいいよ」

と笑った。

「おきるわ」

陽子は辰子の笑顔をみると、うれしくなって笑った。

「おひるはまだだね」

辰子は時計をみあげた。三時近い。

用意してあった黒塗りのお膳《ぜん》を、辰子は陽子の前においた。陽子の好きな煮豆やたまご焼きが、鮭《さけ》のあんかけと並べてある。辰子は陽子のうれしそうな顔をみて、にっこりした。

「占領中には電車にまで、オキュパイド・ジャパンなんて書いていやがったんだぜ。知っているか」

急に大声を出したのは、旭川ではちょっと名の通っている歌人の井沢である。

「何だ。そのオキュパイド・ジャパンってのは」

「ジャパンよ、汝《なんじ》は余の捕われ人だぞよっていう事だな」

「ふーん、占領されてるんだってことか」

「被占領国日本さ、植民地ジャパンさ」

歌人の詠嘆的な言い方が、皆の笑いを誘った。

「笑う奴《やつ》がいるか」

「しかし、今はやせても枯れても独立国日本ですからね」

生真面目《きまじめ》な俳人の新井が、将棋盤から顔をあげた。

「だが、新井さん、ひもつき独立じゃね」

歌人がいった。

「そうだ。サルまわしじゃないか。ひもをグイと引張られると、親分の肩にのってどこへでも連れて行かれてしまう」

何となく皆がだまった。陽子がパッチリとした目を光らせて、話を聞いている。

「陽子ちゃん。おじさんたちの話がわかるのかい」

市川がいった。

「わかんないけれど……わかる」

「ほう、わかんないけれど、わかるか。あのね。ほかの国に頼ったり、外国のいいなりになってはだめだということさ。人間同士も同じだな。あまり人にたよってはいかんということさ」

「辰ちゃんの家のめしびつを、いつも空にしてはいかんということだ」

皆が笑った。いつも辰子の家で食べている連中である。

「辰ちゃんがどこかの国で、おれたちは日本か。これはちょっとちがうぞ」

辰子がにやにや笑って、お茶をいれている。

「あのな陽子ちゃん、アメリカの国ではね、金持でも大学に行く金は自分で働くってさ」

「イギリスでもそうだって。大学に行っても、嫁をもらっても、親のすねをかじれるだけかじろうなんていうのが日本には多いな」

その時、陽子がたずねた。

「アメリカの小学生は働くの？」

「小学生には親が金を出すのが当り前だよ。義務教育だからね」

歌人が答えた。

「でも、親が出さない時はどうするの」

「親が出せない時は、国で学校の用意をしてくれるさ。親が金を出せるのに出さなきゃ罰金だな」

「でも、小学校でも働いている人いるわ。牛乳配達や新聞配達をして……」

陽子の言葉を、辰子は気にとめずにきいて、

「陽子。ごはんたべたらお帰りよ」

「………」

陽子が何かいいたげに辰子をみた。

「おばちゃん送って行ってあげようか」

辰子が声をひそめた。辰子の名づけた「茶の間の連中」の話題は、どうやら文学の話に移っていったようである。歌人がクローデルの話をしていた。

「陽子ひとりで帰るわ」

陽子も声をおとした。

「バス賃はある？」

「ないの」

「じゃ、くる時はどうしたの」

「歩いてきたの」

「歩いて？」

思わず辰子の声が大きくなった。

「何だい？」

辰子の傍《そば》にいた国語の教師が、辰子の声におどろいてたずねた。

「わたし、ちょっと出かけてくる」

すっと立ちあがると、辰子は茶の間を出た。辰子は階段を上がって、自分の部屋に入った。陽子もついて行った。

「陽子はひとりで帰るからいいの」

陽子の言葉に、辰子は返事をしない。タンスの引出しから、黒地に白のよろけ縞《じま》の羽織を出した。

「あのね、おばちゃん。どのくらい働いたら三百八十円もらえるの？」

辰子は羽織の袖《そで》に通す手をとめた。

「どうして、おばちゃんにちょうだいといわないの」

「だって、おばちゃんはよその人だもの」

なぜ夏枝にもらわないのかとは、辰子はいえなかった。バスにも乗らずに歩いてきた陽子に何の事情もないとは思えなかった。陽子は夏枝のことには一言もふれない。

「おかあさんがくれないから、おばちゃんちょうだい」

と、素直にいえば子供らしいのにと、半ば腹をたてながらも、いじらしくて辰子は思案した。

「じゃね。稽古場《けいこば》を一人で掃除してちょうだい」

「三百八十円下さるの？」

陽子が顔を輝かせた。

陽子の掃除する様子を、辰子はふところ手をしたままじっとみつめていた。稽古場は二十畳のたたみ敷と、十二畳ほどの舞台からなっている。二十畳のたたみ敷を陽子はていねいに掃いている。箒《ほうき》を持つことを三つの年からおぼえた陽子だが、掃き方に心がこめられていた。箒の先をはね上げずに圧《おさ》えるように掃いている。

掃き掃除が終ると、舞台にカラブキンをかける。陽子は隅の方から、きゅっきゅっと力をこめて拭《ふ》きはじめた。床に膝《ひざ》をつけずに拭くその姿勢には、内弟子よりもきりりとした気構えがあった。

幾度か流れる汗をぬぐいながら舞台を拭《ふ》く姿を、辰子は弟子の踊りを見るようなきびしい視線でながめている。しかし陽子は辰子の目を意識してはいなかった。今はただ、床を磨くことが楽しかった。よく拭きこまれた板がすべすべとして気持がよかった。その一心さを辰子は感じとっていた。

(ものになる。この子は)

掃除が終ると、陽子は五枚の雑巾《ぞうきん》を三度すすいだ。ちり取もきれいに拭《ぬぐ》い、箒《ほうき》も石鹸《せっけん》水で洗って水をきった。

「いつも陽子は箒を洗うの」

内心舌をまきながら、辰子はさりげなくたずねた。

「いつもじゃないけれど、よごれたら洗うの」

辰子は五百円でも千円でもやりたいほど、陽子の仕事ぶりが気に入った。しかし三百八十円きっちりしかやらなかった。

「帰りは暗くなるから送って行こうね」

時計は四時を過ぎていた。

車から降りると、下駄《げた》の下で雪が音を立てて、澱粉《でんぷん》をふんだような音である。寒気がするどいしるしである。辰子は黒い防寒ゴートの肩をすぼめるようにして、辻口家に入って行った。

「まあ、恐れ入りますわ。送っていただいたりして」

夏枝はかっぽう着姿で出迎えた。

「今夜はしばば（凍）れるわよ。下駄がきゅっきゅっと鳴ってるわ」

「いつもお邪魔して、すみませんわ」

夏枝は茶の間に入ると、ていねいに頭を下げた。

「ただいま」

陽子がわるびれずに挨拶《あいさつ》するのを、辰子はちらりとみて笑った。

「いけないわ、陽子ちゃん。学校がえりに寄り道をしては」

夏枝の言葉はやさしかった。

「はい」

陽子は自分の部屋へ、走って行った。

「ねえ。陽子は何しにわたしのところにきたと思う？」

辰子の横顔を、夏枝はそっとながめて、

「さあ、わかりませんわ」

と、首をかしげた。

「陽子はね。アルバイトにきたのよ。三百八十円がほしいんだってさ」

「え？」

夏枝の顔から笑いが消えた。

「ダンナや徹ちゃんは？」

「ごめんなさい。二階ですの。徹は来年高校なものですから、このところずっと猛勉強ですの」

夏枝は話題をそらして、

「高校ぐらい行きたい人が全部入れるといいんですのに」

と逃げた。

「三百八十円ぐらい、やったらいいじゃない？」

辰子は本題からはなれない。

「……いやですわ。やらないなんていいませんのに」

たしかに夏枝はやらないとはいわなかった。「ちょっと待って」とか、「今日は忙しいから」とかいっただけである。夏枝らしいいい分であった。

「とにかくね、夏枝さん。あの子は三百八十円の仕事をしに家《うち》にきたのさ。あんまりつまらない心配を、子供にさせるものじゃないよ」

夏枝は台所に立って行って天火の中をのぞいた。

「この通り忙しいでしょう？　朝は特に忙しいでしょう？　つい忘れたんですもの。でも辰子さんの所にお金をもらいに行くなんて……少し素直じゃありませんわ」

「親がわるいのよ。あんな素直な子にそんな苦労をさせるなんて。あんたって昔からケチなところがあったけど、まだなおらないのね」

　辰子は夏枝を意地がわるいとは思いたくなかった。

「まあ、ケチなんていやですわ」

　夏枝が苦笑した。夏枝は結婚前、人から物をもらっても、おごられても、めったに返すことをしなかった。それは教授のうちに生まれて、部下や学生たちから物をもらうことに、夏枝自身までが馴《な》れたせいかもしれなかった。

「それとも意地がわるいのかな」

「ひどいわ、辰子さん」

　と、やんわり受けとめて、

「わたくし、そんな意地悪じゃありませんわ」

　と、やさしい笑顔をみせた。たしかにその笑顔から、意地悪いものをみることはできなかった。陽子が部屋にはいってきた。

「陽子ちゃん。どうしてお金なんかいただきに行ったりするの？　おかあさんにそういえばあげるじゃないの」

　陽子は目をくるりと夏枝に向けた。辰子の手前、そういわなければならない夏枝の心の動きが陽子にわかった。

「あのね。陽子、お掃除をしてお金いただいたのよ。陽子、これから何かして働きたいの」

「働くって？」

夏枝は困惑して、救いを求めるように辰子をみた。辰子はそしらぬふりをしている。

「そうよ。牛乳配達か新聞配達をするの。納豆《なっとう》売りでもいいわ」

陽子が目を輝かして、楽しい遊びの話でもするような顔をした。陽子は金の要るごとに、何日も夏枝に催促するよりも、働きたかった。

「まあ、よしてね、陽子ちゃん。おとうさんやおかあさんが笑われますよ。病院の子ですよ、陽子ちゃんは」

夏枝は哀願するようにいった。

「やあ、しばらく」

啓造と徹が書斎から降りてきた。

「ダンナも受験勉強？」

辰子がかるくえしゃくした。

「やあ、どうも」

啓造は首すじをなでた。夏枝が食事の支度に立った。

「徹君は大きくなったじゃない？　おとうさんより大きいくらいよ」

「図体ばかり大きくなって！　と説教の材料にされるだけさ」

という徹は声変りがしていた。

「そろそろ今年も春のおさらいで大変でしょうな。辰ちゃん」

啓造は辰子に向うと、何となく心が晴れ晴れとした。

「稽古《けいこ》も大変だけれど、雑事が多いのよ。ところが面白いことに、いつも茶の間にごろごろしている連中が、こんな時はよくやってくれるんだからねえ。会場やら、プログラムや会券の印刷からポスターまで、いつのまにか役割が決ってしまってね。おかげで助かるわねえ」

「そりゃ、辰ちゃんの人徳だ」

食事が始まると、陽子がいった。

「おにいさん。わたし働きたいの」

「陽子ちゃん。その話はやめましょうね」

夏枝の声がきびしかった。

めずらしく語気の鋭い夏枝を、啓造も徹もおどろいてみつめた。

「何さ。陽子、何でしかられたの」

徹が陽子をかばうようにいった。

「いいえ、しかったわけじゃないんですけれど、牛乳配達か納豆《なっとう》売りをするなんていい出しましてね」

夏枝は、三百八十円のことには触れなかった。辰子はその夏枝の顔もみなかった。

「いいんでしょ。働くって悪いことじゃないもの。ぼくらの先生は、働くということは、はたのものがらくになることだなんていってるよ。しかし、陽子、牛乳配達って毎日だからね。毎日というのは大変なことだよ」

徹は、考え深げに眉《まゆ》をよせた。

「そうだな。おにいさんのいう通り大変だよ。働くことって、遊ぶことと全然ちがうんだ。毎日となれば、雨の日も雪の日もあるからね、陽子」

啓造のやさしい口調が夏枝のカンにさわった。このごろの啓造は、陽子に対していつもいたわるような、やさしいもののいい方をする。

「でも陽子、働きたいのよ。陽子の組の吉田くんだって、新聞配達しているの。陽子だってできると思うけれど……」

いつもの陽子らしくなかった。そのことが、徹を不審がらせた。徹は夏枝の顔をみた。

「陽子ちゃん。陽子ちゃんは辻口病院の子供ですよ。病院の子が、新聞配達や牛乳配達なんかできますすか」

「どうしてさ」

徹がフォークにつきさした肉を皿にもどして、面白くない顔をした。

「どうしてって……」

夏枝は助けを求めるように辰子をみた。徹がつづけて、

「働くことが悪いのかい」

「働くということは、悪い事じゃない」

啓造は夏枝に助けを出したつもりだった。

「そうでしょう。辻口病院の子が新聞配達をしていけないっていう法律はないからね」

徹の言葉が、夏枝には反抗的にひびいた。明らかに、徹は陽子の肩を持っていた。

「でもね。陽子ちゃんがそんなことをしてごらんなさい。世間の人におとうさんやおかあさんが笑われますよ」

言葉はおだやかであった。

「笑われるの？　どうして？」

陽子のいい方は素直だった。素直にわからないから、たずねているといういい方だった。

「小さい時から働くのは、貧乏人の子供だけですよ」

夏枝は、陽子にまでばかにされたようで、腹がたってきた。

「そんないい方、いやだなあ、ぼく」

あきれたというような徹のいい方だった。

徹のあきれたようないい方が夏枝にこたえた。徹にけいべつされたようで辛《つら》かった。

「貧乏人なんていい方はばかにしてるなあ」

徹は容赦なくいった。

「今のは、おかあさんの失言だな」

一番先に食事を終えた啓造が、灰皿をひきよせながらいった。夏枝には、啓造と徹がそろって自分を責めているように思われた。

「じゃ、あなたは陽子ちゃんが、牛乳配達をしたり、納豆《なっとう》売りをしてもかまわないとおっしゃいますの」

「別だん悪いことではないからね。したければしてもいいだろうね」

「まあ恥ずかしい」

　夏枝は思わず声をあげた。

「どうして恥ずかしいの。わかんないな。ぼく」

　徹が食いさがった。

「だって納豆売りなんて……」

「ほら、ね。そのいい方がいやなんだ。納豆売りが何で悪いの。医者はいい仕事で納豆売りは恥ずかしい仕事なの？　全然うちのおかあさんは古いんだなあ」

　徹の言葉に、夏枝は思わず辰子の顔をみた。辰子の前で辱められたような思いだった。先ほどから辰子が、だまっていることにも夏枝は腹が立った。何かいって助けてくれてもいいと夏枝は思った。

（この家族はもっといいたいことをいわなければだめになる）

　辰子は先ほどからそう思って、だまってなり行きを見ていたのである。

「ところで、陽子はどうして働きたいなんていいだしたのかね」

　とりなすように啓造がいった。

「……働きたいって思ったのよ、ただ」

「うそさ！　陽子は金がほしいんだろう？」

徹は陽子の顔をのぞきこんだ。

「お金がほしければ、おかあさんにもらうことだね」

啓造は何も知らない。

夏枝は今にも辰子が何もかも話してしまうのではないかと、はらはらした。啓造には勿論《もちろん》、徹にはぜったい知られたくない「三百八十円」の件である。徹の知らないところで、夏枝は陽子に冷たかった。しかし徹は、陽子の働きたい理由を敏感にかんじとっていた。

（おかあさんは金をやらなかったんだ。きっと）

「どうしましょう、辰子さん」

夏枝がいった。

「働きたければ、働かせればいいじゃない」

「だって、世間の人が……」

「世間の誰《だれ》が何といったってかまわないさ。陽子が牛乳配達でもはじめたら、この辰子さんがほめてあげるよ。まさか辻口病院は、子供を働かせなければ食べていけないなんてだれも思いはしない。偉いとほめる人はあっても、くさされはしないさ。ところで陽子ちゃん。おかあさんがいいといったら牛乳配達でも何でもしてごらん。一日か二日でいやになったら、毎日働いている子が本当に偉いと思うよ。それだけでも勉強さね」

とうとう陽子は、五月から牛乳配達をすることになった。四月の間は、雪がすっかりとけないので道が悪い。それで五月からに決めたのだった。

啓造は陽子が、ただ素直なだけではなく、自立心の強いのが気になった。考えるまでもなく、働きたいということは決して悪いことではなかった。しかし、啓造にしろ夏枝にしろ、また徹にしろ、子供の時に働こうと思ったことはない。やっぱり血の相違を認めずにはいられなかった。

(佐石は十六の時にタコに売られたといっていたが……)

そんなことを思いながら、啓造は病院の門を入って行った。まだ木の芽の固い、四月初めの庭はさむざむとしていた。

ふとみると、十メートルほど前を村井が歩いて行く。長身の背を、心もちかがめるようにして、村井はのろのろと歩いている。啓造と同じように、村井もまだオーバーを重たげに着ていた。病院の中から駈《か》けてきた患者の付添いらしい女が、村井に頭を下げた。村井は挨拶《あいさつ》も返さずに、うつむいてのろのろと歩いて行く。すれちがった女は不審そうに村井をふり返った。

(由香子のことで、まだ参っているのだろうか)

啓造は、村井に友情に似たものを感じた。啓造自身、あれ以来ずっと由香子のことが心にかかっていた。由香子のことを気にかけているという点では、村井はだれよりも啓造に近い存在である。

（村井だって、そう悪党じゃないんだ）

立場を変えれば、啓造自身、人妻の夏枝にひかれたかも知れなかった。そう考えて村井に同情しそうになるほど、村井のうしろ姿は気力がなかった。

その日の午後、啓造は、手術着姿の村井が、マスクをはずしながら手術室から出て来るのに出会った。手術着の下から長い毛ずねが見えた。

「摘出でしたね」

啓造の問いに村井は微笑をうかべた。手術の興奮で、血色がよく目が生き生きと輝いていた。

「ごくろうさん」

啓造のねぎらいに、村井は立ちどまって何かいいたそうにした。しかし、すぐに啓造と肩を並べてだまって廊下を歩きだした。

「あとで、部屋に伺ってもいいですか」

村井が立ちどまった。浴室の前だった。手術後の入浴は慣例である。

「ああ、どうぞ。松崎のことですかね」

啓造がいった。村井の顔がくもった。

「いや、あれは死にましたよ」

「しかし、死ぬつもりなら、遺書ぐらい書きそうなものだがね」

「うらみの深い証拠ですよ」

そういって村井は浴室のドアを開けて入っていった。一瞬、もやっと暖かい空気が流れた。

村井の一言が啓造の胸を刺した。

(そうか。遺書のないのは恨みの深い証拠か。思いのたけをいいのこすには、あまりに深い思いであったということか)

入浴をすませた村井が院長室にはいってきた。服の上に白衣を着ていた。

「疲れたでしょう」

啓造はねぎらってウイスキーのビンを出した。

「いや、今日はのみません」

村井はおしとどめた。窓が水蒸気にぬれていた。

「うらみが深い証拠」

先ほどの村井の言葉が思いだされた。

「何か用でしたか」

ぼんやりしている村井に啓造はいった。

「恨みの深いのは由香子だけじゃないような気がしましてね」

「え？」

「院長は高木さんをどう思いますかね」

「どうって、なかなかいい男だよ」

「それだけですか」

「それだけって？」

「じゃ、高木さんは院長をどう思っていると思いますか」

村井の問いが、啓造には唐突だった。

「どうって、学生時代からの友だちだからね。別段どう思われているかなんて考えたこともないですよ」

高木と村井は遠縁だが血はどこかでつながっていると聞いた。しかし何と容貌《ようぼう》にも性格にも共通点のない二人だろうと、啓造は思いながら村井をながめた。

「じゃ、高木さんは院長の奥さんのことを、どう思っていると思いますか」

いやなことをいう男だと啓造は眉《まゆ》をよせた。

「どうも思っていないでしょう」

(高木はお前とはちがうよ)

啓造はそういいたかった。

「そうですか」

村井はふっと冷笑を口もとに浮かべた。啓造はだまっていた。

「院長も案外、のんきですね」

「?………」

ばかばかしいと啓造は相手にしなかった。

「院長。ぼくは多分奥さんのことを忘れますよ。しかし、高木さんはどうかな」

(つまらないことをいうな)

啓造は暗くなった窓に写っている村井をみた。

「高木さんは一生奥さんのことを……」

「やめましょう」

啓造はつとめておだやかにいった。

「高木とわたしは友人ですよ」

「友情に傷をつけるなというんですか」

村井はひるまずにつづけた。

「由香子のことがあったから、いうんですよ。うらみの深いのはおそろしいと思いましてね。高木さんはどうして独身でいるか知っていますか」

高木という人間を知らないにもほどがあると、啓造は村井の視線をおし返した。

高木はどうして独身なのかなどと啓造はあまり考えたことはなかった。高木が独身をかこつこともなく、さりとて誇ることもなく淡々としていたからかも知れない。周囲の者に高木の独身を気にかけさせるようなものを、高木は持っていなかった。いつものんびりと朗らかだった。

（考えてみると、高木も四十を過ぎた）

啓造は今まで高木に結婚をすすめたことはなかった。そのことに気づくと、啓造は自分がひどく友だちがいのない人間に思われた。

（しかし、独身で通せるものなら、その方が気らくなことだ）

だまりこんだ啓造を村井はじっと見ていた。

「院長、高木さんには、ずいぶん縁談はあるんですよ」

医師であるというだけで、不当なほど女性は近づきたがることを、啓造も知っていた。

「そりゃ、そうでしょう」

「しかし高木さんは見向きもしない。なぜだと思います？」

夏枝が原因だと村井はいいたいようであった。高木が学生時代に、夏枝にプロポーズした事は啓造も知っている。しかし、今も夏枝を忘れかねて独身でいるなどとは考えることはできなかった。

「それは、高木さんが……」

村井が強引にいいかけた時、ノックがした。ドアが開いて思いがけなく辰子が入ってきた。啓造はおどろいて、

「おや、病院に見えるとは珍しい。どうしたんです。今ごろ」

「いま、知っている人のお見舞の帰りよ」

辰子は空色の防寒ゴートを脱いだ。くすんだ、えんじの着物が辰子によく似合った。村井を少々もてあましていた啓造は、ほっとして辰子を迎えた。村井に気づくと辰子は、

「おじゃまします」

と、そっけなく頭を下げた。初対面の人間に、村井は今まで辰子のように素気ない態度をされたことはなかった。男であっても、女であっても必ず村井を見た瞬間、はっと息をのむように凝視する。それが辰子にはなかった。辰子の大きな目は、村井よりも部屋を見まわしていた。

「おや？　辰ちゃんは村井君とははじめてだったかな」

「そうね、多分ね」

啓造はあわてて二人を紹介した。

「いやぼくはお目にかかっていますよ」

村井が珍しく堅くなっていった。

「あら、そう」

どことは辰子はいわない。

「どこで？」

啓造がたずねた。

「……ルリ子ちゃんの時……」

ルリ子の葬式に手伝っていた辰子を、村井はおぼえていたのである。

「案外いい部屋じゃない？　あの絵は朝倉さんの雪ね。これはだれの絵？」

と、壁にかかっている小さな風景画を見あげた。辰子は完全に村井を無視していた。

「いやあ、これは」

啓造があかくなった。

「へえ……、ダンナの？　おどろいた。ユトリロかと思った」

学生時代にかいた札幌の街であった。自分でも何となく好きで、つい先日壁にかけた絵である。

村井は、はじめて女性から無視されたはずなのに、傍若無人な辰子になぜか反感は起きなかった。

「あ、辰ちゃん。村井君は高木の遠縁なんだ」

啓造は、さすがに村井に気の毒になって、言葉をそえた。

「そう」

辰子はちらりと村井を眺めただけである。

「なぜ、高木は独身かと村井君が推理しているんですがね」

啓造の言葉に辰子がにやにやした。

「どういうことになったの」

村井もさすがに辰子の前で「高木は夏枝を忘れられずに独身を通している」とはいい

かねた。

「忘れられない女がいるとか何とかいってるんでしょう？　高木さんは」

と、辰子がいうと、村井は苦笑した。

「本気にして気に病むことはないのよ。高木さんは巣の作り方を忘れた鳥なんだもの。雨傘《あまがさ》を持つたびに忘れて歩く高木さんに、女を一生忘れられないなんて器用なマネ、できるわけないわよ」

「辰ちゃんに結婚を申しこんだら、断わられたとかいってたことがありましたよ」

啓造が思い出していった。

「申しこみなんてものじゃないの。めんどうくさいから辰ちゃんとでも結婚しようかっていったのよ」

辰子がおかしそうに笑った。村井は何となく辰子に気おされて、部屋を出ていった。村井が部屋を出ると、辰子がいった。

「村井先生ってあの人なの！　いったいあの人のどこがよくてさわいでいるんだろう？」

夏枝と村井のことを辰子は知っていたのかと、啓造は顔をこわばらせた。

「知ってるんですか、村井君のこと」

「知ってるわよ。名前はね。うちに踊りをならいに来ている子が、眼科に入院しているの。今見舞に行ったら、六人の患者が村井先生村井先生ってさわいでいるの。集団ラブとかいってね、ばかばかしい。どんな男かと思ったら、ここにいたじゃない。わたしの趣味には全然合わないな、あんなタイプは」

啓造はほっとした。夏枝と村井のことを、辰子は知らないようであった。

「どんなタイプが辰ちゃんのお気に入りです？」

啓造は、気が安らいで辰子にいった。辰子の目がチカリと光った。

「好きなタイプ？」

辰子は笑って、

「ダンナのタイプでもないわよ。安心したでしょ。といって無論高木さんのようなのでもないわ。どんなタイプにしておこうかしら？　困ったわねえ」

「男なんか眼中になしですか。さっき高木は巣をつくることを忘れた鳥だといわれましたね。ところで辰ちゃんはどうなんです？」

「わたしも、高木さんと同じようなものね」

「まさか、まだ若い。そろそろ結婚なさるといいですよ」

「ありがとう。まだ女の中に入れておいてくれる？」

「辰ちゃんのような人が一人でいるなんて全くもったいない。辰ちゃんこそ、どうして一人でいるんですかね。財産と踊りがあるからでしょうがね」

辰子は答えずに、じっと啓造の顔をみた。思わず啓造は視線をそらした。それは今まで見たことのない辰子の表情であった。張りつめた美しい表情だった。冬の陽《ひ》に輝く、樹氷にも似た美しさだった。

「財産や踊りと、心中しているつもりはないの。ね、ダンナ。だれだって多かれ少なかれ秘密って持ってるわね。そうじゃない？」

啓造は思わずうなずいた。陽子を思いうかべた。夏枝にもいえない秘密だった。しかも陽子を引きとった理由など、高木にもいえないことだった。しかし辰子には、人にいえない秘密があろうとは思えなかった。

「辰子さんに人にいえないことがあるとは思えないなあ」

「あるわよ。人にいえないことじゃないけれど、いわないことがね」

辰子は、やさしく笑った。

「ほう。知りたいもんですね。どんな秘密か」

「知ってどうするの」

「そういわれると困るけれど……」

「わたしはね。子供を産んだことがあるのよ」

辰子は啓造の顔をじっとみつめたままいった。

「え？」

啓造は聞きちがえたのかと思った。

「そんな顔をしないでよ。女学校を出て、しばらく東京にいた戦争中のことなの。子供は生まれてすぐ死んだわ。男の子だった」

「…………」

「相手はマルキストでね。節を曲げずに獄死したのよ。万葉集なんか読んでいてね。死なすのが惜しい人だった。あんな男には、もうなかなかお目にかかれなくなったわねえ」

啓造は胸をつかれた。それほどの秘密を今までだれにもいわずに明るく生きてきた辰子に啓造は驚嘆した。辰子を支えているその男との思い出に啓造は頭をたれた。自分の秘密とは全くちがった、辰子の誇らかな秘密に啓造はおのれを恥じた。

「別にだれにきかれても困ることじゃないの。だからだれにいってもいいわよ。でも、今まではあんまり大事で話したくなかったの。少し大人になったのかな。とうとういってしまっちゃった」

大吹雪

陽子が牛乳配達をするとはいっても、一か月も続けばいいと夏枝は思っていた。しかし雨の日が幾日つづいても、陽子はやめるとはいわない。ライラックの花の美しい六月も過ぎ、白い馬鈴薯《ばれいしょ》の花が咲く真夏を迎えても、陽子は一向にやめる気配がない。

陽子は朝五時になると、決ってパッと目がさめる。すばやく身じまいをすると、足音をしのばせてそっと裏口から外に出る。物置から自転車を出して身がるに飛び乗る。

牛乳の集配所で四十本入りの牛乳箱を荷台に積む。これが陽子には一番むずかしい。うしろの重くなった自転車を陽子がおさえ、集配所のあるじが牛乳箱を荷台にしばりつけてくれる。なれない間はフラフラしたが、三か月たった今では大分なれてきた。まだ人通りのない街を、ガチャガチャとビンの音をさせながら、陽子はペダルを踏む。陽子が牛乳配達をしているといううわさが、いつのまにか学校にも広まった。

「陽子ちゃん、どうして牛乳配達をしているの」

ならんでいるケイ子がたずねた。

「自分のノートや、鉛筆を自分で買いたいの」

「あら、わたし、自分のおこづかいでチャンと買ってるわよ」

ケイ子は、鉄工所の娘である。

「でも、ケイ子ちゃん。わたしはおこづかいより、自分で働いたお金がいいの」

「フーン。へんな陽子ちゃん。辻口病院はお金持でしょ？　それなのに陽子ちゃんが牛乳配達をしているのは、人にほめられたいからだって、うちのおかあさんがいってたよ」

ケイ子は気のいい子である。意地悪い気持でいったわけではなかった。

「ちがうのよ、人にほめられたいからではないの」

「だって、うちのおかあさんが、今に新聞に出るよ、新聞でほめられるよ、っていってたよ」

ケイ子は陽子をほめたつもりかも知れなかった。しかし陽子はちょっと淋《さび》しかった。自分の気持が人にわかってもらえないのが、いやだった。しかし、説明のしにくいことだった。生まれてはじめて、陽子は誤解ということがこの世にあることを知った。

毎朝人通りのない朝の街を自転車で走る時の楽しさ、一本一本牛乳を配って、空ビンだけになって荷が軽くなった時の満足、その陽子を、たれも知らないのであった。

二学期が始まって、にわかに朝の風が寒いほどになる。いつのまにか丈の高くなったとうきび畑が風にさやさやと鳴る。そしてみぞれまじりの雨の降るころは、体のしんまで冷たくもなった。雪が根雪になるまでは、道が悪くて自転車は乗りづらい。そして遂《つい》に自転車のきかない冬がきた。

陽子の一生にとって忘れることのできない冬であった。

自転車のきかない冬は、ズックの袋に牛乳ビンを入れて配達をする。二十本ずつ入れた袋を両手に持つと、手が痛かった。しかし馴《な》れると力が出るのか、辛《つら》くはない。

冬は六時に起きた。あまり朝早く配達すると牛乳が凍ってビンがわれる。だから、人が起きて戸を開けるころに配達をしなければならない。そんなことも陽子は知った。

毎朝起きると、陽子は先《ま》ず窓越しに林を見た。木の枝が霜を吹いたように、一本一本凍っている朝は、外に出た途端にまつ毛が凍ってねばりついたようになる。息をすると鼻の中がゴワゴワとした。こんな日は耳かけをして外へ出る。凍傷になるからだ。

今にやめるだろう、今にやめるだろうと思ってみていた啓造も夏枝も、正月に入ると

さすがに驚きもし、幾分あきれもした。夏枝は、

(やはり生まれがちがうんだわ。外でばかり働いていた佐石の血が流れているのだわ)

と、配達を終えた陽子が、おいしそうに朝の食事をとる姿を眺めながら思った。

啓造が、

「陽子はなかなか見所のある子だね。ねばり強い。一向にやめる気配がないじゃないか」

といった時、

「一体どんな親だったのでしょうね。一度高木さんにくわしくおうかがいしたいものですわ」

と、夏枝は痛いことをいって、そしらぬ顔をした。近所の人々に、陽子がほめられると、夏枝は、

(陽子ったらなぜピアノをならいたいとか、踊りをならいたいとかいってくれないのかしら。十や十一の年から、お金がほしくて働くなんて、ほんとうにお里が知れるというものだわ)

と、胸の中で毒づいていた。

「ねえ陽子ちゃん。もう五年生になるのよ。牛乳配達はやめてちょうだいね」

と、いったが、陽子はにこにこ笑うだけで、

「ハイ、やめます」

とは決していわなかった。夏枝はそんな陽子が、しぶとく思われて腹が立った。子供が外で働くということが夏枝には、どうしても納得のできないことだった。夏枝は恥ずかしくてならなかった。

陽子は夏枝に何といわれても、牛乳配達をやめる気にはなれなかった。その陽子が、やめようと決意せざるを得ない事件が起きたのである。

学校はまだ冬休みだった。

その朝は、夜半からの吹雪がいよいよ荒れくるっていた。窓ガラスが風に鳴って、雪の吹きつけた窓は真っ白だった。夏枝は風の音に目をさました。よほど陽子に今日は休むようにいおうかと思った。しかし陽子は決して休まないにちがいないと思うと、夏枝は何をいう気もなくなって、陽子が吹雪の中に出て行く気配に耳をすましていた。

陽子はオーバーのえりを立てて、その上から毛糸のマフラーをぐるぐると巻いた。そして帽子をかぶって外に出た。が、たちまちたたきつけるような激しい吹雪に息がつまった。

思いきって歩きだしたが、まともに吹きつける風に顔もあげられない。道もない。陽子は一歩一歩雪の中をこいで行った。電線が風にうなった。押し倒すような風に思わず背を向けて、風をやりすごし、陽子は体をかがめて歩き出す。だいぶ歩いたつもりだが、林の風に鳴る音が間近に聞えた。長ぐつの中に雪が入ってはとけた。

少し行くと吹きだまりがあった。陽子の胸ほどの深さである。一歩一歩雪の深さをたしかめながら、陽子は前に進んだ。汗がじっとりと額をぬらす。陽子はあえぎながら歩みをとめた。

（でも川の中よりは、こわくない＝疲れない＝。流れていないもの）

陽子はそう思って元気を出した。吹きだまりをやっとぬけると、吹きざらしの堅い道に出た。しかし三メートルとつづかない。

牛乳屋まで、夏なら五分くらいで着く道のりだった。しかし、今朝は歩いても歩いても、どれほども進んではいない。

（帰ろうか）

陽子は立ちどまって、あたりを見回した。人一人通ってはいない。陽子は道のかたわらの、丈高く積った雪に寄りかかって体を休めた。風は時折り雪けむりをあげて吹きすぎた。

（赤ちゃんたちが牛乳を待っているわ）

陽子はふたたび体を前にかがめて歩きだした。幾度か呼吸をととのえ、風をやり過ごし、必死になって雪の中を歩いた。ふたたび吹きだまりがあった。吹きだまりを何歩もあるかぬうちに体中に汗をかく。

（行けるだろうか）

（行ってみせる！）

大人でも、ひどい吹雪の日は、あと二、三十メートルでわが家というところで行き倒れになることがある。しかし陽子はその吹雪の恐ろしさを知らなかった。一歩一歩前に進みながら、陽子は次第に喜びを感じはじめていた。困難を克服する喜びだった。

激しい雪が吹きすぎるたび、あたりは雪けむりの白い幕におおわれる。雪けむりの静まるのを待って、また歩く。うっかりすると方角を失いかける。しかし、ポツンポツンと家が建っているので、誤たずに歩くことができた。

やっとのことで牛乳屋の前までたどりついた。煙突から煙が出ている。陽子はぐったりと疲れて、たてつけの悪い戸をガタピシさせていると、牛乳屋の主人が中から戸を開けた。

「おやまあ、陽子ちゃんじゃないか。こんな吹雪によくまあ歩いてこれたものだなあ」

主人はあきれて、まじまじと陽子の顔をみた。ぽかんとあいた口から、虫歯が一本のぞいていた。

「本当にまあ、あきれたね。よくこんな日に出す親もいるものだ」

男のように太い眉《まゆ》の小母《おば》さんは、そういって主人に目くばせした。陽子はそれが何のことかわからない。

「今日は休めって、おとうさんもおかあさんもいわなかったんかい」

主人は土間のストーブの火を、太いデレッキで二、三度つついた。ストーブはゴーッと音をたてて、みるみる煙筒の方まで赤くなった。

「陽子はいうことをきかないのよ」

父や母のことを悪くいわれるのは、いやだった。

「ふうん。にこにこしていても、きかないんだね。おにいさんとはちがうようだね」

陽子の長ぐつの雪を払いながら、小母《おば》さんは再び主人に目くばせをした。太い眉《まゆ》がピクリと動いた。陽子は小母さんの目くばせが気になった。

主人は小母さんをにらみつけるようにして、再びストーブの火をつついた。小母さんは平気な顔で、

「吹きだまりがあったでしょう？」

と、陽子にいった。

「すごいの。おなかぐらいまで深かったわ」

「へえ！　おなかまで？　たまげたねえ。だけど何でおとうさんやおかあさんは陽子ちゃんに牛乳配達なんかさせるんだね？」

小母さんは、腹だたしげにいった。

「何でってお前。子供さんを教育するためだよ。つまらんことをいうんでない」

「教育のためなら、何も陽子ちゃん一人に牛乳配達させることがあるかね。おにいさんにも配達をさせればいい。なにせ、きつい親たちだよ」

小母《おば》さんは熱い牛乳を大きな茶碗《ちゃわん》に注《つ》いで、陽子にすすめた。雪にぬれた長ぐつも、陽子のニッカーズボンも、湯気をたてている。

「あのね、小母さん。おかあさんは牛乳配達をしてはいけないっていったのよ。でも陽子が、したいしたいって、ねだったのよ」

陽子は、小母さんが父と母を悪くいう理由がわからない。

「ふうん。何で陽子ちゃんはまた、牛乳配達をしたかったの」

「どうしてかわからないけれど、働いてみたいなって思ったの」

陽子は、熱い牛乳に息を吹きながら、何となく変な心持だった。

「今朝は配達は休みだ。風がおさまってから、小父《おじ》さんがゆっくり配達するからな」

主人も牛乳をのみながらいった。

「あら、赤ちゃんのおっぱいがないと困るわ。かわいそうだわ」

「そりゃそうだがね。こんな日に配達したら、こっちが参っちゃうからね」

「でも、わたし、配達するわ」

「冗談じゃない！」

主人は大きな声でさえぎった。

積った雪を巻きあげるようにして吹く風は、一向に衰えをみせない。

「ここまで歩いてくるだけでも、大変だったろうが。これからはこんな無茶なことをするもんじゃない。郵便配達の小父さんや、大人でも行き倒れで死ぬことがあるんだよ。こんなひどい吹雪の日にはな」

と、いう主人につづいて小母《おば》さんも言葉を添えた。

「ほんとうだよ。それでもこの辺は家が少しでもあるからいいけれどね。もっと田舎だったら、今日あたり陽子ちゃんは死んでしまうよ。とにかく風が静まるまでゆっくり休んで行きなさい。どうせ学校は冬休みなんだからね」

しかし、陽子は牛乳配達にきたつもりなのに、ただストーブにあたっているのがつまらなかった。一度も休んだことのない配達を休むのは残念でならない。

熱い牛乳とストーブで、体がすっかり暖まった。陽子はぼんやりと窓の外をながめていたが、疲れてベンチに横になった。横になるとついうとうととなり、やがてすっかり寝入ってしまった。

ふと目をあけると、いつのまにか陽子は小ぎれいな床の間のある部屋に、ねかされていた。陽子はおどろいた。夢をみているのかと思ったが、すぐに牛乳屋の座敷にいることに気がついた。長くねむったように思ったが、二十分ほどだった。陽子が蒲団《ふとん》の上に起きかけた時、隣の部屋からひそひそと話声が聞えてきた。

「…………。そんなことをいう、お前は」

おしころすような小父さんの声だった。

「だってさ……」

小母《おば》さんが何かいっている。

「しかしね。牛乳配達をしたいっていったのは、陽子ちゃんなんだ。何も……」

自分のことをいわれていると知って陽子は起きて行くことができなかった。

「それはそれでもいいよ。しかしね、こんな吹雪の日に……。自分の……なら、とてもこんな日に外に出せるものかね」

「………。……だってわかるかね」

「みんないってるよ。第一、顔が似ていないよ」

障子一枚をへだてただけのとなりの部屋の声は、ひそひそ声でもよく聞える。

「しかし、似ていない親子はあるよ。お前だって、時子とちっとも似ていない」

「あほらしい。あの子は、わたしが産んだじゃありませんか」

小母《おば》さんの低く笑う声がした。

「だがね。とにかく陽子ちゃんの知らないことだ。だまってるんだな」

「ああ、わかってるよ。だけど遠からず知れる話さ。だれだって陽子ちゃんはもらい子だって知って……」

「しっ。大きな声を出すな」

陽子はハッとした。

（もらい子？　わたしが、もらい子だって……）

しかし、ふしぎに陽子はひどく驚きはしなかった。子供心にも、もう大分以前から、夏枝の中に本当の母親でないものを、陽子は感じとっていた。自分でも何となく、もらい子ではないかと思うこともあった。だが今、はっきりとそのことを知ったのは淋《さび》しかった。

（おにいさんも、ほんとうのおにいさんじゃないのだろうか）

陽子は涙があふれそうになった。いつもの「汗と涙は人のために流しなさい」という言葉を思いだしたが、涙があふれた。

（もらい子なんかじゃない）と、心の中で思ってみたが、だめだった。啓造も夏枝も徹も、にわかに遠い人に思われた。陽子は一人ぼっちになったような淋《さび》しさに唇をかんで涙をこらえた。牛乳屋の小父さん小母《おば》さんに涙をみられたくなかった。

（もらい子だっていいわ）

そう思ったが涙はとまらない。陽子は思いきって涙をふいて土間に出た。

「起きたのかい」

小母さんが顔を出した。

「ええ」

陽子はうつむいて長ぐつをはいていた。

「まだ九時だよ。ゆっくりねむったらいいよ」

小母さんはそういったが、陽子は外へ出た。風はうそのようにパタリとやんで、青空がのぞいている。

陽子は何だか自分がちがう人間になったような感じがした。道がほそぼそとついている。

（どこからもらわれてきたのだろう）

陽子はとぼとぼと歩きだした。

（もらい子だから、おかあさんは給食費をくれなかったのだろうか）

学芸会の時、服を作ってくれなかったことも思い出された。うしろの方で大きな音がした。ふり返ると、大通りを黄色いラッセルが水しぶきのように雪けむりをあげて走っているのが見えた。陽子はふっと涙ぐんだ。何がきっかけでも、涙の出る淋《さび》しさだった。

（あしたから牛乳配達をやめよう）

陽子は、自分が働いたために、牛乳屋の小母《おば》さんが父や母を悪くいったことを思い出した。自分の働くことをきらった母の気持を、今はじめて陽子は知った。

家のそばまできた時、陽子は不意に夏枝の恐ろしい顔を思いだした。夏枝がのしかかるようにして、陽子の首をしめた時の顔である。

（どうしてもらい子だって、かわいがってくれないのだろう）

本で読んだ白雪姫が思いだされた。いつか自分も白雪姫のように、家を出されるのではないかと、陽子はしょんぼりと勝手口をあけた。待ちかまえていたように中から夏枝がとび出してきた。

「まあ、こんな吹雪に、かわいそうに……」

そういって夏枝は陽子をだきしめた。

夏枝は七時ごろ起きて、あまりのひどい吹雪におどろいた。こんな日に陽子を出してしまったと思うとかわいそうで、陽子の帰るまで気が気でなかったのである。抱きしめられて、うれしいのか悲しいのか、自分でもわからぬ涙をこらえきれずに、陽子はワッと声をあげて泣きながら夏枝にしがみついた。

淵《ふち》

陽子は牛乳配達をやめた。

「さすがの陽子も吹雪には、恐れをなしたね」

と、啓造にいわれた。夏枝も徹も、そう思っていた。

「やっぱり、長つづきするはずがありませんわ。子供ですもの」

陽子はだまっていた。牛乳屋の小父さん小母《おば》さんにきいた「もらい子」のことをだれにもいわなかった。

吹雪の日、夏枝が心配して、おろおろしながら陽子を待ちかねて抱きしめてくれたことがうれしかった。

(いいおかあさんだわ)

そのことを思いだすと、心がなぐさめられた。

(わたし、ぜったいにいい子になるわ。いつか、ほんとうのおかあさんにあったら、いい子だねって、ほめてもらえるように、うんといい子になるわ)

陽子は、そう考えるようになった。だが、このごろひとつ心配なことがある。それは、徹がめっきり無口になったことだ。陽子が学校の話をすると、夏枝や啓造よりも熱心に話をきいてくれた徹が、このごろは「うん」とか「そうか」とかいうだけだった。

（おにいさんは高校の入学試験で忙しいんだわ）

陽子はそう思いながらも、夕ごはんの時に徹がだまっているとさびしかった。

そのような徹の変化に夏枝も気づいていた。今まで徹は学校から帰ると必ず、

「おかあさん、陽子は」

と、たずねていた。しかし、このごろの徹は陽子のことを口に出さなくなった。

そして、ある夜、啓造も陽子に対する徹の態度が変ったことに気づかずにはいられなかった。夕御飯を終って入浴していた陽子がパジャマに着更えて茶の間に入ってきた。啓造も夏枝も徹も、茶の間にいた。陽子が何か話しかけようとして、

「ね、おにいさん」

と、徹の肩に手をかけた。その瞬間、徹はまるで電流にふれたようにピクリと体をふるわし、さっと身をかわした。

陽子はあぶなく倒れるところだった。徹は自分でも驚いたらしく、顔をあからめてさっさと二階にかけ上ってしまった。

「まあ、大丈夫？　陽子ちゃん」

夏枝にやさしくいわれて、陽子はうなずいた。

「大丈夫よ」

陽子は泣きたいほどさびしかった。

「あきれた徹さんね」

「きっと神経がいらいらしてるんだろう。受験勉強で疲れているんじゃないかな」

啓造は内心の動揺をおしかくして、おだやかにいった。啓造は、徹が陽子の出生を知るわけはないと思いながらも、平静になることはできなかった。

徹は市立図書館に出かけ、陽子も川向うの伊《い》の沢《さわ》スキー場に出て行った。天気のよい日曜の午後を、啓造は客間でパイプの掃除をしていた。陽《ひ》がいっぱいにさしこんでいるが、啓造の心は重かった。

啓造は昨夜の徹を思い出していた。陽子が徹の肩に手をかけた途端に、身をかわしたのはどう考えても異常だった。啓造は自分が陽子をこの家に引きとったことが、どんな結果になっていくのかと不安になっていた。

夏枝が部屋に入ってきた。

「あら、ここにいらっしゃいましたの。お二階かと思いましたわ」

熊《くま》の皮の上にあぐらをかいてパイプをみがいている啓造をみて、夏枝がおどろいた。

「ああ」

「陽が入ってあたたかですこと」

「うん」

うわの空で返事をしている啓造をみて、夏枝はちょっと眉根《まゆね》をよせた。

「いやですわ。何を考えていらっしゃいますの」

夏枝は啓造の横にすわった。熊《くま》の毛がつやつやと輝いている。

「いや、別になにも考えていない」

啓造はあわてて答えた。

「徹さんにも困りましたわねえ」

啓造の心を見すかすように夏枝はいった。

「どうしてだね」

啓造の口調はさりげない。

「どうしてって、ゆうべの徹さんをごらんになりましたでしょう」

「ああ、なんだ、そんなことか」

「そんなことって、少し変だとお思いになりませんの」

「ふいに肩に手をおかれて、おどろいただけだよ」

「いいえ。徹さんはこのごろ陽子とめったに話をしませんわ。学校から帰って陽子ちゃんがいないと、必ず陽子は？　っていいましたのに、たずねなくなりましたし……」

「試験が近づいて、落ちつかないんじゃないかな」

「そうでしょうか。わたくしとも話をしたがらないんですの。話はしなくても時々じっと陽子ちゃんをみつめていたり、何だか気になりますわ」

「徹だって思春期だからね。それはいろいろと変って行くよ。あの年ごろになると、人を避けたくなったり、親とろくに口もきかなくなる時期があるものだ。一人でいたいんだな。一人でいたいということも、人間の成長を意味しているんじゃないのかね。夏枝もあまり神経質にならないことだね」

啓造はめずらしく饒舌《じょうぜつ》になった。不安が啓造を饒舌にさせていたのである。

「でも、特に陽子を意識して避けているようですわ。思春期だからでしょうか。陽子ちゃんも、もう五年生になりますわ。体がそろそろ大人になる年ごろですわ」

「……………？」

「徹は陽子に異性を感じはじめているのではないかと思いますの」

夏枝の心配は今の啓造には思いもよらなかった。啓造は徹が陽子の出生を知って、陽子を避けているのではないかと不安だったのである。だが、夏枝は徹が陽子を異性として感じているのではないかと、案じているらしい。

「まさか、そんな」

「いいえ、徹は体もすっかり大人ですわ」

夏枝はふっとほおをあからめた。

「だが、陽子は徹の妹だよ。まさか君の心配するようなこともないだろう」

徹は佐石の娘と、絶対に結ばれてはならないのだ。啓造は自分自身の不安を打ち消すように強くいった。しかしいわれてみると、昨夜の徹の様子はあきらかに、陽子を妹とはみていない。

「あなた。あの子はもうずっと以前から、陽子が妹でないことを知っていますわ」

無論啓造にも、それはわかっていた。

啓造はパイプをひざの上でもてあそびながら、林をみた。時々、音もなく木の枝から雪がはらはらと落ちている。啓造は自分が今何をすべきであるかと思った。

(陽子をたれかにやるべきか)

(徹に、陽子の出生を知らすべきか)

いずれにしても、兄妹として戸籍にある以上、徹と陽子の結婚は不可能のはずである。啓造が、いつまでもひざの上でパイプを立てたり、倒したりしている。その単純な動作に夏枝は次第にいらだってきた。啓造の困惑の原因を夏枝は知っている。

(陽子が佐石の娘だということを、わたしは知っているんですよ。あなたは、ルリ子を殺した男の血の流れが、辻口家に混じることを恐れているのでしょう)

「あなた」

びくっとしたようにパイプの動きがとまった。

「何だね」

「わたくし、いっそのこと、徹さんと陽子ちゃんを結婚させるつもりで育てたら、いいと思いますの」

「冗談じゃない!」

激しい語気に、夏枝はわざとやさしくいった。

「そんなにお怒りにならなくても……。徹はどうせ妹とは思っていませんし、陽子はほんとうによい子ですわ。頭も気性も顔も申し分ありませんわ」

啓造は脅迫されているような気がした。

「ね、そうお思いになりません？」

夏枝のやさしい声が、一層啓造を脅やかした。

（何も知らないのだ！）

「そうか、ほんとうに君は陽子をそんなによい子だと思っているのかね」

そういってから、啓造はあわててつけ加えた。

「それなら、もっとかわいがったら、いいだろうに」

何げなくいったこの言葉が夏枝に何を引きおこすかを啓造は気づくはずもなかった。

さっと夏枝の顔色が変った。

「もっと、かわいがったらいいだろうですって？」

啓造は思いちがいをしていた。冷淡を指摘されて、夏枝が気色ばんだのかと啓造は思った。

「そうだよ。徹の嫁にしたいほどの子なら、もっとかわいがることだね」

夏枝はうつむいたまま、唇をかんでいた。

「君とはじめて会った時、紫矢がすりの着物に黄色い三尺帯をした、お下げがみの女学生だったね。わたしは、この世にこんな人がいたのかとおどろいた。全く君は美しくてやさしかったよ。君は今も美しい。陽子にもっとやさしくした方が、君に似合うよ」

夏枝は低く笑った。啓造は夏枝が何かいうのかと待っていた。だが夏枝は笑っただけで何もいわない。

「とにかく、わたしとしては徹と陽子は、あくまで兄妹として育てたいね。同じ屋根の下で兄妹として育った者同士が結婚するなんて、不健康だよ。近親相姦《そうかん》のかんじだね。君も二人を結婚させるなんて考えないでほしいんだ」

夏枝はだまっていた。うなずきもしない。

「どうした？　夏枝」

夏枝の沈黙に啓造はようやく不審を持った。夏枝は、しゃんと首をあげて真正面から啓造をみつめた。唇がかすかにけいれんしている。

「おっしゃることは、それだけですの」

「どうしたね。いやに切口上じゃないか。わたしのいいたいのは、徹と陽子は兄と妹だということだけだ」

「あら、わたくし、まだおっしゃることがあると思いましたわ。そうですの、たったそれだけですの」

いつもの夏枝とはちがっていた。

「あなた！　何で陽子なんか引きとりましたの」

「何でって、君がいい出したんだよ。ルリ子の四十九日も終らないうちに、女の子がほしい、ルリ子と思って育てるから、ぜひ高木に頼んでくれと、いったのは君だよ。忘れたのかね」

啓造は、夏枝の様子に不審を感じた。

「忘れませんわ。わたくしはたしかにそう申しました。ルリ子と思って育てたいと、わたくしは申しました」

夏枝は蒼白《そうはく》だった。

「だから、仕方なしに陽子をつれてきたのだよ。あの時わたしは反対したはずだね。だが君は死んだルリ子のことなど忘れたように、陽子陽子と夢中でかわいがっていたようだった」

夏枝は、じっと啓造をみつめた。啓造は思わずハッとした。冷気が背筋を走った。

「おっしゃる通りですわ。まさか、ルリ子が陽子の父親に殺されたとは、夢にも……夢にも思いませんでしたから……」

啓造は不意に棒で足をすくわれたように、呆然《ぼうぜん》とした。

啓造は何かいおうとしたが、言葉にならなかった。

(夏枝は陽子の出生を知っていた！)

不意に胸もとに短刀をつきつけられた思いだった。

「お返事がございませんのね……」

涙声になった。

「あなた。あなたという方は、わたくしが何も……何も知らずに陽子を……陽子を……寒い夜を、幾度も起きて……お乳を作ったり、おむつを代えたり……するのを、よくも……よくも、平気で見ていらっしゃいましたのね」

夏枝は涙を拭《ぬぐ》わなかった。真正面から啓造をきっとみつめる夏枝のほおがけいれんした。

「あなた！……そんなに、そんなに」

涙で言葉がとぎれた。夏枝は声を殺して泣いていたが、

「……そんなに、わたくしが憎いのですか」

と、声をあげて泣き伏した。陽子の出生を知って以来四年間、だれにも訴えることのできない怒りと悲しみが、夏枝をおそった。

啓造は呆然《ぼうぜん》と、泣きふす夏枝をながめていた。

(高木と自分だけの秘密が、どうして、いつ夏枝に知られたのか)

それが不思議であった。

「そんなに、わたくしが憎いのですか」

という、夏枝の言葉に戸惑《とまど》った。陽子を引きとって十余年たった今、啓造の夏枝に対する憎しみはうすれていた。啓造はだまって夏枝の肩に手をかけた。夏枝ははじかれたようにパッとうしろに退いて叫んだ。

「さわらないで下さい！」

今、高木あての啓造の手紙を読んだ四年前の憎しみと悲しみがありありと夏枝の胸によみがえった。その時の手紙の文句を忘れることができなかった。

〈……とにかく、わたしは陽子を愛するために、引きとったのではないのだ。佐石の子とも知らずに育てる夏枝の姿をみたかったのだ。佐石の子と知って、じだんだふむ夏枝をみたかったのだ。佐石の娘のために一生を棒に振ったと口惜《くや》しがる夏枝をみたかったのだ。……〉

夏枝にとって決して忘れることのできない文句であった。

啓造は自分の手をけがれたもののように振りはらった夏枝の激しい憎しみにふれて、反射的に心に浮かぶものがあった。それは、夏枝の白いうなじにくっきりと残ったむらさきのキスマークであった。それはどれほど啓造を長いこと苦しめてきたことであったろう。むらさきのキスマークは、夏枝と村井の抱擁の姿態をさまざまに想像させた。想像の中にえがく妻の姿は深く啓造を傷つけた。新たな怒りが啓造の全身をさしつらぬいた。怒りをおさえて、啓造はつとめておだやかにいった。

「さわらないでくれと、けがらわしいもののように、わたしをふり払ったがね。わたしは君ほどけがれてはいないつもりだ」

「何ですって？　わたくしがけがれて……けがれていますって？」

夏枝は肩をふるわせた。

「夏枝。まあ落ちついてよく思い出してほしいね。なるほど君のいうように、陽子はいかにも佐石の娘だ。君がそれをどこでどうして知ったかは知らないが、それは事実だよ。わたしもルリ子の父親だ。ルリ子を殺された悲しみは、君よりも深くても、決して浅くはないつもりだ」

泣きはらした夏枝の目に、みるみるうちにあらたな涙が盛りあがった。

「ルリ子の父であるわたしが、なぜ佐石の娘を育てたか。いいかね。ルリ子が殺された時、わたしには憎いヤツが三人いた。一人は無論佐石だ。ルリ子を殺したヤツだ。あとの二人は、夏枝と村井だ」

夏枝は青ざめた。青ざめた顔が凄艶《せいえん》であった。

「わたしにいわせると、ルリ子を殺したのはこの三人だ」

啓造は今こそ、はっきりとこの事実を夏枝につきつけたかった。

「まあ！　わたしが殺しましたって？　そんなひどい……」

「ひどい？　ではきくがね。ルリ子が殺された時、君はどこにいた？」

「…………」

「どこにいて、何をしていた？　答えられるかね。あの日のことを、十年以上たった今でもわたしは、はっきりおぼえているがね。あのころは次子もいた。わたしの出張中に、次子と徹は映画にやり、小さなルリ子まで外へ出して、君は一体何をしていた？　いってみたまえ！　だれとどこで何をしていたか、今ここでハッキリといってみたまえ！」

啓造は自分が次第に狂暴性を帯びてくるのに気づいて口を閉じた。深呼吸をして息をとのえながら、うなだれている夏枝を刺すようにみた。

「答えられないのか！」

答えもしなければ、あやまりもしない夏枝に啓造の怒りはあおられた。

「答えられまい。わたしの出張中、村井を引き入れて、何をしていたか。いいか！　お前がわたしを裏切っている最中に、ルリ子が殺されたのだ。ルリ子は三つだった。あの暑い日盛りに外に出ていたら、家の中に連れてくるのが母親じゃないのか。お前は村井と二人っきりでいたいために、それを怠った。ルリ子にいわせると殺されたのは、おかあさんのせいだろう」

夏枝は体をふるわせた。

（あの日、ルリ子が応接室に入ってきた。それを外で遊んでおいでとわたしはいった）

夏枝は一層蒼白《そうはく》になった。

「おれにいわせれば、犯人も村井もお前も同罪だ。だがお前は、どうやらルリ子に済まないとは思わなかったようだ。お前はそのあとも、村井と……村井と……」

啓造の声が一段と大きくなって途切れた。廊下で音がかすかにした。しかし二人は気づかなかった。

夏枝の口が何かをいっていた。

「わたしは、何もかも許そうと思っていたんだ。お前のいうようにかわいい女の子をもらってやろうと思っていたんだ。だがお前は村井を好きになったじゃないか。お前のそのうなじに、キスマークをおれはみてしまったのだ」

　夏枝は、何もいわずにうつむいている。一言の弁明も謝罪もしない。啓造はたかぶる感情をおさえかねて、夏枝の両肩をはげしくゆすぶった。

「何度お前は、おれを裏切った。子供のできない体をいいことにして、いくど村井と……」

　啓造は夏枝の沈黙に不安がつのった。

（そうか！　やっぱり答えられないのか）

　夏枝は、ゆすぶられるままになっていた。仮面のように動かない顔には、既に涙もなかった。

（何とか、いってくれ）

　啓造はふたたび夏枝の肩をゆさぶった。

「佐石の娘を育てさせられて、お前に文句をいう資格があるのか。佐石とお前は同罪なのだ。お前の仲間なんだ。仲間の娘を育てさせられたからって、何の文句があるんだ」

　啓造は、次第に気がめいっていった。先ほどからいった言葉が、そのままギッシリと胸につまったような、重い気分に沈んでしまった。いうだけいっても、胸は少しも晴れてはいない。

（これだけいっても、夏枝は何も答えない。やっぱり村井と夏枝は……）

　十一年前の思いを洗いざらいいったあとには、ただ孤独だけがあった。黙然として何の応答もなくかたくなに座っている夏枝を啓造はみた。十六年間連れそった妻とは思えなかった。これだけいっても通い合うものは何もないのかと、啓造は腕組をして林をみた。冬日があかるく林の上にあった。明るい日ざしの下にみにくく争う淋《さび》しさを啓造は感じた。十六年の結婚生活に、一体自分たち夫婦は何を築き上げたのかと思わずにはいられなかった。徹という子供はいても、ちょっとつつくとガラガラと音をたてて崩れさるような、もろい家庭しか築いていない。

(よそ目には、幸せそうな夫婦に見えていたかも知れないが……。とにかく心の底をぶちまけていま得たものは、他人よりも遠い二人であったということだった)

啓造は書斎へ行こうと立上った。

その時、夏枝がきっと啓造を見あげた。二人の視線がピシッと音を立てるようにぶつかった。啓造は視線をそらせた。その瞬間、夏枝がガックリと手をついた。

「お許しになって!」

啓造はだまって夏枝を見おろした。

「でも、でも……村井さんとは、あなたのご想像になるような、そんなことは一度だって……」

夏枝は激しく首をふった。

啓造はふたたびひざをついた。

「信じられないね。わたしには」

「信じることはできないね」

啓造はくり返していった。

「……でもわたくし、ほんとうに何も……」

必死な夏枝の表情だった。

(では、あのキスマークはどうしたというのだ？　由香子を犯した村井が、キスだけでおとなしく帰って行くはずがない)

だが、夏枝の必死なまなざしをみていると、ほんとうに何もなかったように思われてくる。

「しかし、お前のうなじについていたキスマークはどうしたのだ」

夏枝はちょっとうなだれた。うなだれたまま、口ごもった。

「……でも……」

「でも、どうしたんだ」

「……それだけでしたわ」

「それだけ？　どういうことだね」

啓造は鋭く問い返した。

「……ベーゼ（接吻《せっぷん》）だけでしたわ。村井さんは洞爺《とうや》の療養所へ行かれるので、ごあいさつに見えましして……。そして……ふいに、首すじに……。わたくし、びっくりして……。でも村井さんは、すぐ立上っておかえりになったのですわ」

夏枝のまなざしに嘘《うそ》は感じられない。といって長い間啓造を苦しめた疑惑が簡単に消えるはずはなかった。

「ほんとうかね、それは」

啓造は念をおした。

「ほんとうですわ」

(夏枝の言葉がほんとうなら、おれは何のために長いこと苦しんだのだろう？　何のために陽子を育てさせたのだろう)

啓造の表情がいくぶんやわらぐのをみると、夏枝は涙ぐんでいった。

「わたくし、犯人の娘を育てさせられるほど、悪いことはしませんわ」

啓造は、ちょっとだまっていたが、

「だがね夏枝。お前が村井と二人っきりで話をしていた間に、ルリ子は殺されたんだ。それに、お前は体さえ結ばれなければ、何をしてもいいと思っているようだがね。他の男と心が結ばれるということは、それ以上のわたしへの裏切りだとは思わな……」

ふいにガラリとふすまがあいた。二人がはっとしてふり返ると、徹が敷居の上につっ立っていた。

「今帰ったのか、徹」

徹は無言で宙をにらんでいる。思わず啓造と夏枝は顔を見合わせた。

「どうしたの、徹さん」

夏枝の言葉に、徹は憎しみに満ちた視線を二人にうつした。唇がひくひくとけいれんしている。

「そんなところに立っていないで、座ったらどうだね」

徹は動かなかった。

「おかあさん！　ぼくは……自分のおかあさんがそんな、そんなだらしのない人だとは、今の今まで知らなかった」

徹は、そういって夏枝をにらみつけた。

夏枝よりも、啓造の顔色が変った。

「だらしないなどと、おかあさんに向っていってはいけないね」

啓造は、言葉をおさえた。

「だらしがないから、だらしがないというんです。ぼくはおかあさんがほかの男に、接《せっ》吻《ぷん》させるような、そんな、だらしのない……」

「やめなさい！」

啓造は声を荒だてた。

「聞いていたのか。盗みぎきはいやしいことだよ、徹」

啓造は、つとめて平静をよそおった。

「聞えてきたんだよ。あんな大声なら外までだって聞えるにきまっているよ。家に入ったら、おとうさんが大声でどなっていたんだ」

徹はそういうと、ふたたび夏枝にいった。

「おかあさんは不潔だ！　あんな村井なんかと、何もないなんていっても、ぼくはいやだ！　不潔だ！」

「徹、おかあさんに言葉をつつしみなさい」

啓造はおさえつけるようにいった。

「こんな、だらしのない人は、ぼくのおかあさんじゃない！」

「だまりなさい！」

「言論は自由だよ」

啓造は立ってきて、いきなり徹のほおをなぐった。徹はよろけながら、

「なぐられても、殺されてもいうんだ！　ぼくはね。ぼくはおとうさんや、おかあさんがどこの誰《だれ》よりも立派な人でいてほしかった。いや、立派でなくてもいい。清潔な人であってほしかった。おとうさんだってひどい。おかあさんを許せなければ、別れればいい。おとうさんは卑怯《ひきよう》だ。だまって陽子を引きとって……。男らしくないんだ！　そのくせ、あんなに大声でどなっていたくせに、今はもうおかあさんの肩を持っている。……そんなに簡単に仲よくなるぐらいなら、何で……何で陽子を引きとったんだ」

なぐられても、殺されてもいうといった徹の気迫に、啓造も夏枝もだまっていた。

「徹。お前は深い事情を知らないんだ。部屋の外で聞いていては、聞きまちがいもあるだろう」

「だけど……」

「いや、まあ、とにかくすわりなさい。すわってよく聞きなさい。おとうさんだって、おかあさんの話をきくまで誤解していたことがある。おかあさんは不潔じゃない。何でもないんだ。思いちがいをしてはいけないね」

啓造は下手《したて》に出て、何とかこの場をとりつくろおうとした。夏枝は顔をあげることができなかった。

「そんなこと、ぼくは信じない。とにかく、陽子が犯人の子供だというのは、ぜったい聞きちがいではないよ。そうでしょう、おとうさん」

徹は立ったまま、すわろうとはしなかった。

啓造は夏枝のそばに黙然としてすわった。何と答えるべきかわからなかった。

「陽子のことは、ぜったいぼくのききちがいじゃない」

徹はくり返した。

「陽子は何も知らないことだ。もうだまりなさい。陽子にきかれたら大変だからね」

「おとうさん！　きかれて大変なことをなぜしたんです。この家で育って、大きくなった陽子が、万一知ったらどうなるというの？　陽子はこの家にいられないんだよ。生きていることもできないかも知れないんだ」

徹は涙声になった。

「だから、みんなでかわいがってやろうじゃないか。さあ、もうだまりなさい」

「おとうさんは自分勝手だ。……大人なんて勝手だ。おとうさん。どんなにかわいがられても陽子は、どこの家で育つより、この家で育つ方が一番不幸なんだ。何の権利があって陽子を不幸にするの。ぼくだって、こんな不幸の種のまかれている家なんか、ごめんだよ。何だ、こんな家！」

「わかった。悪かった。おとうさんが悪かった。もう何もいうな」

「おとうさん、陽子をかわいがって育ててくれる？」

「育てる」

「おかあさんは？」

夏枝は、たもとに顔をうずめたまま、かすかにうなずいた。

「ぼくは大学を出たら陽子ちゃんと結婚するよ」

「ばかな！」

啓造があわてた。一番恐れていることである。

「ばかでもいいよ。陽子は、この世で一番居辛《いづら》い家にきたんだ。だから、ぼくは陽子がかわいそうなんだ。ああ、おかあさんさえ、他の男と仲よくしなければよかったんだ。やっぱりおかあさんが悪いんだ」

徹は夏枝をゆるすことができなかった。

「わかった。もう何もいうなといっているじゃないか」

厳しい啓造の語調に、徹はだまった。だが徹の顔はみるみる紅潮した。

「わかってなんかいないんだ。おとうさんはわかってなんかいないよ。おとうさんだって悪いんだ。おかあさんに復讐《ふくしゅう》したければしてもいいよ。だけど、そのために一人の人間の運命を不幸にするなんて、そんな、人間を大事にしない考え方にぼくは腹が立つんだ」

「わかった。おとうさんが悪かった」

「いや、わからない。おとうさんとおかあさんが仲よくなって、めでたしめでたしではないんだよ、おとうさん。それで終りじゃないんだよ。陽子はどうなるの。この家で育たなければならない陽子は……。だから、ぼくは結婚するんだ。おとうさんは、たった今、陽子をかわいがるといったくせに、すぐ反対をした。それがおとうさんのかわいがるって……いうことなんだ！……」

徹は興奮のあまり、言葉を失った。


「無断入室を禁ず」

徹の部屋のドアに貼紙《はりがみ》がはられた。啓造と夏枝を激しく憤った翌日からである。徹はたれともほとんど口をきかなくなった。

それまでも、だんだん言葉少なになりつつあった徹である。それには、ひとつの理由があった。徹は何となく陽子が面はゆくなってきていた。何でそのようになったのか、徹は自分自身でもわからない。とにかく今まで、陽子がほんとうの妹ではないと知っていても、妹のようにかわいかった。それが急に妹のようなかわいさではなく、もっと秘密なかわいさになったのである。湯上りの陽子に肩に手をかけられた時、思わずピクリと身をかわしたことがあった。それも徹自身にはどうしてだかわからない。

そのような不安定の状態にあった時、徹はわが家の秘密を知ってしまったのである。それまで、徹にとって自分の家庭は誇りであった。病院長である、おだやかな父、美しくてやさしい母、明るく、かしこい妹、そして生徒会長の徹自身、申し分のない家庭のはずであった。

それが一皮むくと、卑劣な嫉妬《しっと》深い父であり、不貞な母であり、殺人犯人の娘が妹であったという事実に、徹は深く傷つけられた。徹は人が変ったように陰気になった。啓造も夏枝も、その徹をはらはらしながら見守るばかりで、特に夏枝は徹を恐れておどおどした。

「徹さん、ごはんですよ」

と、おそるおそる声をかけても、徹はつき刺すような視線で一べつするだけであった。

啓造が、一度よく話合おうとしても、徹は勉強を口実に部屋に引きこもった。感じやすい年ごろの徹を、へたに叱責《しっせき》して家出などされてもと、啓造は強い態度に出ることができなかった。ある日、学校から徹のことで相談したいという手紙がきた。

その夜啓造は、自分自身の愚かさを悔いていた。

(何で佐石の娘を、夏枝に育てさせようと思ったのだろう)

（だが、あの時おれは夏枝をゆるすことができなかった）

（と、いって、ゆるさなかったばかりに、誰《だれ》もかれも不幸にしてしまったではないか。復讐《ふくしゅう》しようとして、一番復讐されたのは自分自身ではなかったか）

（そうだ。陽子を愛することのできない苦しみ、その秘密を妻にかくしていることの苦しみ、ただ苦しいだけだった）

（それだけではない。徹にもすべてを知られてしまったのだ。しかも徹は陽子と結婚するといっているのだ）

啓造は恐ろしくなって、聖書の言葉を思い出そうとした。だが、啓造には、何の言葉も思い起せなかった。啓造は、徹が一体どんなことをしたのかと、学校からの手紙を思って、その夜はなかなか眠ることができなかった。


「どうも困ったことが起りましてね」

夏枝が徹の学校に行くと、教師は事情を説明した。

中学に入って以来、一、二の成績を争っていた徹が、三学期にどの学科の試験も白紙で提出したというのである。教師が徹を呼びつけて、

「どうしたんだ。何かあったのか」

と、たずねると、

「試験の答案を書いても書かなくても、ぼくの実力には変りありませんから」

と、答えて、何か事情があるのかとたずねても、何もいわない。

「ばかなことを考えずに、追試験を受けなさい。今年の卒業生総代は辻口に決っているのだから」

するど、徹は、

「総代なんてくだらない」

と、吐きすてるようにいって、

「うちの父も母も優等生だったそうですよ」

と冷笑した。

「まあ、ざっとこういうことなんですがね。何か心当りはございませんか」

「どうも恐れ入れます。わたくしどもには、別にこれといって思い当ることもございませんが」

夏枝は全然見当がつかないという顔をした。

「そうでしょうな。お宅のようなご家庭に、何か事情があるとは、わたしたちにも考えられませんからね」

中年の教師は夏枝の言葉にうなずいた。

夏枝からその話をきくと啓造は、徹に何といってよいか、ますます自信がなくなった。徹の負っている傷の深さを知った今は、責めることもわびることもできない。次第に家の中は暗く沈んでいった。

その中で陽子だけは変らなかった。だが陽子も啓造と夏枝が生みの親ではなく、徹が兄でないことを知って、陽子なりに傷を負っていたのである。陽子は時々、

（わたしのおとうさんやおかあさんってどんな人かしら）

と、考えることがあった。けれども、

（わたしを育ててくれたおとうさん、おかあさんを大事にしよう。よその子のわたしにごはんを食べさせたり、着物をきせたり、ありがたいことだわ）

と、素直に感謝する心は失わなかった。継子《ままこ》いじめの話などを読むと、夏枝と全然ちがうおそろしい母親が出てきた。そのたびに陽子は夏枝をやさしいと思った。

陽子は徹がどんなに不機嫌でも、はらはらしたり嫌ったりはしなかった。徹が聞いても聞かなくても、食事時には学校の話や、読んだ本の話をした。

「ねえ、おにいさんはどう思う」

と、こだわりなく話しかける陽子に、徹の表情はやさしくなって、一言二言返事をする。しかし夏枝と啓造にはろくに返事をしない。自然、啓造も夏枝も、陽子を通して徹と話をすることが多くなり、陽子の存在だけが辻口家の灯となっていった。

遂《つい》に徹は、高校入試も白紙提出をして、啓造と夏枝の期待を全く裏切ってしまったのである。

高校入試に落ちてから、徹は次第にあかるくなった。徹は高校に入らないということによって、せめて陽子への心ひそかなわびとしたかったのである。父と母の過去を、こうした形ででも、陽子にわびずにはいられなかったのである。

啓造と夏枝の落胆をみると、徹は心がなごんだ。父も母もこれで一応罰せられたことになると、徹は思った。このことを陽子が知ったなら、きっとゆるしてくれるだろうと、徹は思った。

「無断入室を禁ず」

の貼紙《はりがみ》もはずされた。

徹は陽子をつれて、よくどこにでも出かけるようになった。以前あまり行かなかった辰子の家にも、顔を出すようになった。

徹の目が恐ろしいので、夏枝は陽子にやさしくした。だが陽子を心から愛することは、夏枝にはやはりできなかった。陽子がルリ子を殺したわけではない。しかし陽子の父がルリ子を殺したというその事実によって、夏枝の本能的な母性が陽子を憎んだ。特に、徹が陽子をかわいがっていると、

「ぼくは陽子と結婚する」

と、いった彼の言葉を思い出して、夏枝はおびえた。

（いつか必ず、陽子に真実を伝えねばならない）

夏枝は深くそう心に決めた。事実を知ったならば、いくら何でも陽子は徹と結婚することはあるまいと夏枝は思ったのである。どんなことがあっても仇《かたき》の血を辻口家に伝えることはできない。佐石の孫が、自分たちの孫であるなどという現実は、あってはならなかった。

翌年、徹は格別の受験勉強をすることなく、道立旭川西高校に入学した。夏枝にも次第にやさしくなって母の日にブローチを贈ったり、時には映画に誘うようにもなった。

「おふくろと一緒なら、おこづかいが浮くからね」

徹はそのようないい方をして、夏枝を誘った。自分より丈高い徹と肩をならべて外を歩くということだけでも、夏枝はうれしかった。

「おとうさん、ぼくやっぱり医者になるよ」

化学をやるといっていた徹が、そういうようになり、北大に入学して一年たった。

陽子が高校へ入学するという三月のことである。

「ただいま」

陽子が学校から帰ってきた。夏枝と同じ背丈ほどに成長した陽子は、豊かな髪を肩まで垂らしている。映画でみるクレオパトラのように前髪を切って、その黒い髪が陽子の顔を白い花のように清潔にみせていた。

「おかあさん、卒業式は二十日に決ったわ」

「あら、そう」

「ところが、今年の答辞は女子なんですって。わたしにその役目を仰せつかってしまったの」

「あら、よかったわね」

夏枝は笑顔をつくったが、心はおだやかではなかった。

陽子のセーラー姿が廊下に消えると、夏枝は唇をかんだ。

(陽子が答辞をのべるなんて！)

夏枝は徹の中学卒業のころのことを思い出さずにはいられなかった。徹も卒業生総代に内定していたのであった。だが徹は学年末試験に白紙を提出して、総代はおろか高校へも入学しなかったのである。

(あれは徹が、陽子をルリ子殺しの犯人の娘だと知ったショックのためなのだ)

徹の受けたショックは、父と母への信頼が裏切られたことの方に、より大きい原因があった。しかし夏枝は、夏枝らしい身勝手さで、それを都合よく忘れていた。夏枝にいわせると、いわば陽子のために、徹は卒業生総代の栄光を失ってしまったのに、当の陽子が答辞を読むなどという晴れがましいことは僭越《せんえつ》もはなはだしい、という思いであった。夏枝は自分たちが佐石の娘に敗北したようで口惜《くや》しかった。

「あなた、陽子ちゃんが卒業式で答辞を読むんですって」

夕食の時、夏枝はうれしそうに啓造に告げた。

「ほう！　それは、それは。もっとも陽子なら当然だという気がしなくもないがね」

啓造は相好をくずした。

「おかあさんきて下さるの？」

「当り前じゃありませんか。陽子ちゃんの晴姿をみないでどうしますの。何日かしら、卒業式は」

「二十日よ」

陽子がうれしそうにいった。

「茅ケ崎《ちがさき》にも、徹にも、しらせるといいね」

大学生活一年を終えた徹は、いま茅ケ崎の夏枝の父のところへ遊びに行っている。

「ほんとうですわ。徹さんもきっと喜びますわ」

そういいながら、夏枝は啓造が本気で喜んでいるらしい様子に腹をたてていた。徹が卒業試験に白紙提出をした中学卒業のときのことを、夫は忘れているのだろうかと、夏枝は啓造の顔をみた。

「おとうさんもきて下さる？」

陽子の言葉に、

「二十日だね。ぜひ行きたいが、二十日はちょっと会議があってね。無理かも知れないな」

カレンダーを見あげた啓造の視線が白いセーターの陽子の豊かな胸のふくらみに移ったのを夏枝はみた。一瞬ではあるが、啓造の目の中に夏枝を不安にさせるものがあった。それが一層、陽子をゆるしがたい存在に思わせた。

(どんなことがあっても、答辞を読ませてはならない。そういったとしてもだれがわたしを責めることができるだろう。自分のかわいい子供の仇《かたき》の娘を、だれも育てることなんかできはしない。わたしは陽子を育てただけで十分なんだ)

「答辞といっても、このごろはどんなことをいうのかね」

啓造は食事を終えて、陽子にたずねた。

「そうね。あんまり心に残るような答辞はないわ」

「陽子は何をいうつもりなんだ」

啓造は陽子にやさしかった。四年前徹に、

「この世で、この家ほど陽子ちゃんにとって居づらいところはないのだ」

と、せめられた時、啓造は久しく忘れていた「汝《なんじ》の敵を愛せよ」という言葉を思い出した。だが、その言葉は頭で知っただけではどうにもならなかった。啓造は洞爺《とうや》丸《まる》で会った宣教師を慕わしく思うことがあった。よほど教会に行って、説教をきいてみようかと思うこともあった。だが、思うだけでなかなか若い時のように、ちがう世界へとびこむことはできなかった。ただ一人書斎にこもって聖書を開くことが多くなった。

だが、陽子にやさしくなったのは、ただ聖書を読んだためではなかった。聖書をパラパラ読むだけでは、啓造の心の中にまだ信仰の実りはない。ルリ子が殺されて十六年という長い月日が、陽子に対する感情にも作用していた。けれども、それよりも、もっと強く作用しているものがあった。それは誰《だれ》にも知られたくないことではあったが、憎むには余りにも美しく、陽子は成長していたのである。

ちょっと上をみて笑う時の、白いなめらかな、のどを見ただけで、啓造はひそかに平静さを欠くことすらあった。一間に半間のせまい洗面所で、

「あら、しらがよ。おとうさん」

などといって、しらがをぬいてくれる陽子の豊かな胸が啓造にふれると、抱きよせたいような誘惑に耐えねばならなかった。自然、啓造は陽子にやさしくなって行ったが、自分自身のやさしさの意味を知っていた。啓造は、時々、

（おれは何という人間なんだろう。佐石の娘におれは何を感じているのだろう。かりそめにもおれは陽子の父ではないか。おれは遂《つい》に陽子を、真実に清く愛することのできない人間なのか）

と、絶望的になることがあった。

「そうね、答辞にはこういうわ。中学生時代は受験受験でつまらない」

陽子は啓造にそういって笑った。

夏枝も笑った。笑いながら夏枝はどうやったら、陽子に答辞を読ませないですむかを考えた。

（そうだわ）

夏枝は心に決めた。徹がいないことが夏枝を大胆にした。徹がいてはやりにくいことであった。そのやりにくいことを夏枝はやるつもりだった。

（もし、わたしのしたことがわかって、陽子に責められたなら、わたしはいってやってもいい。陽子はだれの娘であるかということを）

「陽子ちゃん。卒業式にはセーラーを着ていくわね」

夏枝は機嫌のよい声で陽子にいった。

いよいよ陽子の卒業式の朝がきた。昨夜浄書した奉書紙をむらさきの風呂敷《ふろしき》に包んで陽子は出かけた。

「あとから行きますからね。上手におやりなさいね」

夏枝は門の外まで送って出た。

大きな春の雪がふわりふわりと降ってくる下で、陽子はふり返って高く手をあげた。黒いオーバーが少し短かくなっていた。夏枝も手をふった。だれが見ても和やかな美しい光景であった。

（今日はさすがの陽子も泣きだすにちがいない）

夏枝はそう思いながら手を振っていた。

青い小紋に淡いクリーム色の絵羽織、帯は金茶の西陣に着更えて、夏枝は鏡台の前に立った。鏡に顔を近づけると目じりにも口のまわりにも、目立つほどではないが小ジワがある。どう見ても三十二、三にしか見えないと人にいわれる世辞も、四十を過ぎた夏枝にうれしくはない。

（どんなに若く見えたとしても、もう二十代とまちがわれることはなくなった）

このごろ、鏡をのぞきこむ度に意識するのは、陽子の若さと美しさであった。十五歳の陽子に、四十二歳の自分を較《くら》べる滑稽《こっけい》さに夏枝は気づかない。

「鏡や鏡や、世界の中でだれが一番美しいの」

と、しばしば鏡にたずねて、

「それはあなたです」

と、いう答えに満足していた白雪姫の継母《ままはは》が、やがては、

「それは、あなたではありません。白雪姫です」

と、いう鏡の声を聞かねばならなかった口惜《くや》しさを、夏枝は身にしみてよくわかった。陽子と連れだって街を歩くと、二、三年前までは夏枝に注がれていた視線が、今ではほとんど陽子に集められるようになった。いきいきと表情豊かな、何かが燃えているような陽子の目は、ひとめで人をひきつけずにはおかなかった。

しかし今日はさすがの夏枝も、自分の容姿よりも、これから起るはずの出来ごとの成りゆきが気がかりで鏡の前を早々に離れた。

夏枝が学校に着くと、卒業式は既に始まっていた。来賓の祝辞が次々と続くのも、夏

枝は上の空だった。少し心が落ちつくと夏枝は陽子の席を探して式場を見わたした。来賓席、父兄席が両側にあって、生徒たちより高い椅子《いす》だった。陽子は、前から二番目の中央にすわってうつむいている。陽子の姿をみると、夏枝の動悸《どうき》は激しくなった。

(陽子は、わたしの仕業と気づくだろうか)

気がつくと、既に祝電の披露《ひろう》も終るところであった。

「答辞《そうじ》。第十三回卒業生総代、辻口陽子さん」

痩身《そうしん》の教頭が呼んだ。

「はい」

澄んだ声がひびいて、陽子が静かに椅子《いす》から立上った。

(いよいよ、始まるのだ)

激しい動悸《どうき》に、夏枝は少し息苦しくなった。陽子が来賓席に一礼し、教師席に一礼した。それから陽子はおもむろに奉書紙を開いた。

美しい陽子に、来賓席はかすかにざわめいた。しかし、すぐに再び場内はしんと静まりかえった。誰《だれ》かの小さな咳《せき》ばらいが、はっきりと聞える。陽子は開いた奉書紙を持ったまま、なぜか一言も発しない。陽子を見つめたまま夏枝は、めまいがしそうになった。会場にざわめきが起きた。陽子がゆっくりと奉書紙をもと通りにたたむのが見えたのである。

「どうしたのかしら」

夏枝のうしろでささやく声がした。教頭があわてて立ちあがる姿が見えた。夏枝も立ちあがりそうになった。

ざわめきが更に大きくなった。答辞は卒業式の華《はな》である。一言も発することなく奉書紙をたたんだことは一大事であった。陽子はていねいに一礼した。

「あがったんじゃないのか」

「いや、何も書いていないらしいね。だれかにすりかえられたのかな」

一礼した陽子はざわめく人々を尻目《しりめ》に、落ちついた足どりで壇上に登った。無論定められた行動ではない。あわててかけよろうとした教頭は、かたわらの教師におしとどめられて席にもどった。

壇にのぼった陽子をみて、人々は静まった。場内はしんとして、陽子に好奇的な視線が注がれている。陽子はそこでまた、ていねいに一礼した。

「みなさま、高いところから誠に失礼ではございますが、卒業生一同を代表致しまして、一言答辞をのべさせていただきます」

よくとおる声であった。

夏枝は額に汗をにじませていた。

(何をいうつもりだろう)

「実はただ今、答辞を読もうと思いましたところ、これは白紙でございました」

陽子は奉書紙を高く、さしあげた。人々は再びざわめいた。

「どこでどう、まちがいましたか、わたくしにもわかりません。けれども、これはとにかく、わたくしの不注意であることは、たしかでございます。御来賓の方々。先生方。在校生のみなさま。そして本日晴れの門出をなさる卒業生のみなさま。わたくしの不注意を何卒《なにとぞ》おゆるしになって下さいませ」

陽子はふかぶかと頭をさげた。

「みなさま。ほんとうに、わたくしの不注意を心よりおわび申しあげます。わたくしといたしましても、何日もかかって書きました答辞が、まさか白紙になっているとは夢にも思わないことでした。それでただ今は少しばかり驚いたのでございます」

場内は、しんと静まりかえって、緊張した空気がピシッとはりつめた。

「このように、突然、全く予期しない出来ごとが、人生には幾度もあるのだと教えられたような気がいたします」

陽子の言葉に夏枝は唇をかんだ。

陽子は言葉をつづけた。

「自分の予定通りにできない場合は、予定したことに執着しなくてもよいということも、わたくしはただ今学ぶことができました。それで、勝手なのですが、ただ今予定外の行動をとらせていただきました。雲の上には、いつも太陽が輝いているという言葉を、先生に教えていただいたことがございます。わたくしは少し困難なことにあいますと、すぐにおろおろしたり、あわてたり、べそをかいたりいたします。けれども、それはちょっと雲がかかっただけで、その雲が去ると、太陽がふたたび輝くのだと知っておれば、わたくしたちはどんなに落ちついて行動できることでしょうか。今日わたくしはそれを学ぶことができて、よかったと思います。わたくしたちは、中学を卒業致しますと、進学する人、就職する人の別こそありますけれど、一歩、大人の世界に近づくことでは同じだと思います。

大人の方々の前で失礼ですけれども、大人の中には意地の悪い人もあるのではないかと思います。でもわたくしたちは、その意地悪に負けてはならないと思います。どんな意地悪をされても困らないぞという意気込みが大切だと思うのです。泣かせようとする人の前で泣いては負けになります。その時にこそ、にっこり笑って生きて行けるだけの元気を持ちたいと思います。このこと一つだけでも、わたくしたち卒業生の一人一人の心の中にあるならば、今日お祝詞を下さった方々、先生方、また仲よくして下さった方々への御礼になるのではないかと思うのです。……しどろ、もどろでつまらないことを申しあげましたが、これを以《もっ》て第十三回卒業生一同を代表致しましての答辞と致します」

陽子はていねいにおじぎをした。

嵐《あらし》のような拍手が起こった。夏枝はめまいを感じた。拍手をされている陽子が憎かった。

人々は陽子がだれかの悪質ないたずらにあったことを同情した。落ちついて、澄んだ声で話をした陽子が、ひどくけなげに見えた。答辞に対して拍手をしないのが今までの慣例である。しかし今は、教師も父兄も生徒たちも、陽子に対して拍手を惜しまなかった。場内にみなぎる一つの感動があった。卒業式の持つ感傷のせいもあった。とにかく、だれかの悪質ないたずらに負けなかった陽子を、人々はほめたかった。

しかし、拍手の中を降壇する陽子の心は、複雑であった。直感的に陽子は、夏枝の仕業であることを感じた。級友がすりかえるはずがなかった。陽子は学校にきて、一度も手放さなかったからである。

「仰げば尊し、わが師の恩……」

歌の途中で泣き出す者がいた。女生徒の中には声をあげて泣いているものもいた。くすくす笑っている男子もいる。しかし陽子は歌うことも忘れていた。単に悲しいというのではない。

（ほんとうの母なら、こんなことは決してしない）

世のすべてから捨てられたような、深いしんとした淋《さび》しさであった。

気がついた時、陽子は卒業生の一人として、在校生の拍手の中を級友と共に退場するところであった。夏枝は陽子のうなだれた姿をみつめながら、いまいましくてならなかった。

今朝、陽子が洗面所にいる間に、こっそりと答辞の奉書紙をすりかえておいたのである。夏枝には、佐石の娘に徹が敗北するのは承服できないことだった。

(絶対に、答辞を読ませてはならない)

という、つかれたような思いを夏枝から取りのぞくことは遂《つい》にできなかった。

(陽子は皆の前で白紙を広げるだろう。読むべき字は一字もない。陽子はきっと青くなり、おろおろとして泣き出すことだろう。晴れの場所で恥をかいた陽子は、すっかりしょげこんで高校入試にも失敗するかも知れない。白紙にすりかえたのは、級友の嫉妬《しっと》だということになるだろう。心を傷つけられた陽子は、当分ゆううつになり、悩みぬくことだろう)

夏枝のこの予想は見事にうらぎられたのである。

陽子には少しも困った様子もなく、人々の同情が陽子に集まった。夏枝の席のうしろでも、

「落ちついた立派なお嬢さんね」

「憎らしいわね。意地悪したのはだれかしら」

「ちょっと我々にはまねもできませんな」

などとささやく声がした。

夏枝は謝恩会に出る予定をとりやめて家へ帰った。謝恩会で人々から陽子への讃辞《さんじ》を聞くのは当然である。家へ帰る途中も夏枝はみじめだった。陽子に愚弄《ぐろう》されたような思いであった。

困って泣き出すかと思った陽子は、予期していたかのように、振当てられた役を十分に練習した俳優のように、何と見事に落ちついて果したことだろう。

(わたしの仕業と陽子は気づいているかしら)

夏枝は自分の敗北を知られたくはなかった。陽子が帰ったら、なかなか立派だったとほめてやらなければならないと思っただけでも、夏枝はみじめだった。家に帰ると、疲れがでて夏枝は鏡台の前にぐったりと座った。

(どんなに意地悪をされても、困らないぞなどといったのは、わたしに聞かそうとした言葉ではないのだろうか)

夏枝は腹だたしい気持で鏡の中の自分をみつめた。疲れた顔が、急にふけこんでみえた。夏枝は一層ふきげんになった。夏枝は自分のしたことに良心の苛責《かしやく》はない。むしろ殺されたルリ子の復讐《ふくしゅう》をしているような気にさえなってきていたのである。夏枝は自分の計画通りにならないことに、無性に腹を立てていた。

(いいわ。ほんとうにあの子が、一生困った顔をしないで過ごせるか、どうか……。何としてでも困らせてみせる。わたしにはそれができるのだ。あの子の出生を知っている限りは)

だが夏枝は知らなかった。そのころ陽子が、どこで何を考えていたかということを。

陽子は家の前まで来たが入る気はしなかった。卒業証書と通知箋《せん》を夏枝に見せる気はしないのだ。陽子は林の中に入って行った。

春の陽《ひ》にやわらかくなった雪に足が埋まる。陽子は切り株の上に腰をおろした。

(おかあさんは、どうしてあんなことをしたのだろう？　いくらもらい子だからって、答辞を読むと聞けば喜んでくれるのが当り前ではないだろうか)

陽子に夏枝の気持がわかるはずはない。

(でも、おかあさんがしたことかどうかは、わからないのだわ。その場をわたしは見たわけでもないいんだから)

だが、夏枝のほかにだれを考えることもできなかった。一度も手放さないものを、級友たちは取りかえることはできないからである。

(わたしが困るのをみて、おかあさんはうれしいのだろうか。これほど、ひどいことをするおかあさんとは思えないけれど)

ふっと、陽子は小学校一年生の時に夏枝に首をしめられたことを思いだした。

(わたしは一体だれの子供なのだろう？　もしかしたら、おかあさんの憎い人の子供ではないのかしら)

陽子は自分のほんとうの父と母のことを想像してみた。どんな人が、夏枝にとって憎い人になるのかと、陽子は考えた。

(もしかしたら、わたしの生みのおかあさんと、今のおかあさんはライバルだったかも知れないんだわ。わたしを産んだおかあさんに恋人をとられたのかも知れないんだわ)

だが、どうしてそのライバルの子が辻口家にもらわれて来ることになったのかを考えると、この想像は当らないような気がした。

(ああ、もしかしたら、わたしはおとうさんの愛人の子かも知れないんだわ。おお、いやだ。人の奥さんを苦しめるようなおかあさんが、わたしのほんとうのおかあさんだなんて、ごめんだわ)

陽子は眉根《まゆね》をよせた。

(でも、とにかくわたしはおかあさんの嫌いな人の娘なのかも知れないわ。何かの事情で、おかあさんはわたしを育てたのかもしれないわ。何の理由もなくて、今日のようなことをするわけがないもの。だとしたら、わたしは知らないことでも、おかあさんにはずいぶん気の毒なことだと思うわ。おかあさんって、それほど悪い人じゃないんだもの。よほどの事情があるかも知れないのに、何も知らずに恨んだりしてはいけないわ)

人を悪く思うことができないのは、陽子の生来の性格だった。

(それに、わたしを産んだおかあさんがしたわけではないもの。わたしを産んだおかあさんがもし、こんなことをするのなら悲しいけれど、そうじゃないんだもの。わたしは石にかじりついても、ひねくれないわ。こんなことぐらいで人を恨んで、自分の心をよごしたくないわ)

陽子はそう思って、心が明るくなっていった。

千島から松

陽子が高校の一年、徹は北大二年になった。

徹が札幌《さっぽろ》に行って以来、家の中が妙に陰気になった。夏枝はいつも家の中をきちんと整頓《せいとん》して、廊下も滑って転びそうになるほど、念を入れてみがいてある。しかし、どこか住心地がよくない。

特に啓造の帰宅が遅れて、夏枝と陽子二人っきりの食事になると、夏枝はだまりこんでしまうのだった。食卓は毎日糊《のり》のきいた白布がかけ代えられ、食卓の上には花が飾られている。

あたためられた皿に分厚い焼肉がのせられ、そばにアスパラガスのマヨネーズかけが添えられている。スープ皿にはシチューが湯気をたてていて、食後のりんごが形よく果物皿に盛られている。申し分のない食卓なのだ。それなのに陽子は妙にさむざむとしたものを感ずる。おしだまっている夏枝とむかい合って食事をしながら陽子は話題をみつけて語りかける。だが、夏枝は何か考えこんでいるのだ。

(おかあさんはどうしてこうなるんだろう。わたしがきらいなのかしら)

さすがの陽子も、夏枝と二人っきりの食事の時は語りかける言葉を失ってしまう。

(でも、わたしは明るく生きたいわ。世の中には沢山の人がいるんだもの、おかあさんの影響だけを受けて、暗くなることはないんだわ)このごろ陽子は週に一度は辰子の家に足が向いた。辰子の家には幼いころと少しも変らない、何かなつかしい雰囲気があった。辰子が別段とりたてて優しいというのではない。
入って行くとニコリと目顔で迎えるが、
「いらっしゃい」
ともいわないことが多い。
(辰子小母《おば》さんは踊りできたたから、体全体で表現するようになったのかしら。口で
伝えるよりも、体全体で感情を伝えるというのは、せつない美しさがあるものだわ)
陽子は微妙に変化する辰子の顔を見あきない。踊っている間は、話しかけることも近
づくこともできないきびしさがあって、辰子の体の周りには冷たいといってよいほどの
雰囲気が漂うこともある。
その日も陽子は学校の帰りに辰子の家に寄った。この数年来、常連になった黒江《くろえ》は陽
子の高校の絵の教師だった。小学校の時から知っていた陽子からみると、余程の年齢に
思えたが黒江はまだ三十前の独身だった。黒江は、
「おれは辰ちゃんより好きな女性が現われたら結婚するんだ」
といっていた。辰子はいやな顔もうれしい顔もしないで聞き流している。
「辰ちゃんと結婚するといいよ」

と、だれかがいうと、

「いや、辰ちゃんを好きな程度ではだめさ。辰ちゃんより好きでなくてはね」

黒江はそう、うそぶいた。その黒江が陽子にいった。

「秋の展覧会に、陽子ちゃんをモデルにかきたいんだがな。どうだモデルにならないか」

モデルになるより、自分で絵をかく方が面白いと陽子は思った。

黒江は熱心だった。陽子にモデルになってほしいと以前から思っていたようだった。

そのことを夏枝は辰子から電話できいた。夜になって夏枝は啓造に告げた。そして、

「黒江先生はまだ独身でしょう？　女の子一人をやるわけにもいきませんわね」

と反対したが、

「無論だよ。陽子をモデルになんかに絶対させない」

と、啓造が強硬にいうのをきくと、

「でも、黒江先生って、さばさばしたいい方ですわ。陽子の高校の先生ですし、むげにおことわりもできませんわ」

と急に夏枝は陽子のモデルになることに賛成した。

「いや、いけないね。陽子はまだ学生だからね。高校の先生といっても、この間も教え子に子供を産ました事件があったじゃないか」

啓造は不機嫌にいった。

「でも黒江先生のお宅にはご両親もいらっしゃるし、アトリエといっても、お茶の間の隣ですって。それに、着物を脱いだりするわけじゃ勿論《もちろん》ありませんから、ご心配なくって辰子さんがおっしゃっていらしたわ」

「しかし、何もその先生のために、うちの陽子がモデルにならなくてもいいじゃないか」

啓造はゆずらなかった。ふと夏枝の表情がかげって、

「あら、あなた、やいていらっしゃるの」

と冷笑した。

「何で、わたしがやくわけがあるんだ」

と、啓造は平然といったが、内心、夏枝の勘の鋭さにギクリとした。

昨年の夏のことである。土曜日の午後、いつもより早く帰ると家の中が静かであった。洗濯機の音がひくくうなって、水の音がしていた。茶の間に一歩足をふみ入れた啓造は、思わずハッとして立ちどまった。

シュミーズ一枚の姿で、陽子がデッキチェアに眠っていたのである。洗濯機の回転音に眠りを誘われたのかも知れない。短いシュミーズのままで足をくんでいるため、太ももがあらわに啓造の目に入った。足首の細いすらりと伸びたその足が、太もものあたりでは、まろやかに白く肉づいている。

啓造は、その太ももから視線をそらそうとしても、しばらくはそらすことができなか

った。その肌にじかに触れたかのような戦慄《せんりつ》が身内を走って、啓造はそのまま、書斎に上ってしまったのである。その後、ともするとその時の陽子の姿態が思い出されて啓造は心がとがめた。しかし、ひそかに楽しくもあった。

いつか夢の中で、抱いていた夏枝がだんだん細くなった。おどろいて「夏枝、夏枝」と叫ぶと再び腕の中でもとの体にかえってきた。よかったと思って顔をのぞくと、それは夏枝ではなくて陽子だった。

「あなた、やいていらっしゃるの」

と、今、夏枝に冷笑されると、デッキチェアにシュミーズ姿で足を組んでいる陽子の姿が描かれるような気がしていた自分に啓造は気づいた。たしかに啓造は黒江という教師に嫉妬《しっと》していたのである。

モデルになる話は、もともと陽子自身も気が進まず、啓造が強く反対したことでもあるのでとりやめになった。

夏枝は陽子をモデルにと望まれたことで、陽子の美しさが辰子の茶の間でしばしば話題になっていることを想像して、平静ではいられなかった。陽子が辰子の家に行くことが不快になった。ある日、夕食が終ると、

「陽子ちゃん、辰子さんの家をどう思っているの」

夏枝は改まった口調になった。

「好きよ」

陽子は不審そうに夏枝をみた。

「好きなだけ？　少しだらしがないと思うでしょう？」

「いいえ、ちっとも」

「まあ、陽子ちゃんはちっともだらしないとは思わないの。茶の間にゴチャゴチャ人が集まって、何かだらしのない感じではない？」

「ええ、いわゆるお行儀のいい人達ではないわ。でもだらしがないとは思わないわ」

「おかあさんは、もし自分の家に、あんなに始終五人も六人もねころんだり、いぎたなくしていられたらと思っただけでも、ざわざわしますけれどね」

夏枝は顔をしかめた。陽子は思わずふきだしそうになった。辻口家のこの茶の間に、あの人たちが集まったら、みんな神妙にかしこまってしまうのではないかと、そう思っただけで陽子はおかしかった。夏枝には人をくつろがすものがなかった。辰子は十分に人をくつろがせながら、しかし自分の心の中まで踏みこまれない節度があった。それは決して夏枝がいうようにだらしがないという印象は与えなかった。

「辰子さんの家には男の人がほとんどでしょう。陽子ちゃんもそろそろ男の人の目につく歳ですからね。おかあさんのお友だちで、あなたの歳にお嫁に行った人がありますもの。もう子供じゃないのよ。あんな人たちの集まるところに行くのはおやめなさいね」

陽子は夏枝の言葉に承服しかねた。

「でも皆さん、いい方ばかりよ」

「おかあさんはきらいですよ。人の家も自分の家もわからないようなお行儀でしょう？　黒江先生など、片ちんばの下駄《げた》をひっかけて、いつもセーター姿でしょう？　よそのお家《うち》へ行く姿ではありませんよ」

陽子はそんな黒江が好きだった。

「それに御飯時でも平気でいるでしょう？　辰子さんも甘やかすからいけないの。いくらお金があるからって、いつもいつも食事をさせることはないんですのに」

とにかく陽子が辰子の家に行くのが夏枝はいやだった。

それ以来、陽子は辰子の家に行くことが少なくなった。辰子に会わないと陽子は時々、自分の生みの親のことを想像するようになった。辰子のそばにいると満ち足りていた感情が、陽子の生活から失われて行ったことに夏枝は気づかなかった。


陽子は時々さびしくなった。

（どんな事情があって、わたしの親は人手にわたしをやってしまったのだろう。わたしは親にとってさえ、かけがえのない大切な存在ではなかったのだろうか）

そう考えると、どんなに一生懸命に生きてみても、その自分を愛してくれる人はいないように思えた。若い陽子には、自分の父母が死んでいるという想像ができない。どこかで父と母は生きているような気がする。しかしその手を離れたということは、どう考えても自分の存在が祝福されているようには思えない。

(この世で、わたしをかけがえのないものとして愛してくれる人がいるだろうか)

夏枝には無論、愛されているとは思えなかった。啓造はやさしかった。だが陽子に積極的な父らしい愛情はみせることはない。陽子と二人っきりになると、何か重くるしいぎこちなさが啓造にはあった。

札幌に行った徹は、日曜日毎に帰ってきた。しかし二人っきりになると、啓造よりも、もっと重くるしく妙におしだまってしまうのだ。時々ふっと熱っぽい徹の視線にぶつかって、陽子はかすかな不安をかんじた。陽子が徹に求めているものは、兄としての愛情である。だが徹には陽子がこだわりなく甘えてゆける兄らしい雰囲気がなかった。

(おにいさんにとって、わたしはかけがえのない存在かもしれない)

しかし陽子にはそれがうれしくはなかった。徹の目に恋情があらわになった日が、自分がこの家を出て行く日のように陽子には思った。

夏休みが近づいた。徹から夏枝にハガキが来た。

「近いうちに帰ります。寮で同じ部屋の北原君を一週間ほど家においてください。彼は化学専攻の男で、ぼくより一年上です。いつも世話になっていますから、歓迎して下さい」

夏枝はそのハガキを陽子にみせて、

「徹さんったら、こちらの都合もきかずにいやな人ねえ」

と、気重そうだった。夏枝は人と知り合うことがきらいで、どちらかというと客ぎらいだった。

北原という学生のことを、時々徹がいっていたから、陽子は少しは知っていた。音楽が好きで、剣道三段とかいっていた。どこかからの引揚者で、母親がいないということもきいていた。

しかし、なぜ徹が北原を家に連れてくるのかは陽子にも分らないことだった。徹がそのことについて、どれだけ考え、悩んだかということも無論分るはずはなかった。気重そうな夏枝の様子では、北原という学生にもあまり居心地のいい家ではないだろうと陽子は、徹に対しても気の毒に思っていた。


その日は暑い日曜の午後だった。陽子は林の中の木の株に腰をかけて、読みかけの「嵐《あらし》が丘」を読んでいた。林の中は涼しかった。

小説の主人公ヒースクリッフが捨て子であるということが、陽子の感情を刺激した。ヒースクリッフの暗い情熱が陽子にのりうつったような感じだった。陽子は息をつめるようにして読んでいった。捨て子だった主人公が、兄妹のようにして育ったキャザリンを愛し、キャザリンが人妻になっても執着し、遂《つい》には死んでしまったキャザリンの墓をあばき、キャザリンの幻影をいだきながら死んで行く激しさが、生みの親を知らない陽子には共感できた。

（親に捨てられた子は、ヒースクリッフのように、両手をさしのべていつまでもいつまでも自分の愛するものを、〈ただひとつのもの、かけがえのないもの〉として追い求めずにはいられないんだわ。自分が親にとってさえ、かけがえのない者ではなかったという絶望が、こんなに激しく愛する者に執着するんだわ）

読みながら陽子は、自分もまた、激しく人を愛したいと思っていた。そして愛されたいと思っていた。

時々釣竿《つりざお》を肩に、小さなバケツを下げて、林の中の堤防を子供たちが通った。だが陽子は小説に熱中して気づかなかった。まして、陽子の思いつめたような横顔に、じっと視線を当てている青年が、チモシーの茂る小径《こみち》に立っていることなど、気づくはずはない。

（すごいわ。ヒースクリッフは床をみても、敷石をみても、どの雲も、どの木も、キャザリンの顔に見えるんだわ）

陽子はヒースクリッフがうらやましかった。死んだ愛人の墓をあばいて、その後もなお面影を求めつづけるヒースクリッフこそ「かけがえのない存在」を持った人間なのだと陽子はうらやましかった。

（でも、彼はキャザリンにとって〈かけがえのない存在〉ではなかったのだわ）

陽子は本から顔をあげたまま、思いつづけた。

（恋愛をするなら、わたしもこんなに激しく真剣な恋愛をしたいわ）

その時、陽子の足もとをリスが走った。おどろいて立上った時、白いワイシャツに黒ズボンの青年が、陽子をじっとみつめているのに気づいた。

陽子は思わずほおを染めた。自分のいま思っていることを見ぬかれたような感じだった。青年ははにかんだように微笑した。中肉中背の色の浅ぐろい青年だった。眉《まゆ》の濃い、どこか、さわやかなかんじの青年である。

「こんにちは」

青年は陽子をどこのだれと知っているような親しみをこめて挨拶《あいさつ》した。張りのある声であった。

「こんにちは」

陽子も快活に挨拶《あいさつ》をした。小説を読んだ心のほてりが、陽子の目をきらきらと輝かせていた。

「ぼく北原です」

青年には、すぐに人の心の中にするりと入りこむような親しさがあった。

「ああ、おにいさんのお友だちですのね」

陽子は改めて頭を下げた。

「わたし、妹の陽子です」

「聞いていましたよ。辻口の自慢の妹さんですからね。辻口は陽子がと、あなたの名をいわない日はないんですよ」

北原は明るく笑った。

陽子は、夏枝がどんなふうにこの人を迎えたのかと少し気にかかった。

「こんな林がそばにあるなんて、辻口は一度もいったことがないんですよ。あきれた奴《やつ》だな」

北原はニコッと笑って、

「ぼくは林って好きですよ。こんなふうに、松また松の林って珍しいですよね。今そこの立て札で名前をおぼえてきましたよ。トド松。ストローブ松。カナダトーヒ。ドイツトーヒ……ええと、それから何でしたっけ」

北原と陽子は林を出て堤防の上に登った。堤防の上は強い日光がまぶしく照りつけていた。

「ムラヤナ松」

「ムラヤマ松？」

「いいえ、ムラヤナ松。モンタナ松」

「実にいろいろあるんですね。このひょろひょろと栄養失調のような松は何というんですか」

「ああこのなよなよと、やさしい感じの松？　これは千島から松ですわ」

「え？　千島から松？」

北原の顔が輝いた。

「そうですか！　これが千島から松……」

いうや否や、北原は堤防をかけおりて、千島から松の幹に手をふれた。陽子はおどろいて堤防の上から、北原をみた。輝いていた北原の顔が次第にかげって行くのを陽子はみた。陽子は堤防を降りて北原のそばに寄っていった。

「どうなさったの？」

「ぼくはね。千島生まれで四つの年に千島から引揚げたんですよ。母は千島にねむっています。だから、ぼくは毎年斜里岳《しゃりだけ》に登って、千島をみるんですよ。でも曇っていると千島は見えなくてね。高校一年の時なんか十日間毎日斜里岳に登りましたよ」

陽子はぐっと胸をつかれた。今はもう訪れることのできないふるさとの千島を、毎年、山に登ってながめる北原の気持がよくわかった。

（そこには、おかあさんがねむっていらっしゃるからだわ）

生みの母を知らぬ陽子には、母のない北原が急に近い存在に思われた。

北原は陽子の持っている本に目をとめた。

「ああ、『嵐《あらし》が丘』ですね。ぼくも二回読みましたよ」

二人は林の小径《こみち》に入っていった。しめったやわらかい道だった。下草が丈高く茂っていた。

林の中は暗かった。

「うすぐらいですね。こんなに木の沢山あるところに住んでいて、しあわせですね？」

「しあわせ？」

陽子は自分を不幸だと思ったことは一度もない。啓造と夏枝が実の父母でないと知った時も、卒業式に答辞が白紙であった時も、悲しくはあっても、不幸だとなげいた記憶はない。しかし、いま「しあわせですね」という言葉をきくと、ずいぶん遠々しい言葉に思えた。

「辻口はね。実にあなたのことを自慢していますよ。街を歩いていて、すれちがった女性をふり返ると、途端に（あんなの、陽子の足もとにも及ばないぜ）とくるんですからね。寮の連中が、一度だれか首実検に行ってこい、なんていったくらいですよ」

「まあ、いやなおにいさんね」

陽子は笑った。

「ぼくにも妹が一人いますからね。辻口がいくら自慢しても、そううらやましいとは思わなかったけれど……」

いいかけて北原は、ちょっとはにかんだ顔をした。胸に組んだ北原の腕が、たくましく日にやけていた。二人はだまって歩いた。

「美しいおかあさんですね」

北原がぽつりといった。

「ありがとう」

陽子も、夏枝はきれいだと思っている。ほめられれば、やはりうれしかった。

「辻口も、あなたもしあわせですよ。あんないいおかあさんがいられて……。うらやましいな」

陽子はだまっていた。答えようがなかった。北原の母は死んでいるとは知っていても夏枝を「いいおかあさん」ということには、抵抗をかんじた。

「もう帰りましょうか」

陽子はいった。

「そうだ。辻口が心配しているかも知れないな。いい林なものだから、少し散歩してくるといって出たっきり、一時間近くあちこち歩いていましたからね」

堤防に出ると、徹の声がした。

「北原さーン」

徹が迎えに出ているらしい。

「ヤーホー」

北原が美しい声で答えると、徹が走ってきた。

「あ、陽子と一緒だったんですか」

徹が微笑した。

「紹介されなくても、ひと目で陽子さんとわかったよ」

北原の言葉に、徹がうなずいた。かすかな苦渋が、徹の顔に浮かんだことに、北原も陽子も気づかなかった。

「お帰りなさい、林はいかがでしたか」

夏枝は北原をみると親しみぶかい微笑をうかべた。

「色々な種類の松林がつづいていて、珍しく思いましたよ」

北原がいくぶん甘えた口調でいうのを、陽子は聞きのがさなかった。

「お気に入ったら、くるみ林や、やちだもの方もあとで御案内しましょうね」

夏枝の表情はあかるかった。

「ああ、おかあさん連れて行ってくれるとありがたいな」

徹がいうと、

「おかあさんに、……そんな、ぼく悪いな」

と、北原は例のはにかんだ表情で夏枝をみた。北原のはにかんだ表情には、少年のようなういういしさと、青年らしい甘さがあった。

「いいえ、ちっとも。ここにいらっしゃる間だけでも、おかあさんと思って甘えて下さいね」

夏枝はやさしくいって、台所から冷たい牛乳を持ってきた。

（おにいさんからハガキが来た時は、〈こちらの都合もきかずに、いやな人ねえ〉と気重そうだったのに、何と今日は機嫌よく、うきうきとしているおかあさんだろう）

陽子は、愛想よく北原をもてなしている夏枝を喜んでいいはずなのに、なぜか喜ぶことができなかった。

夕食が終ると徹がいった。

「街に行ってみようか。何しろ北原は旭川がはじめてだからね」

「じゃ案内してもらおうか。陽子さんも行きませんか」

「もちろんさ。陽子は君の接待役だ」

徹がいうと、夏枝が、

「陽子ちゃん、すまないけれど、るす番をしていてね。おかあさんはちょっと買物もあるのよ。いいでしょう」

と、徹と陽子の顔を半々にみた。

「おとうさんが帰ってくるよ」

徹は不快そうにいった。

「おとうさんは今夜九時ごろお帰りですって」

夏枝の声がはずんでいた。

北原たちの車を見送りながら、陽子は夏枝の態度が気になった。不愉快というより、もっと奥深く心にからみつくものだった。少女特有の潔癖が、敏感に嗅《か》ぎわけているものかもしれなかった。

陽子は門によりかかって、くれのこる空をみあげていた。烏《からす》が林の上でさわいでいる。遠く西空に細い黄色い雲が見えた。それを誰《だれ》かが清姫の帯と呼んでいたのを思いだした。

陽子はしばらく、清姫の帯と呼ばれる雲をながめていたが、家に入って風呂《ふろ》の火をたいた。

だれもいない家の中で、火の燃える色をながめているのは、いかにも淋《さび》しく静かだった。

北原のために白がすりを買ってきた夏枝は、早速翌日一日かかって仕立てあげた。徹のまだ手を通さない浴衣《ゆかた》があるのに、わざわざ買ってきたことが陽子には不審に思えた。北原がきて二、三日たった午後、陽子は友人の家に出かけていた。帰ってくると、北原が夏枝の肩をもんでいた。徹がそばでうたたねをしている。北原は陽子をみると、てれたように笑ったが、肩をもむ手をとめなかった。

夏枝は陽子をチラリと見あげて、北原に、

「ほんとうにもう、結構ですわ」

と、くすぐったそうに笑った。北原はまじめな顔で、

「もう少しもみますよ」

と、もみつづけると、

「どうも、ありがとうございました。ほんとうに」

と、夏枝は肩におかれた北原の手に、自分の手をおいた。

「そうですか、お粗末でした」

北原はそういって、さっさと徹のそばにもどって、あぐらをかいた。

「陽子さん遅かったですね」

北原が陽子に声をかけた。陽子はかるくうなずいた。夏枝が北原の手に、自分の手をおいたことに陽子はこだわっていた。

「ぼくね、母の肩をもんだ経験ってないでしょう？　小さい時に死なれましたからね。だから、〝母さんお肩を叩《たた》きましょう〟なんていう歌を聞くと、小さいころなんか、いつも淋《さび》しくって涙ぐんだものですがね。今日はおかげで親孝行のまねごとができてうれしかった」

北原はほんとうにうれしそうだった。夏枝と陽子がうなずいた時、うたたねしていたはずの徹が、

「それはよかった」

と、いって寝がえりをうった。

ふっと北原と陽子の視線が合った。思わず二人は微笑した。それを徹はだまってみていた。

「目をさましたのか」

北原がいうと、徹が起きあがった。

「北原さん、林の中に行きましょうか。肩をもんでいただいたお礼にくるみ林にご案内しましょうね」

夏枝がいった。陽子は夏枝の唇がいつもよりあかいのに気づいた。

白がすりを着た北原と、紺の浴衣を着た夏枝が林の中にはいって行くのを、徹と陽子

はだまって見ていた。

「陽子」

「なあに」

徹はだまっていた。

「なあに、おにいさん」

「あした、北原と三人で層雲峡《そううんきょう》にでも行こうか」

「ええ、でもおかあさんは？」

「おふくろには、おやじがいるよ」

徹が吐きだすようにいった。

「わたしは、いかないわ」

陽子は徹をみた。

「行かないって、どうして？」

徹は陽子をみた。

「わたし、いやなの」

「いや？　何が」

「何がって……。どこにも行きたくないの」

「北原がきらいなの？　陽子」

徹は陽子にきらいだといってほしかった。徹は陽子の出生を知って以来、陽子を幸福にするのは、自分しかないと思ってきた。しかしこのごろは考えが変った。

（陽子は辻口家には一番居づらいのだ。おれと結婚して、万一出生がわかった時、陽子は自分が愛されていたのではなく、あわれまれていたのだと誤解するだろう。自分の父親が夫の妹を殺したと知っては、結婚生活はつづけられないだろう）

そう徹は思うようになっていた。だが徹は、真実陽子を愛していた。戸籍上のことは、家裁に持ちこんで訂正できると徹は思った。少年のころから陽子と結婚しようと思ってきた心に嘘《うそ》はない。だが年と共に陽子の立場がわかってきた。

（陽子は、おれとだけは結婚できない人間なのだ）

そのことを徹は自分に無理矢理納得させた。北原は同室にいて徹は気心もよくわかっている。頭もいいし、性格もあかるく、さっぱりとしていた。思いやりもあり、勇気もある人間に思えた。

（自分が陽子と結婚できないならば、北原に陽子を託そう）

青年らしいせっかちで、徹は北原を旭川に招待したのである。

だから、北原と陽子が親しくなることをねがいながら、一方ではその反対をねがってもいた。少しでも北原と陽子の親しそうな様子をみると、徹は苦しくてうめきたくなった。

（陽子さえ幸せになればいいんだ。おれは一生結婚なんかしない。陽子の幸福だけをねがって生きていくんだ）

苦しくなると、徹はそう自分の決意を自分にいいきかせた。

「北原がきらいなの？」

そう陽子にたずねながら、徹は心が乱れていた。

「きらいじゃないわ。きらいになるほど、おつきあいをしていないもの」

「じゃ、一緒にいってもいいじゃないか」

「でも、わたし北原さんとおつきあいしなければならない理由もないわ、おにいさん」

徹はうれしさに叫びだしたい思いだった。徹はだまって陽子をみつめた。

「北原っていい奴《やつ》なんだがなあ」

（おかあさんのお気に入りなんて、わたし嫌いよ）

陽子はそう思った。思いながら、陽子は自分が淋《さび》しくて泣きだしそうになっているのがよくわかった。

林の方で北原と夏枝の声がした。


ひるごはんを終って今、陽子は台所で茶碗《ちゃわん》を洗っている。茶碗を洗っていても、北原がどの部屋にいるか陽子にはふしぎによくわかるのだ。

（とうとう北原さんはあしたお帰りになる）

陽子は洗い終った茶碗《ちゃわん》をざるに入れて、水道の水ですすぎ流していた。

「すみません、お水を下さい」

北原が台所に入ってきた。

「はい、ただいま」

陽子はコップに入れた水をさしだした。受取ろうとした北原の手が、陽子の指にふれた。陽子はピクッとした。ふしぎな感覚が身内をつらぬいた。

北原はコップを持ったまま、だまって陽子を見つめている。陽子はくるりと背を向けて茶碗をふきはじめた。乾いたふきんでキュッキュッと力をこめて茶碗をふいた。だが陽子の全神経は北原に注がれている。茶碗をふき終った。まだ北原は陽子のうしろに立っている気配がする。思いきってふり返った。

北原はまだ水が入ったままのコップを持って立っていた。

「お水をどうしておあがりにならないの」

陽子はそういいたかった。だが北原に対してはいつもの陽子のようにはなれないのだ。陽子はふたたびくるりと背を向けて、今使ったふきんを消毒用のナベに入れてガスに火をつけた。

「陽子さん」

北原が呼んだ。

陽子はだまってガスの青い焰《ほのお》をながめている。

「なあに、北原さん」

陽子はそういいたいのだ。

「とうとうあすはお別れですのね」

そう気がるにいいたいのだ。

(どうしてこんなに変なわたしになったのだろう)

陽子はじっと焰《ほのお》から目をそらさない。

「陽子さん、川の方へ行ってみませんか」

北原は、そこでやっと水をのみほした。その時、夏枝が台所に入ってきた。

「北原さん、散歩にいらっしゃいません？」

夏枝が声をかけた。北原は陽子をみた。北原のおいたコップを洗っていた陽子が二人のそばをするりとぬけて、さっさと自分の部屋の方に行ってしまった。

(いやだわ。わたしってこんなつまらない人間だったのかしら。もっと快活で、もっと素直なはずだわ)

陽子は自分の部屋に入って、すぐに後悔した。

(だめな陽子ね。もっと思った通りにふるまうのよ)

陽子はふたたび台所にもどった。北原も夏枝ももういない。ふきんを煮る湯がたぎっていた。陽子は北原の飲んだコップで水をのんだ。

徹と陽子は、北原滞在の最後の夕飯を高砂台《たかさごだい》でとる予定だった。三人が出かけようとすると、夏枝も一緒に行くといいだした。

「おとうさんが帰ってくるよ」

徹がいうと、

「おとうさんは今夜もどうせ九時すぎになりますもの。今夜はみんなで北原さんの送別会をしましょうよ」

夏枝は北原のことだけ考えているようだった。

「しかし、もし早く帰ったら困るんじゃない？　電話したら」

「大丈夫ですわ。このところ連日お忙しいようだから」

夏枝の言葉に陽子は啓造が気の毒になった。

「困ったな。辻口のおかあさんにこんなによくしていただくと、帰りたくなくなってしまう」

「ですから、どうぞ一夏お泊り下さいと申しあげておりますのに」

息子と同年輩の青年に対する声音ではなかった。徹はさすがにそれには気づかない。母親の夏枝が、自分と同じ年ごろの北原に心ひかれるなどと想像することが徹にはできなかった。徹自身が異性を感ずる対象は、年下の女というきまりのようなものを持っていたからでもある。

徹は徹なりに、北原を厚遇する夏枝の気持を、こう考えていたのである。

（おれが陽子に心ひかれているのを知って、おふくろは結婚するのではないかと心配しているのだ。おふくろは北原にとりいって、陽子を北原に押しつけようとしているのか

も知れない)

そのことは徹にとって、望ましくもあり、さびしいことでもあった。

(あるいは陽子は北原と結ばれることになるかも知れない。おふくろは陽子のためにではなく、辻口家のために、懸命に北原にとりいっているのだ)

そう思うと、夏枝の北原に対する態度が、時に腹だたしくもなった。

高砂台は辻口家の川向うの山つづきの台地である。高砂台にはレストハウスや、タワーがあった。レストハウスの前で車を降りると、

「すばらしい眺めだ」

と、北原が目を細めた。旭川の町が一望の下に見える。遠くに夕日を受けた大雪山の連峰が紫がかった美しい色をしていた。その右手に十勝連峰《とかちれんぽう》がびょうぶを立てたようにつらなっている。

「いいところでしょう」

夏枝が北原によりそった。

「旭川って、大きいんですね」

「上川《かみかわ》盆地が大きいのさ。ぐるりが山だろう? だからあの山の下まで旭川みたいに見えるんだ。車で行くとね、ずっと田んぼで、かなり広い盆地だということがわかるよ」

国策パルプの白い煙が美しかった。

「あの林が、辻口の家のそばの見本林だね」

北原が指すと、夏枝がにっこりとうなずいた。

レストハウスに入って、ジンギスカン鍋《なべ》をつつくころ、旭川の街の灯がまたたきはじめた。夏枝も今夜はビールを飲んだ。

「ジンギスカンはおいしいですね」

北原は陽子をみていった。陽子はだまって微笑した。夏枝は北原のためにこまめに肉を焼いてやったり、ビールをついでやった。

「おかあさん。ぼくだって息子だよ。北原におかあさんをとられたみたいで少しやけるな」

徹は少し酔ってきた。そういう徹も先ほどから、陽子にジュースをついでやったり、野菜や肉を焼いてやっていた。

「ぼくは辻口のような妹思いの人間をみたことがないな。ぼくもかなり妹にやさしいつもりだったけど、辻口にはかなわない。兄弟というより恋人同士みたいですよね」

北原は最後の言葉を夏枝にいった。夏枝はふっと表情をこわばらせたが、すぐにさりげなく、

「小さい時から仲がいいんですのよ」

と微笑した。

陽子はじっと、肉からしみでて流れる脂をながめていた。脂がしたたり落ちて、時々ぼっと火が小さく上る。脂の焼けた煙がゆったりとたなびいて、部屋の中にただよって

いた。

「陽子って、特別いい妹なんだ」

徹は酔うとほがらかになった。

「はい北原さん、焼けましたわ」

夏枝が北原の皿に肉をのせた。つづいてピーマンや玉ねぎを皿に分けた。陽子は夏枝が北原に優しくしているのを黙ってみていた。

食事が終ると四人は外に出た。徹が車を呼ぶために電話をかけに行き、夏枝も用に立った。

陽子は空をながめた。星が空いっぱいに輝いている。陽子はこんなに沢山星があったのかとおどろいた。いつも林のそばで星をみていたせいであった。陽子はそれに気づくと何となくさびしくなった。

(空の半分しか見ていなかったなんて……)

たしかに自分は何事もまだ半分以下しか見ていない。いや、半分も見ていない、何も知らない子供なのだと陽子は思った。

「陽子さん」

ふいに切迫したような、北原の声がした。あたりにはだれもいない。陽子は一歩退いた。

「ぼく……」

口ごもった北原の目がまっすぐ陽子をみつめていった。

「手紙をさしあげてもいいですか」

陽子は思わずうなずいた。

それをみると北原は、はにかんだように笑顔になった。

「手紙をさしあげてもいいですか」

という言葉が、陽子の胸の中で繰返し、繰返しひびいていた。


この一週間ほど、遅い日が続いて、啓造は少し疲れた。気にかかる患者があると、啓造は当直の医師にまかせて帰ることができなかった。もっと他の医師にまかせなければ、医師たちが働きにくいのを知ってはいる。それを知りつつ、啓造はぐずぐずと帰宅が遅くなった。啓造自身そんな自分がいやになった。責任感が強いというのとはちがっている、小心なのだと啓造は思っていた。


思いきって今日は定時の五時に病院を出た。定時に帰らないと、またぐずぐずと遅くなると啓造は思った。久しぶりに明るい街を啓造はぶらぶらと歩いていた。

「辻口病院の院長ともあろう者が、バスで通うこともあるまい」

と、人々にいわれることがある。しかし啓造は病院の車は往診と、病院の用事で出る以外に使わなかった。啓造のために、朝は早く、夜はおそくなる運転手を啓造は気の毒に思った。好きな所で乗れるバスかハイヤーの方が気楽だった。気が向けば歩きもした。

徹が車の免許をとって、車をほしがっていたが、啓造は買わなかった。啓造は車を運転するのはきらいだったし、大学生の徹に車を買うこともないと思っていたからである。

啓造は北原のことを考えながら歩いていた。北原がきてから家の中に活気があふれていると思った。ちょうど北原がきたころから啓造は忙しかった。今日はゆっくり夕食を共にしながら話し合ってみたいと思っていた。途中で啓造は陽子のためにチョコレートを買おうと思った。店が二軒ならんでいる。啓造は小さい、あまり繁盛していない店の方に入った。その小さい店は包装紙も悪いし、包み方もまずい。しかし百円のチョコレートを五枚ほど買うと、そこのおかみさんはかわいそうなほどうれしそうな顔をする。啓造にとってはささやかな買物が、その店の生活に大きなかかわりがあることを知って、気の重いような、しかしよいことをしたような思いだった。

店を出ると、さすがにつかれてハイヤーに乗った。玄関の戸をあけようとすると鍵《かぎ》がかかっている。物置にある合鍵で裏から入ると、テーブルの上に紙片があった。

「北原さんの送別会を高砂台のレストハウスで致します。よろしかったらおいで下さいませ」

読んで啓造はムッとした。

(電話というものがあるじゃないか!)

この一週間、遅い日が続いたからといって、今日も遅くなるとは限らないのだと啓造は思った。

（北原の送別会は徹と陽子にまかせておけばいいじゃないか。何も夏枝まで家を留守にしていくことはないんだ）

夏枝の一オクターブ高くなった感情の変化を、啓造はみたように思った。北原に浴衣《ゆかた》を買ってやったと聞いた時は、別段気にとめなかったことが、急にカンにさわった。

（一夏いる客じゃあるまいし、わざわざ浴衣を買ってやることはないんだ）

啓造は冷蔵庫の中からビールを一本とりだした。つまみがどこにあるかわからない。仕方なく、買ってきたチョコレートをつまみに飲みはじめた。

（夏枝が四十を過ぎたと思う者はいない。だれがみても三十そこそこにしか見えやしない。二十二、三の学生からみると大した年齢の差を感じないのではないか）

四十を過ぎて、夏枝は性格が少し変ったように啓造は思う。性格が変ったというより、夜の生活が積極的になったというべきかも知れない。

何となく啓造は不安になった。

（村井との例もある）

啓造はたちまちビールを一本あけた。二本目を冷蔵庫から出した時、窓をたたく音がした。辰子だった。

「玄関をあけてちょうだい」

まだ外はあかるかった。

あわてて啓造が玄関の戸をあけると、

「何よ、ダンナの今窓からのぞいた顔。奥方に捨てられて、やけになってるような顔よ」

辰子がぽんぽんといった。

「やあ、どうも」

啓造は首をなでた。

「陽子くんもいないの？」

「みんなで、徹の友だちの送別会だとかって」

辰子は啓造をみてにやにやしながら、

「やっぱり、それで、すねてたんでしょ？　辰ちゃんがビールのお相手してあげるから、もう泣かないのよ」

辰子はさっさと台所に行って、ビールやコップをチーズ、バターピーナッツと共に持ってきた。

「バタピーはどこにありました？」

啓造がおどろくと、

「お宅の奥様は、結婚した時から今に至るまで、同じ缶を同じ場所においてるのよ。わたし、ここの家の現金のあるところも、貯金通帳のあるところも知ってるわよ」

辰子は陽気にいって、

「あ、そうそう、いま四条の平和通りで、わたしの車の前を村井さんが通って行ったわ。奥さんと子供さんと一緒だったわ」

と、つけくわえた。

村井は正月以外は辻口家を訪れることはない。妻の咲子と何とかうまくやっているようであった。

「村井さんといえば、ここしばらく高木さんに会っていないわ。どうしているかしら」

「ああ、高木は開業して以来、ほとんど旭川《あさひかわ》に来ないな」

「はやっているのかしら」

「去年の税金は二百五十万とかいう話だからね。高木は商売気がないと思っていたが、見直したよ」

啓造はやっとビールがうまくなった。今夜の辰子は、夏枝より生き生きとして若いと啓造は思った。

「健康優良児はこのごろちっとも顔を見せないわ。どうしているのかしら」

辰子がいった。

「健康優良児？　ああ、陽子のことですか。なるほどあの子は丈夫で発育良好だな。元気でいますよ」

このごろ陽子はまた少し背丈が伸びたようだと思いながら啓造はいった。

「元気ならいいけれど、六月ごろからパッタリ来なくなったのよ」

辰子は啓造のコップにビールをついだ。

「どうしたのかな、それは」

啓造は心にかかった。陽子は辰子の家に週に一度は行っていたはずだ。

「高校に入って、急に大人びてしまったのかも知れないわね」

「なるほどね。そうかも知れない。お宅には沢山男性が集まりますからね」

陽子が夏枝に足どめされているとは啓造も知らない。陽子が辰子の家から遠ざかるようになったのは、年ごろになったためかも知れないと啓造は思った。

めずらしく辰子はだまりこんだ。一人でビールをついで飲んでいる。

「どうしました？」

「どうもしないけれど」

辰子は窓の方をぼんやりとながめている。辰子は正面より横顔の方が美しいと啓造は思った。

(辰ちゃんも子どもを生んだことがあるのか)

そう思うと、辰子が妙に女らしく思われた。ふいに辰子が啓造をみた。啓造はちょっとドギマギして目をふせた。

「陽子は大学へやらないの？　ダンナ」

辰子がいった。

「大学へ？」

　啓造は陽子の進学のことは考えていなかった。高校を終えたらすぐにでも、結婚させたいと思っていた。啓造にとってやはり恐ろしいのは徹が陽子を妻にするということである。

「そうよ。いい成績だというじゃないの。うちによくくる沼田さんという社会科の先生がいるのよ。陽子の高校の先生なの。二学期から進学組と就職組に分けるために希望のコースを調べたら陽子は就職組に入っているというのよ」

「就職組ですか」

　啓造は就職させようとも考えてはいない。

「沼田さんが惜しがっていたわ。社会科の時間でも、陽子はとても鋭い質問をするんだって。沼田さんはぜひ大学へやりたいっていっていたわ」

　啓造はだまっていた。一日も早く結婚させてこの家から出してしまいたいのだとはいえなかった。

「怒っちゃだめよ。わたしも陽子を大学へやりたいと思うな。どうせ、そのうち結婚させるんだろうから、思いきって、いまからわたしにあずけてほしいと思うのよ。今まで育てて、手放すのは惜しいだろうけれどね」

　思いがけない辰子の言葉に啓造は何と答えてよいかわからなかった。

　啓造がだまっているのをみて辰子は、

「やっぱりこれは無理な注文だったわね。あんないい子をほしいという方が無理かもしれない。大した財産じゃないけれど、あの子にならば全部やってもいいと思っているの。そしてさ、好きな勉強を好きなだけさせて、あの子を伸びるだけ伸ばしてやりたいのよ」

(辰子に陽子をやるというのも一つの手だ)

啓造は少し心が動いた。このまま家においておくより辰子にあずける方が陽子にとって幸せなことだと啓造は思った。

「無論、辻口家はうなるほど金があるんだから、大学はおろかフランスにでもイギリスにでも留学させることもできるでしょ？　わたしの出る幕じゃないことは百も承知なんだけれど、あの子が進学しないときいて何となく考えちゃったのよ」

「いや、どうも。わたしはついうっかりして、女の子が大学に行くなんて考えてもみなかったものですからね」

「陽子は行きたいとはいわないの？」

「夏枝には何といっていますかね」

「とにかく悪いことをいったわ。でも何かの拍子にあの子をわたしにくれてもいいと思う時がきたら、わたしはいつでも喜んで迎えるわ」

辰子はそういうと、車を呼んで帰って行った。

啓造は何となく今夜は夏枝に顔を合わせるのがいやで、早く寝室に入った。床に入ってから、陽子を辰子のところにやって、なるべく徹から遠ざけた方がいいように思われてきた。辰子の家なら陽子も行くというような気がした。そのうちに折りをみて夏枝に相談してみようと思っているうちに、連日の疲れが出たのか啓造はいつのまにかぐっすりと眠ってしまった。

帰ってきた徹や北原の笑い声に目をさまされて、時計をみるとまだ九時前だった。そっとふすまが開いた。夏枝である。啓造は目をとじてだまっていた。すると夏枝はちょっと部屋をのぞいただけで、すぐにまた茶の間に行ってしまった。

時々夏枝の笑い声も聞えた。啓造は腹だたしくなった。北原のはにかんだような笑顔が目にうかぶ。何となく夏枝が北原のそばにべったりと座って話しているような気がする。北原の体温が夏枝に伝わって、時々二人が顔を見合わせているような感じがする。

啓造はすっかり目がさえてしまった。

やがて廊下にひそやかな足音がした。つづいて力強い男の足音がした。啓造は全身を耳にした。

「ほんとうにお手紙あげますよ。おやすみなさい。陽子さん」

北原の低い声がして、北原は二階に上っていった。

(夏枝ではなかった！)

啓造は暗い中で思わず微笑した。先ほどの妬心《としん》がわれながらこっけいなことに思われた。

(北原と陽子か)

啓造は徹の顔を思い浮かべた。

北原が帰って三日目である。朝食のあと徹は部屋に上ってカロッサの「美しき惑いの年」を翻訳していた。ドイツ語は中学時代から啓造の手ほどきで勉強している。だから大学に入って二年目とはいっても、徹のドイツ語はかなり進んでいた。

翻訳につかれた徹は、窓によって外をながめた。

(ずいぶん家が建ったなあ)

徹の小さいころはあたりはまだ広々とした馬鈴薯《ばれいしょ》畑だったような気がする。それが今では見本林のそばまで赤や青やみどりの屋根の家々が建っている。それでも、まだとうきび畑や、馬鈴薯畑がみえるのはうれしかった。

ふと窓の下をみると思いがけなく陽子が庭の草むしりをしている。白いネッカチーフに頭を包んで、暑い日ざしの下に陽子は熱心に草むしりをしている。見られているとは知らない陽子の姿をみると徹は何となく微笑した。陽子は白いブラウスに黒いショートパンツをはいている。陽子はショートパンツはきらいだが、やはり働きやすいとみえて、仕事をする時ははいている。

徹は陽子の姿をながめながら、何年かのちに自分の妻として、今と同じように草むしりをしている陽子を想像した。医師になった自分が、日曜のひとときを、こうして妻の陽子の働く姿をながめている。

（だが、それはあきらめなければならない）

陽子を自分の妻にするためには、二人が他人であることを知らさなければならない。そのために陽子は自分がだれの娘であるかを知ってしまうかも知れない。

（やっぱり二人は本当の兄と妹として一生を送るべきなのだ）

徹は陽子が既に自分自身をもらい子だと知っているとは気づかない。陽子のようすには何の屈託も見えないのだ。

（北原にも陽子の出生を告げてはならない）

北原に事をうちあけて、陽子のことを頼もうと思っていた徹であった。徹は自分の愚かしい考えに気づいて身ぶるいした。

（知っているのは、父母と自分と、そして札幌の高木の小父《おじ》さんだけだ。まさか秘密はもれまい）

（だが、ひょっとするとムッターー（母）からもれないとも限らない）

徹は何も知らずに一生懸命草むしりをしている陽子がかわいそうでならなかった。陽子を呼ぼうとした時、郵便配達の赤い自転車がとまった。

手の土を払って陽子が受けとった。郵便配達が去ると、陽子がそのうちの一通をみて急いで封を切った。封を切ってから何を思ったか、ショートパンツの大きな前ポケットに手紙をつっこんで陽子は林の方に歩き出した。林の中でゆっくり読むつもりらしい。

（北原からの手紙だな）

ふいに徹は胸苦しくなった。

「陽子」

徹は思わず窓から身をのり出して叫んだ。

「なあに？」

陽子がふり返った。

「手紙がきたの？」

「ごめんなさい。おにいさんにもきてるわ」

陽子はそういうと、やがて二階にかけ上ってきた。封を切らない方の封書は、夏枝と徹あての北原の手紙だった。

「陽子にも北原からきたの？」

陽子がほおをあからめて、うなずいた。それをみると、

(陽子はもう、北原を愛しているのか)

と徹は寂しかった。

(いいんだ。それでいいんだ。陽子はおれの本当の妹なんだ)

徹は北原の封書を机の上にのせたまま、さりげなく翻訳のノートを開いた。

陽子はだまって階段を降りると、洗面所で手を洗った。手を洗ったついでに顔も洗い、ショートパンツをグレーのプリーツスカートにはきかえた。

「陽子にも北原からきたの」

と徹にきかれた途端に、急に北原の手紙が大事なものに思われたからである。

何気なく土に汚れた手で北原の手紙を読もうとしていたのが、われながらふしぎだった。陽子は自分の部屋に入っていつものようにデッキチェアに腰をおろしたが、すぐに机の前の白いレース編みのカバーをかけた座蒲団《ざぶとん》に正座して、北原の手紙を出した。さきほど指で封を切ったところをはさみで切りなおした。

右肩上りの堅い字がならんでいる。

〈遠くに知床《しれとこ》半島がかすんで見える斜里《しゃり》の海岸にきました。軽石がごろごろしています。毎年来ているところですが、軽石がこんなに多いと気づいたのは今年がはじめて。けさ、この海岸に若い女性がうち上げられて倒れていました。死のうとして、海に入ったのに、波が彼女を岸に運んでしまったのです。浜辺に気絶していたその女性は助かりました。

死のうとしても死ねない時があるということが、ぼくには意味深いものに思われてなりません。それこそ文字通り死にものぐるいの人間の意志も、何ものかの意志によってはばまれてしまったというこの事実に、ぼくは厳粛なものを感じました。単に偶然といい切れない大いなるものの意志を感じます。ある意味において、それは人の死に会った時よりも厳粛なものとはいえないでしょうか。

長い滞在を恥じています。

昭和三十七年七月　　北原邦雄

辻口陽子様〉

手紙はそれで終っている。一行ほど、紙が破れそうになるまで字を消したところがあった。陽子はその消された文字の上を指でいくどもなでていた。陽子への感情がひとつも示されていないこの手紙に、陽子はなぜか強くひかれた。北原の清々《すがすが》しいがいくぶん甘さのある印象と、この手紙から受ける印象が、かなりちがっていることに心ひかれたのかも知れなかった。

陽子は北原の手紙をふたたび読み返した。

（大いなるものの意志とは何のことかしら？　神のことかしら）

若い陽子には、神という言葉が漠然としていた。神について考えたことはなかった。神を信じなければならないほど弱くはないと、陽子は思っていた。しかし、北原の手紙を読むと、「大いなるものの意志」という言葉に共感した。他人の書いたものならば、読みすごしたかも知れない言葉だった。

（わたしがこの家にもらわれてきたのも、大いなるものの意志であろうか）

陽子はだれが自分をこの家に連れてきたのかを知りたかった。

（生まれたばかりのわたしを、この家によこしたのはだれだろうか）

父、母のいずれだろうと陽子は思った。そして赤児の自分をみて、この家に連れてきたのは啓造か夏枝かを知りたかった。

（北原さんのような考え方をすると、わたしがこの家にもらわれてきたのは、父や母の意志ではなく、ここのおとうさんやおかあさんの意志でもなく、それらをこえた何ものかの意志ということになるのかしら？）

陽子は運命という言葉を思った。だが北原のいう「大いなるものの意志」と「運命」とはちょっとちがうように思った。

（どこがちがうのかしら？　北原さんのおっしゃるように、この手紙の中の女の人は死にたいのに助かってしまった。本当にこの世には人間の意志をこえた、もっと大きな意志があるような気がする。でも、それは運命ということともちがうわ。どこがちがうのかしら）

陽子はもっとつきつめて考えたかった。その時、廊下に足音がして夏枝が顔を出した。

「陽子ちゃん。北原さんからお便りがきましたって？」

「ええ」

「どこから？」

夏枝は陽子のそばにすわった。

「斜里からよ」

「あら、おかあさんには北見《きたみ》からよ。原生花園はちょっと遅かったって書いてあったわ」

夏枝は陽子のひざの上にある北原の手紙をみた。

「北見っていいところなんでしょうね」

陽子は手紙を封筒に入れながらいった。

「それ、北原さんのお手紙？」

「ええ、そうよ」

「何て書いてあって？」

「斜里の浜に女の人が大波にうち上げられましたって」

「自殺かしら？」

「ええ、でも気絶しただけで助かったんですって」

「まあ、そうなの。ちょっと読ませて下さる？」

陽子はだまって北原の手紙を夏枝に手渡した。夏枝は手紙を受けとると立上った。そしてその手紙はついに陽子の手もとに帰らなかった。

川

八月の末に徹が友人から自動車を借りてきた。層雲峡《そううんきょう》にアイヌの火まつりがある。それを見に行こうと徹は夏枝と陽子を誘った。

「層雲峡《そううんきょう》まで車で行くの？」

夏枝は気が進まないようであった。夏枝は徹が大学に帰る時、一緒に札幌に出る心づもりがあった。そしてもう一度北原に会いたかったのである。だから、そう度々家をあけることはできないと夏枝は思った。

「二人で行ってらっしゃい。どうせ日帰りでしょう？」

「層雲峡まで行ったら、ゆっくり温泉に入って泊ってくるよ。なあ陽子」

「陽子ちゃんと二人で？」

夏枝は思わず不安げにいった。

「そうさ。陽子と二人でさ」

徹は夏枝の不安そうな顔をみて、さりげなくいった。だが徹の表情は、それ以上夏枝に何もいわせないきびしさがあった。

「おにいさんの運転大丈夫？　遺言を書かなくてもいい？」

陽子は車に乗りこんでから、徹に冗談をいった。

「さあ、わからんぞ。北原にでも遺言を書いておいた方がいいぞ」

徹は快活にいった。

（おれは陽子の本当の兄なんだ。同じ部屋に何泊しようと、おれは本当の兄なんだ）

夏枝の不安そうな視線に徹は腹をたてていた。

旭川を出て、屯田兵《とんでんへい》が開拓したという永山《ながやま》村に入ると、稲田の深いみどりが美しかった。徹らしい慎重な運転だった。

「おにいさん、上手なのね」

陽子はチョコレートを割ってそのひときれを徹の口に入れてやった。

「札幌ではいつも友だちの車に乗っているからね」

徹はうれしそうにいった。

陽子はこのごろの徹には変に気重なものがなくなり、兄らしくて好きだった。

「まあ、きれいな川。これがほんとうの石狩《いしかり》川の姿なのね」

広い川床に、夏の陽《ひ》を乱射しながら流れる水は澄んで底がすいてみえる。

「そうさ。ぼくらは工場の廃液の酸っぱいにおいのする、あのまっくろな川が石狩川だと思って育ったろう？　昔はあの石狩川に鮭《さけ》がうようよのぼったんだってさ」

「川って公のものでしょう？　一つの会社のために、魚も人も泳げないようなものになってもいいのかしら。下流の漁師の人たちの生活を侵害してもいいのかしら」

陽子はめずらしく怒ったようにいった。

「うん。だがね、あれでもだいぶきれいになったんだそうだよ。会社もかなり努力はしているんだということだがね」

大雪山の連峰がくっきりと大きく迫ってきた。車は上川の町を過ぎ、次第に山峡の中に入って行った。巨人が大きなのみで削ったような岩壁が続く。車はようやく層雲峡についた。

夕食を終ると、徹と陽子は火まつりを見に宿を出た。既に日は暮れて道は暗い。宿から少しはなれたバスターミナルの舞台には祭壇がしつらえてあって、その回りには何千人もの観光客がひしめいていた。祭壇には鮭《さけ》や大根やきゅうり、なすをはじめ沢山の供物が飾られ、その横に三メートルほどの聖火台があって時折り火の粉を散らしている。

陽子は徹の浴衣《ゆかた》の袖《そで》につかまりながら、人ごみの中に入って行った。二人は聖火の近くによった。火のほてりが熱いので人々は、その近くにはいなかった。

祭壇の前の舞台には美しいししゅうのアッシを着たアイヌの女性たちが輪になって、手をたたきながらかけ声をかけている。単調なふしのかけ声はどうやら素朴なアイヌの歌らしかった。かけ声だけのその素朴な歌に次第に熱気がはらんで、輪になって踊るアイヌの女性たちの深々とした黒いまつ毛が美しかった。

「ねえ、おにいさん」

陽子がそっと徹の耳にささやいた。

「なあに？」

「帰りましょうか」

「どうして？　気分が悪いの？」

おどろいて徹は陽子の顔をみた。その時、踊りが終って人々がどっと川の方におしよせた。

「気分は悪くないけれど……」

三人のアイヌの女性が、聖火からうつした火の矢を弓につがえた。弓はたちまち炎となった。一人の娘はこわごわ矢をつがえている。と、引きしぼられた弓から炎の矢が川に向って放たれた。ワッと喚声が上った。次の瞬間、川の中に蛇のように火が走り、川向うにも火が走った。仕かけられた花火が「峡谷火まつり」の字の形に燃えた。再び喚声があがった。

「陽子帰る？」

徹がきいた。

「いいわ、もう。きれいな花火だわ」

陽子が明るく答えた。陽子は、アイヌを見せ物にすることに強い抵抗を感じたのである。

続けざまに大きなスターマインがあがった。川水に花火が映って美しかった。花火が大きく夜空に広がると、暗やみの中からおし出されるように、そそり立った岩壁がスーッと姿をあらわす。花火が消えると、岩も姿を消した。それに気づくと陽子は花火があがるたびに、岩はだのあらわな山のあらわれるあたりを見つめた。その暗くがっしりとした岩は、花火と対照的な美しさだった。闇《やみ》の中から現われ闇に消える岩は、地球が大きく息づいているような不気味さがあった。不気味ではあったが、心に迫る美しさでもあった。

陽子はいつしか徹の肩に頭をよせていた。

「岩が生きているみたい」

「岩が？」

徹は両腕を胸に組んだまま陽子を見た。

花火にうつる陽子の顔が美しいと徹は思った。花火があがるたびにヒューンと金属性の音をたてた。

「まるで焼夷弾《しょういだん》の音みたいだ。戦争を思い出すな」

傍《かたわ》らにいた五十近い男が吐き出すようにいって、離れていった。思わず徹と陽子がそのうしろ姿を見送ると、男は松葉ヅエをついていた。戦争を知らない陽子は、その時生まれてはじめて戦争の、いいようもない恐ろしさを肌にじかに感じた思いがした。


宿に帰ると蒲団《ふとん》が敷いてあった。

「山あいの花火ってすごく迫力があるわね」

「うん。音がこだまするからね」

徹は陽子と一つ部屋に寝ることが急に恐ろしくなった。

「陽子、風呂《ふろ》に入ってくるといいよ」

「そうね。おにいさんはもう入らないの」

「二度も入らなくてもいいよ」

陽子が出ていくと、徹は蒲団の中にもぐりこんだ。陽子が帰ってこないうちに、ねむってしまいたかった。体がこきざみにふるえている。そんな自分が徹には腹だたしかった。夏枝の不安そうなまなざしを思い出した。

（ばかな！　陽子は妹なんだ！）

徹は夏枝に反発するように心の中で叫んだ。こんなに動揺するようでは、陽子の幸福をねがって一生よい兄で過ごすことができるかどうかと不安だった。

(陽子は北原のものだ)

徹は無理にもそう思いこもうとした。将来、陽子と北原邦雄が結ばれるかどうかわからない。だがとにかく他の男と結婚する陽子なのだと徹は思いたかった。

ふすまがあいて陽子が入ってきた。

「いいお湯だったわ」

陽子は自分の蒲団《ふとん》の上にすわって、徹をみた。

「うん」

たんがのどにからんだようで声にならなかった。

陽子は水さしから水をコップに注《つ》いで飲もうとしたが、徹にいった。

「おにいさん、お水ほしい?」

「ああ」

徹は手をのばした。冷えた水をのむと少し心が落着いた。

「陽子は生まれた時から、大きな赤ちゃんだっただけあって、今もなかなか大きいね」

徹はそういってほっとした。陽子の生まれた時を知っているかのように、徹はふるまいたかった。そうすることによって、自分と陽子は血のつながっているきょうだいだとはっきり自分にいいきかせたかった。

陽子はだまって自分の蒲団の中にすべりこんだ。

「陽子はやっぱりおふくろに似ているね。おふくろの方のおばあさんに似ているね」

徹は若くて死んだ夏枝の母親を知らなかった。色あせた写真で見たことがあるだけであった。

「そう？」

陽子はつぶやくようにいった。

「ぼくは、陽子のまくらもとでいつまでも陽子を見ていたもんだよ。頭をなでようとしたら、生まれたばかりの赤ちゃんは頭がやわらかいからさわるなってしかられたものだよ」

陽子はだまって天井を見つめていた。

「そしてね……」

「いいのよ、おにいさん。そんなお話をしなくても」

陽子は蒲団《ふとん》の上に起きあがった。

「知っているのよ。わたしがもらわれてきたっていうこと」

陽子の言葉に徹は思わずはね起きた。

陽子は大人っぽい微笑をみせて、しずかに徹をみた。

（知っていたのか！）

「いつから？」

徹の声が少しふるえた。

「小学校の四年生の冬よ。ひどい吹雪の日だったわ」

「そんなに早くから？」

彼はふたたびおどろいた。

そんなに小さい時から、生《な》さぬ仲と知っていて、どうして素直に明るく生きてくることができたのかと思うと、よく知っているつもりの陽子が、突然全く未知の女性のようになぞにつつまれて見えた。全く、何と陽子の表情には暗い影がないことだろう。自分よりも陽子のほうが明るいということが徹にはふしぎだった。

「だれにきいたの？」

「よその人がいっていたの」

陽子は牛乳屋の夫婦を思いうかべた。

「そしてだれかにそのことを話した？」

「話さなかったわ」

小学生のころから、陽子はその秘密をひとり胸のなかにたたみこんできたのかと思うと、徹は憐《あわ》れというよりも恐ろしくさえなった。

「そのことをきいて、陽子は本当だと思ったの？　おどろいただろう？」

「ううん。それがそれほどびっくりしなかったの。何となく子供心に感じていたのかしら。もっと小さいか、もっと大きくなっていたら、感じ方はちがっていたかも知れないけれど……。それは少し淋《さび》しかったわ。でも、あまりひどいショックは受けなかったの」

「そんなものかなあ。それにしても、陽子はよくひねくれずに育ったものだなあ」

徹はつくづくと陽子の顔をみた。

「でもね、そこがわたしのひねくれたところかも知れないわ。本当のおかあさんに会ってほめられるようないい子になろうと、はじめは一生懸命だったのよ。中学に入ってからは、よく新聞で非行少年とか少女とかって記事が出ているでしょ。両親がいないからとか、片親だから、継母《ままはは》だからとかって、ひねくれてる人間がザラにいるでしょ？　でも、わたしはね。そんなザラにいる人間の仲間入りをしたくないっていう生意気さがあったの。自分が悪くなったのを人のせいにするなんていやだったの。自分が悪くなるのは自分のせいよ。それは環境ということもたしかに大事だけれど、根本的にいえば、自分に責任があると思うの。

陽子ね。石にかじりついてもひねくれるものかというきかなさがあるの。層雲峡にくる時、石狩川の上流がきれいだったわ。下流は工場の廃液で黒くよごれているけれど。あれをみても陽子は思うのよ。わたしは川じゃない。人間なんだ。たとえ廃液のようなきたないものをかけられたって、わたしはわたし本来の姿を失わないって、そう思ってたの。こんなの、やはり素直じゃないわね、おにいさん」

陽子の声は明るかった。

大学へ帰る徹と共に、夏枝も札幌に発《た》った。結婚するまで札幌に育った夏枝が、久しぶりに札幌に出てみたいというのは自然だった。高木も開業して以来、「お産っていうのは、何でこう医者の休みたい時をねらってあるのかね」と嘆くほど、土曜日曜もない忙しさで、旭川を訪れることは絶えてなくなった。だから夏枝が高木を訪問するということも、立派に札幌に出る口実になった。

だが実は夏枝は北原に会いたかったのである。北原が夏枝に見せた優しさに、夏枝は自分の美しさと若さへの大きな自信を取りもどした。いま、夏枝はふたたびそれを確めたかった。

「おかあさんがいらっしゃらないんだから、お気の毒よ」

夏枝はそういって、北原の寝巻や靴下も買いととのえて札幌に発ったのだった。日帰りだといって出かけた夏枝は、八時を過ぎても帰らない。このごろ早く帰る啓造も、どうしたわけかまだ病院から帰っていない。

十八ヘクタール以上もある林の静けさが、林のそばの家の中にも満ち満ちて、しんとしている。何の音もしないと、自分の存在さえ不気味に思えた。元気な陽子も、さすがに啓造の帰りが待たれた。

テレビのスイッチを入れるのも妙に不気味だった。テレビの中の人物がすっと画面から抜け出てきそうな感じがする。しっかりしているようでも陽子も高校一年の少女にすぎなかった。読みかけのカミュの「ペスト」にやっと気が乗りかけた時、電話のベルが鳴った。

「もしもし、陽子ちゃん」

夏枝の声だった。

「おるす番ごくろうさま。おとうさんはいらっしゃらない？」

うきうきした声である。

「ああ、おかあさん。おとうさんはまだおかえりにならないの」

「あら、それでは、あしたの晩には帰りますからってお伝えしてね。いま高木さんの所にお邪魔しているのよ」

「もしもし、陽子」

ふいに徹の声がした。電話できくと啓造の声にそっくりだった。

「おにいさんもごいっしょなの？」

「うん。……」

徹は何を話してよいかわからない様子で、

「……元気でな」

といった。ついで、高木の大きな声が耳をうった。

「陽子くん。大きくなったか。うんとグラマーになれよ。しばらく会わんとまだ小学生のような気がするな。こんど陽子くんも札幌にこいよ。小父《おじ》さん毎日赤ん坊をこの世に迎えるのに忙しくてな。何がほしい。小父さん少し金持になったからな。おとうさんはまだ帰らないのか」

いいたいことをいって急に高木は声をおとした。

「でるぞ。でるぞ。うらめしや！」

「いやよ。小父さん」

陽子の言葉に高木の大きく笑う声がした。

高木のにぎやかな電話が切れると、一層家の中が静かになった。啓造は十時をすぎてやっと帰ってきた。

「やっぱり、陽子一人だったのか。それは淋《さび》しかったろう」

啓造は浴衣《ゆかた》に着かえながらいった。

「もしかしたら、おかあさんは帰らないかも知れないとも思って、早く帰りたかったんだがね」

啓造は疲れた顔をしていた。

「お食事は？」

「そうだな。あまりほしくもない。牛乳があったら、ビスケットでも食べようか」

「ビスケット？」

「うん。そんなものでいいよ」

啓造は何か考えているふうだったが、

「実はね。患者が自殺したんだ。それで家へ電話するひまもなかったんだが……」

「まあ、自殺？　病気が悪かったのかしら」

「いや、それが明日退院の予定のクランケ（患者）なんだ。医者になって二十年にもなるが、退院を前に自殺されたのは初めてだったよ」

啓造はビスケットを一つ口に入れた。

「まあ、病気が治って自殺なんて……」

その通りだった。

患者は二十八歳の青年である。病気はかるい肺結核で空洞もなかった。銀行員で復職も決定していた。父母は健在。兄と弟との三人きょうだいで、父は小学校の校長である。何の問題もない環境であった。

本人は五尺五寸、やや痩型《やせがた》だがひよわい印象はなかった。療養態度もまじめで、軽症患者にありがちな、無断外泊や飲酒もなかった。

啓造は、夏枝が帰るかどうかわからないから、陽子一人留守番をさせるのもかわいそうで、早く帰ろうと思っていた。白衣を脱ぎかけているところに、院内電話がけたたましく鳴った。また急患か、あるいは往診かと思いながら受話器をとると、結核病棟の婦長越智和江《おちかずえ》の声がとびこんで来た。

「院長先生ですね。二号室の正木さんが、いま屋上から飛び降りて……」

「何？　正木って、正木次郎か」

「はい、正木次郎さんです」

「あす退院する正木か？　まちがいないね」

「まちがいありません」

啓造は脱ぎかけた白衣に手を通して院長室を飛び出した。即死だった。

啓造は正木の死に思い当ることがないではなかった。正木は病状が快方に向うにつれて無口になっていった。復職が決定しても、退院の日が決っても、何となく浮かない顔で、ぼんやりとしているようであった。

あるいは好きな看護婦でもできて、退院するのが淋《さび》しいのかと、啓造は正木を院長室に呼んだ。一週間前のことである。

もし正木に好きな女性がいれば、一年後には結婚してもいい、と啓造は告げてやりたかった。院長室に入ってきた正木には生気がなかった。

「何だか少し元気がないようだね。どこか悪いのかね」

「どこも悪くありません」

「気がふさいでいるようだね」

「つまらないんです。何もかも」

「どうして？　失恋でもしたのかね」

啓造の言葉に正木はニヤッと笑った。思わず啓造はヒヤリとした。冷たい笑いであった。

「失恋なら、まだいいんです。ぼくは自分が何のために生きているのかわからなくなりました」

「何をいってるんだね。病気は完全治癒《ちゆ》だし、職場にはもどれるし、これからじゃないのかね」

「いいえ、先生。病気の間は治すという目的がありました。しかし治ったら一体何をしたらいいんですか」

正木は絶望的なまなざしをした。

「何をって、仕事が待っているじゃないか」

「仕事って、先生何ですか。ぼくは六年もの間、そろばんをはじいたり、金を数えたりして働いてきました。しかしそんなことは機械にだってできる事じゃありませんか。ぼくはこのごろゆううつで仕方がないんです。こうして自分が二年間休んだって、銀行はちっとも困りませんでした。そればかりじゃなく、ぼくの休んでいる間に市内にだけでも支店が二つもふえて繁盛しているんですからね。ぼくが休もうが休むまいが同じなんですよ。つまりぼくの存在価値はゼロなんです。そんな自分が職場に帰って何の喜びがあるものですか」

啓造はその時、ぜいたくな言い分だと思って、笑ってとり合わなかった。その正木が今日自殺したのである。

名あてのない遺書には、

「結局人間は死ぬものなのだ。正木次郎をどうしても必要だといってくれる世界はどこにもないのに、うろうろ生きていくのは恥辱だ」

と書いてあった。

啓造の話を、陽子は幾度もうなずきながらきいていた。

(結局は、その人もかけがえのない存在になりたかったのだわ。もし、その人をだれかが真剣に愛していてくれたなら、その人は死んだろうか)

陽子はその人の死が、人ごとに思われなかった。

「おとうさんはね、つくづくと考えちゃったよ」

啓造はソファに横になりながらいった。

「おとうさんは正木君の病気を治すことはできたが、生きる力を与えることはできないと思ったよ。正木君は魂が病んでいたんだ。ところがおとうさんは肉体の病気には細心の注意を払っても、心の病気には無関心だったのだね」

啓造は淋《さび》しい表情で陽子をみた。

「だが、よく考えてみると、たとえ正木君の心の病気におとうさんが気づいても、咳《せき》に咳どめ、結核にマイシンのような、ドンピシャリの処方は、心の病気にはないと思うんだよ」

啓造は陽子がじっと自分の話にきいいっている様子に心をとめてはいなかった。陽子に心をとめるには、あまりに啓造自身が正木の死によって受けた衝撃が大きかった。

啓造はいま、自分も一体何のために生きているのだろうかと思っていた。医師を男子一生の仕事としている事を悔いたことはない。むしろ誇りですらあった。しかし、よく考えてみると、この自分がこの世に生まれて医師にならねば、世の人々が必ずしも困るというわけではない。自分がいま突然死んだとしても、また、病院が閉鎖されたとしても、患者たちは他の病院にかかればよい。

病気を治すという仕事に啓造は大きな喜びと使命感を持っていた。しかし啓造でなければ治せないという病気はないはずである。いつのまにか啓造もまたむなしい思いに陥っていった。それは全治した正木に生きる力を与えることができなかったための絶望感でもあった。

自分の考えの中にひたっていた啓造は、ふと気づいて陽子をみると、陽子の輝く目が啓造をみあげていた。

「おとうさん。わたしも正木さんって方の気持がよくわかるような気がするわ」

「ほう、わかるかね」

「ええ、わたしも自分がこの世でかけがえのない存在だということが、よくわからないの。本当はどんな人間だってみんな一人一人かけがえのない存在であるはずなのに、実感としてはよくわからないの。だれかが心から陽子はかけがえのない存在だよといってくれたらわかるかも知れないけれど……。正木さんって方も、だれかに強く愛されていたら、死ななかったと思うの」

陽子は自分の言葉にパッとほおをあからめた。愛という言葉は面はゆい言葉であった。陽子は生まれてはじめて、人の前で愛という言葉を使ったのであった。

陽子の言葉に啓造は胸をつかれた。

「だれかが心から、陽子はかけがえのない存在だよといってくれたら……」

という言葉に、啓造は愛に飢えている陽子の孤独を感じた。

(おれも夏枝も、陽子が高校を出て、一日も早く結婚する年齢になってほしいとねがっている。早くこの家を離れてほしいとねがっている)

啓造はしみじみと陽子があわれであった。

「おや、もう十一時だ。おやすみ」

啓造はさりげなくそういいながら、あすは陽子を連れて、どこかにドライブに行ってやろうと思っていた。庭に虫の声がしていた。

「ここがアイヌの墓地だよ。旭川に住んでいる以上、一度は陽子にも見せたかったのだがね」

丘の上で車をとめて、降りたつと、そこはただの松の林のようであった。火山灰地の道に啓造と陽子の靴がたちまちよごれた。

「まあ」

一歩、墓地の中に足を踏み入れた陽子は、思わず、声をあげた。

墓地とはいっても、和人のそれのように『何々家』と境をしたものではなく、エンジュの木で造った墓標がつつましくひっそりと、並んでいるだけであった。それはいかにも死者がねむっている静かなかんじだった。死んでまで、貧富の差がはっきりしている和人の墓地のような傲岸《ごうがん》な墓はない。

「まあ、何てよい墓地なんでしょう」

陽子は啓造をみあげた。

「このごろはここにも石の墓が入ってきたがね。いいだろう？　この世の富にも地位にもすべて縁を切ったつつましさがいいだろう？」

「本当ね、おとうさん。このキネ型と、とがったペーパーナイフのような型とどうちがうのかしら」

陽子は、小さなキネ型の墓標の前に立った。

「テキシラン」という名が刻まれている。

「ああ、それは女だよ。とがっている方が男だよ。この木は百年はくさらないものだそうだがね」

クロバーが一面に生えていて、一升ビンが一本ゴロリと墓標の前に転がっていた。破れた新聞紙の上にくさったリンゴが一つ、その横にアワかヒエのようなごはんが供えられていた。

「もとアイヌの人たちは、一度死人を葬るとその墓には近づかなかったらしいがね。和人のお盆の墓参りの風習が、アイヌの人たちにも入って行ったのだろうね」

啓造は陽子をやさしくかえりみた。

「おとうさんのあとをついておいでよ。ここは土葬で、あまり深く掘ってないそうだからね。おまけに学生たちが副葬の飾太刀や飾玉を考古学の参考にとかいって、荒しにきているということだからね」

「ひどいわ！」

陽子が悲しそうに叫んだ。

「わたしね、おとうさん。今この死んだアイヌの人たちの一生はどうだったろうと思っていたのよ。みんな決して幸せじゃなかったと思うの。きっとアイヌであるというだけで、和人のために小さな時から悲しい思いをさせられたと思うの。それなのに、死んでまで墓を荒されるなんて、ひどいわ」

陽子の言葉に啓造はうなずきながら「明治二十八年生れ」と書かれた墓標をながめた。この人も辛《つら》い目にあって死んだのではなかろうかと啓造は思った。

「いま、ここにねむっている人たちが何をいいたいか、わかるような気がするね」

明治三十八年には一万坪だったアイヌ墓地が、今は九百五十坪に減らされたということだけでも、アイヌの人たちに気の毒なことだと啓造は思った。

（昨日の今ごろは、正木はまだ生きていたのだ）

啓造はふいに正木の死顔を思い浮かべた。

正木は唇をゆがめ、顔全体をゆがめて苦しそうな死顔だった。今にもうめきが唇からもれそうな顔だった。未来永劫《えいごう》苦しみ続けるように見えた。

九月の陽《ひ》の下に旭川の街がうす青く煙って見える。啓造と陽子は並んでじっと丘の下の街をながめていた。

（死は解決だろうか――）

正木が自殺しても、彼がいうところの、個人の存在価値はこの世において無に等しいと感じさせることの解決にはならない。社会が複雑になればなるほど、個人の人格も価値も無視される。その人間でなければならない分野はせばめられて行くだけなのだ。

（死は解決ではなく、問題提起といえるかも知れない。特に自殺はそういうことになる）

啓造は墓標にとまっている赤トンボをみた。トンボのうすい翅《はね》が陽に輝きながら、じっと動かない。

（命をかけて問題提起をしたところで、周囲の人々も、社会もそれに答えることは少ないのだ）

啓造は人間というものが、ひどく冷たく、そして愚かに思われた。

「陽子」

陽子はじっと旭川の街をながめていた。

「なあに」

「この街の人々に公平に与えられているものが一つあるよ。何だと思う」

「陽《ひ》の光?」

「陽の当らない場所に住んでいる人もいるよ」

「一日の長さ? だれにもみな二十四時間よ。一日は」

「なるほどね。おとうさんはいま、こう思っていたのだ。貧しい人にも金持にも、健康人にも病人にも、死だけはまちがいなく公平に与えられているとね」

「本当ね。わたしも死ぬのね、いつか。でもわたしはいま街をみながら、あの沢山の屋根の下にいる人はみな何か働いて生きているんだわ、たくましいなと思っていたのよ」

陽子は死よりも働いて生きて行くことに心ひかれる年代であることに気づいて、啓造はうなずいた。だが、この陽《ひ》の下の旭川の街をみて、美しいと感ずるはずの年ごろの陽子が、働くエネルギーに、より心ひかれていることが、啓造を不安にした。陽子が就職組に入っているといった辰子の言葉を啓造は思い出した。

(陽子は自分の出生に気づいているのだろうか)

何百メートルか先に、和人の墓原《はかわら》が白く輝いて見える。

(とにかく人はみんな死ぬのだ。一度しか生きることのない人生なのだ。二度とやり直しがきかないのだ)

啓造は自分の生きてきた道をかえりみて、ひどくむなしかった。何をめあてに生きてきたのかわからなかった。

（人間は何を目標として生きるべきなのだろう。おれには社会的な地位も、一応の財産も、美貌《びぼう》の妻もある。しかしそれらは必ずしもおれを幸福にはしなかった）

啓造は足もとに咲く小さな赤い花をじっとみていた。

辰子が陽子をもらいたいといったことを、夏枝にいおうか、いうまいかと啓造は思いあぐんでいた。そのことを辰子が夏枝に直接いいださないのは、啓造の判断で夏枝にいうようにというはからいであろうと思った。

「辰ちゃんが陽子をもらいたいなんていっていたよ」

と気がるに話を出してもいいと啓造は考えた。だが、夏枝は夏枝でそれをどのように受けとるか、はかりかねた。

「まあ。辰子さんたら、そんな大事なことを二人のいるところで話さないで、ひどい方」

と、いうかも知れない。

「変ですわ、どうしてそんなことをいいだすのでしょう。あなたから頼んだのじゃございません？　わたしがあの子を育てる育て方が、あなたにはお気に入りませんの」

そういわれるような気もする。

「あなたは陽子をそんなに幸福にしたいんですの？　そんなにあの子がかわいいんですの」

　と、からまれるようにも思えた。

　だが、啓造がそのことをいいだし得ないのは、ありていにいえばもっと別の理由からであった。もしか夏枝が辰子の言葉に応じて、陽子をやってしまいはしないかとおそれていたのである。この家に陽子の姿を見ることができないと考えるだけで、啓造はさびしかった。

　書斎のペン皿の鉛筆がいつもきれいにけずられてある。陽子の仕事であった。それひとつを見ても、啓造は娘というもののやさしさを感じた。
　二、三年前から毎朝、洗面所に行くと、すぐに陽子がついてきて、歯ブラシに歯みがきをつけてくれた。それは妻の夏枝から一度も示されたことのない心づかいであった。啓造は時々、陽子の夫になる男は、毎朝こうしてやさしくしてもらえるのだと想像することがあった。
　病院から疲れて帰ってきても、陽子の明るい笑顔に啓造は慰められた。徹さえ、一生陽子を妹としていてくれるならば、陽子をだれにもやりたくはない。

「汝《なんじ》の敵を愛せよ」

　という言葉を啓造はふっと思いだした。久しく忘れていた言葉である。

（この言葉を自分の一生の課題としようなどと気負ったこともあった。そしていつのまにか言葉さえ忘れ去り、いまのおれには、陽子が佐石の子だと思うことさえ少なくなった。徹のことがなければ、すっかり忘れているかも知れない）

このごろ、啓造は「時がすべてを解決する」という言葉を思い出すことがある。

（今の陽子に対するこの愛情は、時が与えたものではないか。すると、それはおれの人格とは何のかかわりもなしに与えられたものなのだ）

時が解決するものは、本当の解決にはならないと啓造は思った。

とにかく、啓造は陽子を手放したくなくなった。辰子の言葉を夏枝に伝えようと思いながらも、ぐずぐずとしてその年もいつか過ぎていった。

雪の香り

新しい年があけた。

ひるすぎになって、辻口家に年賀状の束が投げこまれた。

「郵便！」

という声に、陽子は玄関に飛んで行った。陽子は待っていたのである。この日こそは、北原邦雄の年賀状がくるにちがいないと思っていた。

北原は、

「手紙を上げてもいいですか」

と陽子にいった。そして旅先から一度手紙がきたが、北原の手紙は夏枝の手に渡ったまま、返ってこなかった。そのために何となく陽子は返事を書きそびれた。札幌に帰ってから北原がふたたび手紙をくれるだろうと心待ちにしていたが、とうとう手紙はこなかった。陽子は自分が返事を書かなかったから手紙をくれないのかと思いながらも、北原の手紙を待っていた。だが遂《つい》に手紙がこないままに年が明けたのである。

年賀状ぐらいはくれるかも知れないという期待があった。そして陽子も暮れのうちに、北原あてに年賀状を書いた。

〈あけましておめでとうございます。

昨年はお便りをいただきましたのに、お返事も差しあげないでごめんなさい。あのお便りの消してあった所には、何が書かれてあったのでしょうか〉

平凡すぎる文面だと思ったが、その方がいいように思って、陽子は雪の中を大通りのポストまで出しに行ったのである。

いまごろ、北原が読んでいるかも知れないと思うだけで何か楽しく思いながら、陽子は年賀状の束をほどいた。ねころんでテレビを見ていた徹が、

「どれ、ぼくにも二、三枚はきているだろう」

と束の半分をとって、よりわけてくれた。大方は啓造あてで患者からの年賀状が多かった。夏枝と啓造は午前中から、客間で年始客の接待をしていた。

陽子あての年賀状も多かった。同級生や、中には陽子の知らない上級生からのものも

なかなか出てこない。

陽子は男文字の度に北原邦雄からではないかと胸をおどらせた。だが北原のハガキは
中には男生徒からの年賀状もあるのをみて、徹がひやかした。

「へえ、陽子も名士級だね。なかなか多いじゃないか」

あった。


(今日年賀状がこなければ、縁がないということかも知れない)

陽子は残り少なになったハガキを一枚一枚たんねんによりわけた。

(北原さんは、もう、わたしのことを忘れたのかしら)

そんなかけめいた思いもあった。

「何だ、あいつ九州にいっていたのか」

「うん、これはいい版画だ。ねえ、陽子」

などと、一枚ごとにゆっくりとながめているので、徹のよりわけるのは遅かった。

北原の年賀状は遂にないと思ったその時、北原邦雄の名前が、陽子の目にとびこんできた。陽子の顔が輝いた。なぜこんなにもうれしいのか、陽子自身にもふしぎであった。恥ずかしいほどうれしかった。だがよくみると喜ぶのは少し早かった。あて名は夏枝と徹である。陽子はしかし落胆しなかった。徹の手もとには、まだ三十枚ほど残っているからである。夏枝と徹にきている以上、自分にもきていると陽子は思った。しかし、とうとう陽子の期待ははずれてしまった。陽子はあきらめきれない思いで、ふたたび二百

枚ほどの年賀状を全部しらべなおした。やはり北原のハガキは一枚しかきていない。

(どうして、こんなに北原さんの年賀状を待っているのかしら)

北原はわずか一週間滞在した徹の友人ではないかと陽子は思った。

(わたしは北原さんの友人の妹にすぎないんだわ。わたしの友人ではないんだわ。忘れられても仕方がないけれど……)

しかし、陽子は忘れることができなかった。どこにひかれているのか陽子自身もよくはわからない。

陽子は夏枝と徹にあてた北原の年賀状を手にとった。

「賀正」と書いた横に「昨年はお世話さまになりました」と書いてあるだけである。

陽子は自分にきた五十枚ほどの年賀状をかかえて立ちあがった。

「陽子、初すべりに出かけようか」

年賀状をみていた徹が顔をあげた。

「そうねえ」

陽子は珍しく気重そうに答えた。

グレーのスラックスにピンクのセーターがよく似合うと、徹はねそべったまま陽子をみあげた。

「どうした？　元気がないじゃないか。元旦《がんたん》に伊の沢ですべらないと、どうも元旦の気がしないよ」

二人は小学校のころから、元旦《がんたん》には川向うのスキー場に行っていたのである。だが今年の陽子はスキーには何の興味もなくなっていた。

「行きましょうか」

徹の誘いをことわるのは気の毒だと陽子は思った。

二人はスキーをはいて、林の中に入って行った。運動神経は陽子の方がすぐれている。しかし徹もスキーは上手だった。二人はたくみに林の中を通りぬけ、堤防づたいにスキーを走らせた。粉雪がチラチラとしていて寒い日である。川風がほおを刺したが、スキーに乗っていると体があたたかい。

「冬の川って好きよ」

陽子がストックを雪ふかくさして、立ちどまった。

氷と雪におおわれた川は、川幅がせまい。純白の雪の中を流れる冬の川は、くろく、しっとりと落ちついていた。

「おにいさん」

陽子は徹をふりかえった。

「なあに？　陽子」

徹は陽子の顔がひどく淋《さび》しそうなのに、おどろいた。

「雪って清らかね。おにいさん」

「ああ……」

「だけど、香りがないのね」

「こんなに一面つもっている雪に香りがあったら大変だよ、陽子」

徹が笑った。つられて陽子も笑った。

本当は陽子は北原から年賀状がこないことを徹に告げたかった。二人は再びスキーを走らせた。

元旦《がんたん》のスキー場はほとんど人影がなかった。いつもの赤や黄やみどりの花を散らしたような、派手なスキー服でにぎわっている山とは、全く別の山のように静かだった。

山の上までのぼりつめると、徹と陽子は顔を見合わせた。

「やっぱり、ここに立たないと元旦の気分がしないだろう？」

「ほんとうね。毎年の習慣って恐ろしいものね。お雑煮をたべないと元旦の気分にならないのと同じね」

静かだった。何の物音もない。チラチラと粉雪が降っているばかりだ。旭川の街も降る雪にけむって見えない。

「北原から年賀状がきた？」

徹がさりげなくたずねた。陽子はじっと街の方をみおろしたまま、頭を横にふった。

（どうして、年賀状もくださらないのかしら？）

陽子は力いっぱいにストックをついて、徹の傍《そば》をはなれた。徹は陽子のたくみな滑降をみつめながら、

（そうか、北原とはやっぱり文通もしていないのか）

と、いくぶんほっとした。寮で同じ部屋の北原が、陽子のことを話しすることはなかった。陽子から手紙のきている様子もない。はじめは北原を陽子に近づけようとせっかちになった徹だった。

しかし層雲峡に花火を見に行った夜、徹は陽子が自分自身をよそからもらわれたと知っていることをきいた。それ以来、徹の心はまたゆらぎはじめた。既に陽子が徹を本当の兄でないと知っているのなら、徹との結婚の話を持ちだしても不自然ではないような気がした。

陽子の出生の秘密がもれるようには思えなかった。万一、何かのことで陽子がそのことを知ったとしても、何の証拠もないことだから、

「陽子がそんな犯人の娘なら、どうしてぼくが結婚なんかするものか」

と、いってやれるような気がした。とにかく徹は、やはり陽子を幸福にできるのは、この世で自分一人のように思っていた。

いま北原から年賀状もこないときいて、急に徹は体の中に力が満ちあふれるようであった。

ふもとに小さく見える陽子をめがけて、徹は元気よく滑りはじめた。風を切って山をすべると、降る雪が顔につきささるように痛いのも、むしろ徹にはこころよかった。

降りてくる徹をみて、陽子は急いで左手の山を登りはじめた。

「北原から年賀状がきた？」

と、徹にいわれた途端、いいようもない淋《さび》しさに襲われて、陽子は山を降りながら涙がこぼれた。その涙にうるんだ目を徹にみられたくはなかった。

しかし徹は逃げる陽子をめがけて滑ってくる。陽子は逃げ場を失って、さらさらと乾いた雪の中に横になって、顔を埋《うず》めた。

「どうしたの、陽子」

黒い雪めがねが、徹の顔をきりりと見せた。

「ううん。何でもないの」

雪だらけになった顔を陽子は徹に向けた。徹もそばに腰をおろした。

「こうやって、雪の中にねころんだまま、降ってくる雪をみたものだったなあ、子供の時は」

「ほんとうね」

ふんわりと積っている雪に身を埋めて、降る雪をみるのは楽しかった。灰色の空から降ってくるようには見えなかった。雪はふいに空中で湧《わ》いてくるように見えた。口をあけて待っているのに、ふしぎに雪は口の中に入らずに、すぐ目の前まで降ってきては、ひらりと逃げて行くようだった。

「ね、小さい時と同じだわ。こうやって仰《あおむ》向けになってみていると、何だか空の中に吸われて行くみたい」

「うん」

徹も仰向けになったまま、陽子と並んで空をみていた。

「陽子知っているか。二年生ぐらいの時、雪ってどうして白いの？　わたしが神さまなら日曜に降る雪は白、月曜日は黄、火曜日は赤って決めるのにっていっていたこと」

「そんなことをいってたの」

「そうさ。それから雪女郎の話をしてやったら、雪女郎は雪のおふとんでねるの？　っていっていたよ」

「小さなころは雪女郎って本当におそろしかったわ、わたし。軒のつららが月の光で青く光ると、何だか雪女郎が氷の中から生まれるような気がしたりして……」

小学生のころの話をしていると、徹も陽子も楽しかった。兄妹として仲よく育った二人には、共通の思い出がいくつかあった。

（こんな二人が夫婦となるのは、すばらしいことじゃないか）

そう思った時、陽子が雪を払っていった。

「さあ、今日は暗くなるまで滑りましょうよ」

「ああ」

徹も雪を払った。もっとゆっくり話をしていたいような気がした。しかし冷たい雪の上では、これ以上横になっていることはできない。

雲のきれ目から青空がのぞいていた。徹はカンダハーを締めると、陽子の先に立って山を登りはじめた。

正月の七日もすぎた。その日は空気も凍るような寒さで、二重窓の外窓がまっ白く凍りついていた。去年こわれたペチカの傍《かたわ》らに石炭ストーブが燃えている。

「冬休みというのは、やはり必要だね。こうして暖まっていても背中の方が寒いんだからなあ」

徹がそういいながら背中をストーブに向けた。

「そうよ。今日あたり小学生が学校に行ったら大変でしょうね。旭川の冬休みは二十五日までですけれど、二月一杯はどうしても寒いわねえ」

夏枝はグレーの毛糸で、啓造の靴下を編んでいる。啓造はひざまでくる夏枝の手編みの靴下以外、冬は、はかない。

「おとうさんが小学校のころは、零下二十度になるとドンと花火があがって十時はじまりになったんですってね。今は六時のニュースで、わかるけれど」

陽子は押し花を額に入れ終った。夏の間に作っておいた押し花を、絵のように布や紙に貼《は》りつける。陽子の押し花は、ほとんど色が失《う》せず、鮮やかだったから、額の中に花が咲き出しているようにみずみずしい。寒さのきびしい北国では、生け花の水も凍るほどだから、陽子の色あざやかな押し花は喜ばれた。

「わたし、ちょっと辰子小母《おば》さんの家へ御年始に行ってきたいわ」

陽子は、できあがった額をちょっと離してながめながらいった。

辰子の家に陽子は久しく行かない。正月ぐらいは行ってみたかった。辰子のところときいて夏枝はだまっている。

「こんなに寒いのに？」

徹が窓の外をみた。

「ええ、こんなしばれる（凍る）日なら、小母さんのところも、お客さんがいないわ」

陽子はひっそりとした辰子の茶の間を想像すると無性に行きたくなった。

「小母さんの所なら、まあ仕方がないさ」

徹は、だまって編物をしている夏枝をみると、そういわずにはいられなかった。

外へ出るとたちまち、まつ毛が粘り、眉《まゆ》も前髪も吐く息も凍りついて、みるみる白くなった。

バスの停留所で陽子は足ぶみをしながら、バスを待っていた。寒くてじっと立っていることはできない。車のクラクションが近くで鳴った。陽子は気にもとめずにバスの来る方をみながら足ぶみをしていた。ふたたびクラクションが鳴った。何気なくふり返った陽子は、おどろいて目をみはった。

自動車をとめて、陽子を見ているのは北原だった。

「まあ、北原さん」

皮のジャンパーを着た北原は無言で、うしろのドアをあけた。陽子は喜びをかくすことができなかった。

「わたしの家へ、いらっしゃるところでしたの？」

陽子の声には、なつかしさが溢《あふ》れていた。北原は少し考えるようにしてから、うなずいた。

「あら、わたしの家へおよりにならないの」

車が走り出すと、陽子がおどろいた。北原の目がチラリとバックミラーの陽子をみた。

久しぶりに会った喜びで、陽子は北原がまだ一言も発していないことに気づかなかった。

「どこへいらっしゃるの、北原さん」

陽子は北原の沈黙に、ようやく気づいた。陽子はかすかに不安になった。

「ね、うちへいらっしゃらない？」

「いやですね」

その時はじめて北原がいった。きっぱりとした語調だった。

「…………？」

バックミラーにうつる北原の目が、陽子をみた。

「ぼくは陽子さんにだけ会いに来たんです」

怒ったようないい方だった。陽子は思わずハッとした。体中が熱くなるようだった。

北原は四条通りのホテルの前に車をとめた。彼は夏にきた時、ここのグリルで徹と食事をしたことがあった。北原は旭川でここしか食事するところを知らない。陽子は時計をみた。十二時少し前である。

　スチームが通っていて、店内はあたたかだった。二人は二階の窓ぎわに腰をおろした。泊り客が食事をしているだけで、人はまばらだった。陽子は窓によった。

「ぼくは陽子さんだけに会いにきたんです」

　と、いった北原の言葉を胸の中でつぶやいてみた。角の薬屋の前に立っている黄色い旗が、ダラリと垂れ下っている。寒いためか人通りも車もさすがに少なく、大きな犬がのっそりと車道を横切るのが見えた。

「陽子さん」

　ふり返ると、北原が、

「何をおあがりになりますか」

　とたずねた。陽子は胸がいっぱいで食欲がない。

「おなかがすきませんわ」

　陽子は椅子《いす》にすわった。

「じき十二時ですよ」

　北原はカレーライスを二つ注文した。それが小学生の男の子のようで陽子はふっと笑った。

「カレーライスがおかしいですか」

　北原はちょっとはにかんで、

「ぼくには母がいないでしょう？　ですからね、誕生日でも、おまつりでも、父の手づくりのカレーライスで育ったんですよ。だから、ぼくにとってカレーライスはやっぱり、ご馳走《ちそう》なんですね」

と、北原が笑った。が、北原はすぐ表情を改めて、じっと陽子をみつめた。

「陽子さん。あなたから年賀状をいただいて、ぼくは何が何だか、わからなかった」

「わからないって……何がですの」

「陽子さんという人がですよ」

「わたしが？　どうしてかしら」

「だって、年賀状を下さるくらいなら、なぜ斜里《しゃり》からさし上げた手紙をつっ返して来たんです？」

「わたしが、あなたの手紙を？……」

陽子の顔にありありと驚きの色がみなぎった。大きな目を一層大きく見開いて、ほんとうにびっくりしたという無邪気な驚きの表情である。

（あの手紙は、おかあさんにかしたままになっている）

無邪気な驚きの表情が、かすかにかげった。

「じゃ、あなたの知らないことなんですか」

陽子のおどろきをみて北原はいった。

「………」

（わたしが知らないといえば、おかあさんのことをいわなければならない）

陽子は困った。だがその時、北原がいった。

「どうして、あなたのおかあさんは嘘《うそ》をいったんだろう」

北原は昨年の夏休みの最後の日を思いうかべた。この日のことを北原は決して忘れてはいなかった。

夏枝が札幌にきたというので、徹が寮に北原を迎えにきた。コックドールというレストランに夏枝が二人を待っていた。何という生地か北原にはわからなかったが、白地にうすいみどりの模様の着物がよく似合って、夏枝は若々しくなまめいて見えた。

大きな包みのおみやげを手渡されておどろいている北原に、夏枝はハンドバッグから白い封筒を手渡した。

「これ、陽子から、あなたにですって」

北原は思わず赤くなって受けとるのを、夏枝は婉然《えんぜん》と笑ってみつめた。

「陽子がお好きですの？」

「ええ、好きです」

その時、夏枝はめずらしく声高く笑っていった。

「正直でいらっしゃいますのね」

たしかその時、徹は煙草《たばこ》を買いに席をはずしていた。徹がいたら恥ずかしかったろうと思ったことを、北原はおぼえている。白い封筒を大事にポケットに入れて食べたその時のビフテキは、忘れられないほど、おいしかった。

北原は斜里から陽子に出した手紙への返事を待ちあぐねていた。だから、きっとその返事であろうと思って受けとった封筒の中に、自分自身の手紙を見いだした時、北原はあまりのことに呆然《ぼうぜん》とした。いいようもない屈辱感にしばらくの間は徹の顔を見るのも苦痛だった。

そのくせ、北原はいつも林の中ではじめて会った時の陽子の姿を思いだしていた。

つかれたように一心に本を読みふけっている陽子の顔は、一目で北原の心をとらえた。陽子の顔には力がみなぎっていた。何ものかに精いっぱい立ちむかっている張りつめた美しさがあった。なよなよとした感じはなかった。こびもなかった。命そのものが息づいているような美しさであった。本から顔を離して、しばらくもの思いにふけっていた時の、思いつめたような燃えるような目が、何気なく北原を見た時のまなざしを、北原は決して忘れることができなかった。

「そうですか。あなたがあの手紙を返したのではないんですか。ああ、安心した。ぼくはてっきり陽子さんから手紙をつき返されたのかと思っていたんですよ。安心したら、途端におなかがペコペコだ」

北原は機嫌よく笑った。気がつくとカレーライスはすっかり冷えていた。

「わたしも、ペコペコよ」

陽子も笑った。北原は早速スプーンに山盛りすくって一口入れたが、ちょっと考える顔になった。

「陽子さんが、返事を下されば、こんな長いこと悩まずに済んだのですよ」

「ほんとうにね。ごめんなさい」

「今朝年賀状をみて、ぼく飛んできたんですよ」

「あら、そんなに遅く？」

「郵便事情がわるいですからね。ようし、今度は遠慮しないで、じゃんじゃん書きますよ。考えてみると、ぼくも悪かった。どうして手紙を返したかと一言あなたに書けばよかったわけですからね。だけど、つき返されたショックで、そんな元気なんかなかったのは仕方ありませんよね」

「とにかく、わたしが悪いのよ。お便りいただいてお返事を書かなかったのですもの。でもわたし、何となく書けなかったの」

「仕方がない。もう許してあげます」

北原はあかるく笑った。みるみるうちに北原の皿は空になった。

「まだ足りないでしょ？　わたしが何かごちそうしましょうか」

「年下の人からおごられるのは気がひけますよ」

「そのお言葉はなかなかご立派よ。女の人からとおっしゃらなかったから」

二人は顔を見合わせて笑った。何ということのない会話でも、二人には楽しかった。

「何になさる？　ビフテキ？」

「ビフテキはこりごりですよ」

北原は、夏枝と一緒においしく食べたビフテキが口惜《くや》しかった。

「あら、ビフテキがおきらい？」

何も知らない陽子がおどろいていった。

二人はホットケーキを頼んで、ただ顔を見合わせていた。

「北原さん」

「何です？」

「斜里からの、あのお手紙のことを伺いたいの。紙が破れるほど消してあったところがあったでしょう？」

陽子はききたいと思っていたことを口にした。

「ああ、あれね」

北原がてれたように笑った。

「何とお書きになったのか知りたいのよ」

「でも……陽子さんにしかられそうだな」

「あら、わたしが怒るようなこと？　どんなことか伺いたいわ」

陽子はまっすぐに北原をみつめた。

「困ったな。実はね。あの手紙にぼくは、大いなる者の意志、ということを書いたでしょう？　おぼえていますか」

「ええ、忘れませんわ」

「そのことなんです。ぼくが辻口と寮で同じ部屋になり、そしてあなたと知合うことができたでしょう？　そのことをぼくはぼくなりに考えてみたのですよ。それで、〈陽子さんと会ったことに、大いなる者の意志を感じてもいいでしょうか〉と書いたのですけれどね」

北原のまなざしがきびしいほどに、まじめだった。陽子はほおをあからめながらも、北原の視線をしっかりと受けとめた。

「……でも、どうして……消してしまったのでしょう」

思いきって陽子はたずねた。

「そんな大事な言葉を、知合ったばかりでいうもんじゃない、軽薄だと思ったからですよ」

たしかに北原は一週間しか、辻口家に滞在していない。しかし一週間同じ屋根の下にいたということは、青年である北原と、乙女である陽子にとって決して小さなことではなかった。

「あのお手紙はどうなさったの？　持っていらっしゃる？」

「燃やしましたよ。てっきりあなたがつき返してよこしたと思って……」

「まあ、燃やしてしまったなんて、惜しいわ」

夏枝がなぜ北原に手紙を返してしまったのかと、陽子は残念でならなかった。北原もまた、夏枝のことを考えていた。

(レストランでビフテキをたべてから、辻口はどこかに用事があると別れて行ったっけ)

そして荷物をデパートの一時あずかり所にあずけて、北原と夏枝は札幌の街を歩いたのである。往き交う人々が、夏枝をふり返った。

「わたくしたちは何に見えるのでしょうね」

夏枝は北原を見あげて、ささやくようにいった。

「おばさんは若いから、親子には見えないかも知れません」

北原の言葉に、夏枝は不満そうであった。

「北原さん。おばさんとお呼びにならないで」

「ではなんといったらいいんですか。辻口君のおかあさんですか」

「まさか」

「では奥さんですか」

「いやですわ。奥さんなんて……。わたくし夏枝と申しますのよ。名前を呼んで下さらない?」

夏枝はあきらかに、自分の年齢も立場も忘れていた。夏枝は北原がよせる好意を、かんちがいしていたのである。自分の美貌《びぼう》が、まだ十分に二十代の男性の心をとらえ得ると思っていた。

「夏枝さんと呼ぶんですか」

北原がふしぎな顔をした。

「ええ。わたくしも邦雄さんとお呼びしますわ」

北原はむっつりとだまりこんだ。北原は夏枝の中に亡き母を見たかった。だまりこんだ北原に夏枝がいった。

「邦雄さんはわたくしがおきらい？」

「いいえ」

「お好き？」

夏枝は大胆にいった。

「好きですが、いま、少しきらいになりました」

北原は立ちどまって、夏枝を見おろした。

「まあ、どうしてでしょう」

夏枝の目の中に妖《あや》しい光があった。それは断じて母性的な光ではなかった。北原はふっと視線をはずした。

「ここにお入りにならない？」

夏枝が先に立って喫茶店に入って行った。うす暗い中で見る夏枝の顔は、一層なまめいて若々しかった。

夏枝が若く見えることは北原には無意味だった。いま、くらい茶房の中で見る夏枝には、母らしさはどこにもないと北原は思った。夏枝は自分の母と同じくらいの歳《とし》であってほしかった。水色の服を着たウエートレスが、水のコップを持ってきた。ウエートレスは好奇心をあらわにして、北原と夏枝をじろじろと見た。注文をきいて立ち去る時も、ふり返って詮索《せんさく》するような表情をした。

「わたくしたち、何に見えるのでしょうか」

ふたたび夏枝はいった。夏枝の言葉に北原はきびしい語調になった。

「おばさんは、何に見えたらご満足ですか」

北原の言葉におどろいて、夏枝が顔をあげた。

「ぼくは母と子に見られたい。ぼくにほしいのは母です。小さい時から、ぼくは母がほしかった」

夏枝はうつむいたまま、コップに唇をつけていた。

「わたくしたちは何に見えるでしょうか」

と二度も繰返した夏枝を、北原はくだらないと思った。

（恋人に見えるといったら喜ぶ人なのだ）

たしかに夏枝が四十歳を越しているとは誰《だれ》も見ない。誰にも三十そこそこに見られるだろう。逆に二十三歳の北原は、二十七、八歳に見えるから、よそ目には恋人のように見えるかも知れなかった。しかし北原は夫ある女が、他の男にひかれる話は、たとえ映画でも小説でもきらいだった。それは即ち、北原自身の亡き母の神聖が犯されることだったからである。

「おばさん、失礼します。陽子さんに手紙をありがとうとお伝え下さい」

ふいに北原は立上った。おどろく夏枝の顔が、うすぐらい中に美しかった。

「急用を思いだしたものですから……」

北原はそういって夏枝と別れたのである。

「何を考えていらっしゃるの」

陽子がいった。いつのまにかホットケーキがテーブルの上にあった。北原はバターをホットケーキの上にのせながら、陽子に微笑した。


陽子が玄関の戸を開けると、徹がとんで来た。

「陽子、辰子小母《おば》さんの所に行くといって出かけたのに、行っていなかったじゃないか」

徹はとがめるように、きびしくいった。

「あら、どうしてわかったの。おにいさん」

陽子は明るくたずねた。

「さっき辰子小母さんのところに電話をかけたんだ。今日は寒いから泊らせて下さいって。そしたら来ていないっていうじゃないか。嘘《うそ》をいうなんて陽子らしくないな」

「ごめんなさい。嘘をついたんじゃないの」

陽子は輝くように明るい顔で茶の間に入った。

「ただ今。おそくなってごめんなさい」

陽子の声に夏枝はだまって食卓の用意をしている。顔もあげない。陽子は、ちょっとその夏枝をみていたが、明るい表情に変りはなかった。

徹は陽子を注意ぶかく見まもっていた。辰子のところに出かけると偽ってでかけたようなものが、陽子のどこにもみられない。悪びれた様子は全くなかった。むしろいつもの陽子よりずっと明るい。体の中に灯がともったように、てり輝くものがあった。

「おとうさんはまだ?」

「医師会の新年会だってさ」

徹は陽子が外でだれに会ったのか知りたかった。

(何かあったのだ)

それが何かを知りたかった。

「陽子、どこへ行っていたの」

「当ててごらんなさい」

「わからないから、きいているんじゃないか」

「農協のバスのところで、お友だちに会って、それからホテルでカレーライスをいただいた……」

思い出して陽子が笑った。

「それから街の中をぐるぐる走ったり……」

「この寒いのに？」

「でも車には暖房がありますもの」

徹はじっと陽子の顔を見た。会った友達というのは男のような気がした。

（車を運転する男の友だちが陽子にいたのだろうか）

ふっと北原の顔を思い浮かべた。北原の父は滝川《たきかわ》で肥料会社をやっていて、車を二台持っている。

（まさか、この寒さの中を、わざわざ旭川まで自動車でくるはずはない）

陽子は北原と文通もしていない様子だった。

陽子が着更えに去ると、夏枝がいった。

「徹さん。あなた陽子ちゃんのこと、あまりかまわないといいわ」

「どうして？　ただいまといってもお帰りともいわないおかあさんの真似《まね》をした方がいいんですか」

徹は思わず意地の悪い口調になった。

「まあ、ずい分ごきげんが悪いこと。でも、陽子ちゃんがかくしていることを、根ほり葉ほりたずねるよりは、知らん顔をしている方が親切なのよ」

夏枝は徹にはやさしかった。徹はだまって、読みかけの「ツアラトゥストラ」をパラパラとめくった。

「おかあさんは、陽子ちゃんがどなたにお会いしたか、わかりますよ」

　徹はきこえないふりをした。

「陽子ちゃんも高校二年生になるでしょう？　もう昔ならお嫁に行くころですものね」

　夏枝が何をいいたいのか、徹にもわかるような気がした。だが夏枝の心の中まで徹にはわからない。夏枝は敏感に北原と陽子のことを感じとっていた。夏枝は札幌で北原に会った時、北原の胸に陽子がすみついているのをありありと感じた。

「陽子がお好き？」

　と、たずねた時、

「ええ、好きです」

　と、率直に答えた北原の表情を忘れることができなかった。そして、喫茶店でふいに用事を思い出したといって中座した北原の、自分をさげすむような表情を忘れることはできなかった。

「二人は何に見えるでしょう？」

　と、いった夏枝に、

「何に見えたらご満足ですか」

　ともいった北原のきびしい語調を忘れることはできなかった。

　夏枝にとって、北原は徹の友人ではなく異性であった。すべての異性は夏枝の美しさを讃美《さんび》し、夏枝の意を迎えようとするものでなければならない。夏枝は北原から受けた屈辱を決して忘れてはいなかった。

　陽子と北原が結びつくことは、夏枝にとっては、さらに大きな屈辱であった。

「徹さん。陽子ちゃんのことは、おかあさんが注意しますからね。おねがいだから、だまっていて下さいね」

「陽子のことに口を出すなというんですか」

　徹は、ふいに陽子を誰《だれ》の目にもふれさせたくないと思った。陽子が今日会った人間に徹は嫉妬《しっと》していた。

「あすは今日ほどしばれないわね。雪が降ってきたもの」

　和服に着更えた陽子が部屋に入ってきた。

　辰子の家へ行くといって出かけて、誰《だれ》かと街の中をうろついていた陽子が、何の悪びれた様子も見せないことに、夏枝は腹をたてていた。

「陽子さん。今日どなたとご一緒だったの」

「おかあさん、太宰治の『斜陽』をお読みになった？」

「どなたとご一緒だったか、きいているのですよ」

「『斜陽』にひめごとを持っているのは大人のしるしと書いてあったの。陽子も大人になったのね。ノーコメントよ、おかあさん」

　徹は陽子の言葉におどろいて、陽子をみた。

階段

軒の細いつららが、ガラス細工ののれんのように、ずらりと並んで輝いている。日曜日の午後啓造は、茶の間でつららを眺めながら、陽子の幼いころのことを思いだしていた。陽子が風邪を引いて熱を出した夜半、庭に物音がするので縁側の障子を細目にあけてみた。すると、外には、夏枝が積った雪に深く足を埋めたまま、一心につららを洗面器にとっていた。そのころの啓造は、夏枝を深く恨んでいたが、寒さのきびしい夜半に陽子のために氷をとる姿を見ると、さすがに何ともいえない痛みを感じたものであった。

「プリンができましたわ」

夏枝が啓造の前に、白いプリンをおいた。

「ありがとう」

啓造はやさしくいった。昔のことを思い出していたので、ひどく夏枝にすまない思いだった。

「あなた」

夏枝は啓造のやさしさに気づかなかった。夏枝はいま台所で仕事をしながら、ひな祭りが近づいてきたと思っていた。夏枝が結婚する時に持ってきたひな人形と、ルリ子の初節句に買ったひな人形があった。しかし、陽子の出生を知って以来、夏枝は忘れたようにひな人形を飾らなくなった。

よく気がつくようでいて、啓造はそのことに気づかなかった。夏枝はひな祭りの席に、飾ることのないひな人形を思っては、ぐずぐずと心の中で啓造や陽子を憎んでいた。ルリ子のために買った人形を、陽子のために飾ったことが口惜《くや》しかった。毎年、ひな祭りの近づくころになると、夏枝はそのことを思いだした。

今年はわけても陽子が憎かった。その理由を人にきかれると、答えられることではない。

正月以来、時々陽子に北原から分厚い封書がきていた。その手紙がくるということだけで、夏枝は自分が無視され侮辱されているような気がした。

札幌の喫茶店で、北原が突然中座した時のことを、夏枝は決して忘れてはいない。北原の青年らしい、すがすがしさに惹《ひ》かれていた夏枝にとって、それは大きな侮辱だった。しかも北原が陽子を愛しているらしく、度々手紙がくることは、夏枝を刺激した。そしてその手紙を陽子が決して、見せようとしないことにも、夏枝は腹を立てていた。

「見せられない手紙なの」

陽子はそういって、夏枝が読むことを拒んだ。

だから毎年くりかえすひな祭りのにがい思いが、今年は一層強かった。いま啓造が夏枝にやさしく言葉をかけているのが、自分の思いにとらわれている夏枝にはわからない。

「あなた、陽子ちゃんもむずかしい年ごろになりましたわ」

夏枝はプリンを一口スプーンですくった。

「何かあったのか」

啓造は不機嫌な夏枝をみた。

「異性と文通ばかりしていますのよ」

夏枝は形のいい口の中にプリンをすべりこませた。

「異性って、あの徹の友人の北原君かね」

「ええ」

「北原君なら、悪くはないじゃないか」

ほっとしたように啓造がいった。

「でも、北原さんにお気の毒ですわ」

夏枝は啓造をみた。啓造は夏枝が何をいおうとしているかを知らずにいった。

「気の毒？　何がだね。北原君なら、なかなか感じのよい青年だよ」

「…………」

「陽子も悪い子じゃない。何なら今から話を決めておいてもいいんじゃないかね」

啓造は、徹が陽子と結婚できない事態になることを望んだ。北原との話さえ決まれば、自分が陽子を引きとったこともハッピー・エンドということになると啓造は思った。

「あなた、本気でそうおっしゃいますの」

「本気だとも。どうして？」

「あなた、知らない顔で、陽子ちゃんを北原さんにおしつけますの？」

夏枝は冷たくいった。

「ああ、君がいいたいのは陽子のあのことだね」

陽子は街へ買物に出て、るすだったと啓造は思いながら、

「陽子がだれの子かといえば、やはり私たちの子だよ。あの子は親の胎内に十か月、生まれて一か月親といただけだからね。しかし、陽子はこの家で十七年もくらしたのだよ。わたしたちの子でいいじゃないか」

「そうでしょうか」

「秘密を守ってやるのが、わたしたちのつとめだよ。だからって、あの子を北原君に押しつけるということにはならないと、わたしは思うね。陽子はなかなかよくできた子だよ。わたしたちの子でも、こういい子には育たないんじゃないか」

啓造の言葉が夏枝のカンにさわった。

「わたくし、陽子ちゃんって、きつい子に思いますわ。小さいころから、ほら、肩に石をぶつけられても泣かなかったことがありますし……」

中学の卒業式の答辞のことを思い浮かべながら、口をつぐんだ。

「わたしはそうは思わない。明るくて、やさしい子だと思うよ」

「でも、強すぎることはたしかですわ。辰子さんだって、打明けるということのない子だとおっしゃっていましたわ」

夏枝の言葉にトゲがあった。啓造はだまってストーブの灰をデレッキで落した。これ以上、夏枝に陽子を育てさせるのは、むごいような気もした。

「その辰子さんで思いだしたがね。どうせ陽子も二、三年したら家を出るわけだから、いっそのこと、辰ちゃんに陽子をあずけたらどうだろうというんだがね」

啓造は夏枝を刺激しないように、さりげなくいった。

「辰子さんのうちに？」

「ああ」

「そのこと、辰子さんからおっしゃったことですの？　それとも、あなたがおたのみになりましたの」

夏枝は改まった表情をみせた。

「辰ちゃんがいい出したことなんだがね」

「いつですの」

「いつだったかなあ。ああ、そう、そう、ほら、北原君が泊っていたころだよ」

「まあ、あれから半年以上たちましたわ。なぜすぐそのことを、おっしゃいませんでしたの」

夏枝の顔がこわばった。

「何ということもないがね」

「辰子さんもひどい方ですわ。わたくしには一度もそんなことをおっしゃいませんのに……」

夏枝はふきげんに口をつぐんだ。

「辰ちゃんは陽子が進学しないらしいときいて、大学へあげないのかといっていたよ」

啓造は夏枝のふきげんを無視するようにいった。いい出したことが、うやむやになるのがいやだった。

「辰子さんは何もご存じないんですわ。陽子ちゃんは進学するよりも、高校を出たらすぐにでも結婚したいと思っているんですのに」

(陽子が大学に行くなんて！)

このごろは女子の進学が珍しくはないことを、夏枝も知っている。しかし夏枝は陽子を大学にやりたいとは一度も思わなかった。陽子の意向をたずねようともしなかった。夏枝自身、旧制の女学校を出ているだけである。陽子が夏枝以上の学歴を持つということは、夏枝には耐えられなかった。

(陽子を辰子さんには、やらないわ)

夏枝は辰子の財産を思った。物欲に執着のない辰子は、きっと陽子に財産をゆずるにちがいない。陽子が辻口家の娘としての籍がある以上、辻口家の財産も陽子に分けねばならない。両家の分をあわせたならば、陽子は夏枝よりも多くの財産を持つことになるはずである。

(そんな、ばかな話があるだろうか。これが佐石の娘の運命だなんて……)

殺されたルリ子のことを思うと、夏枝は辰子の申し出に、がまんがならなかった。

「それで、あなたは何とお返事なさいましたの」

「何もいってはいないよ」

「では、今はどうお思いになりますの」

「場合によっては、辰ちゃんのところにあずけてもいいとは思うがね」

その方が、陽子も幸せになるように啓造は思った。

「まあ、ひどい方。それではわたくしが、いかにも陽子ちゃんを育てかねているようではございません？　わたくしはいやですわ。せっかく今日まで育てたんですもの。ここから花嫁姿で出したいのが人情じゃございませんか」

夏枝の言葉は、ごもっともにきこえた。

「わかったよ。悪かった」

啓造は軒のつららに目をやった。生まれて間もなかった陽子を、今まで育てたということが、夏枝にとってどんなに大変なことであったかを、啓造は思った。自分の腹を痛めた子供でさえ、一人前に育てあげるということは容易ではない。まして陽子はただのもらい子ではないのだ。夏枝は、佐石の子と知っても、なお、陽子を育てなければならなかったのだ。

(陽子を目の前で見ている限り、夏枝は心の晴れることはなかったろう。その出生の秘密を守っているだけでも、どんなに精神的に苦痛なことだったろう。何というむごいこ

とをおれはしたのか）
陽子を花嫁姿でこの家から出したいという夏枝の言葉を、啓造は額面通り受けとった。夏枝にはかなわないと啓造は思った。

やがて啓造は書斎に入ると、何を読もうかと本だなの前に立った。ちょうど目の前に、阿部次郎の「三太郎の日記」があった。大学の予科のころに読んで以来、長いこと忘れていた本だった。啓造は手にとってパラパラとページをめくった。

「此処《ここ》に一人の馬鹿《ばか》がいる」

という言葉が目に入った。次のページでは、

「おまえの生活には何と言っても、まだ内容が足りない」

という言葉が目についた。ページを前にくると、

「生きるとは何ぞ。平凡非凡併せて空となる」

と書いてあった。どれもこれも目にとび込んでくる字が、自分と深いかかわりがあるように啓造は思った。本をたなにもどして啓造は机の前にすわった。

「生きるとは何ぞ」

啓造は口に出していってみた。退院の前日に自殺した正木次郎を啓造は思いだした。正木次郎は自分自身の存在理由を見出《みいだ》せずに死んだ。啓造は自分の生活をかえりみて、これが生きることだといえる生活がないことを感じた。

洞爺丸《とうやまる》事件から十年近くたった今でも、啓造は疲れると海の中にひきこまれそうな夢をみることがある。これから死ぬまで、まだ何回も海の夢はみるような気がした。だが、あの時に「真実に生きよう」と初々しく決意した思いは、二度とかえってこないような気がした。

(憎んだり、ねたんだり、愛したり、怒ったり、これが生きるということだろうか)

机の上の聖書を啓造は手にとった。

(この本は、本当におれに新しい生き方を教えてくれるだろうか)

教えてくれるような気がした。洞爺丸台風の時、自分の救命具を若い女性に与えて、死んだ宣教師のことを啓造は思った。

(あの人のように、おれは生きたいのだ)

この目でたしかに見たあの尊い生き方を、なぜ自分は真似《まね》ようとも、求めようともせずに十年近くも、だらだらと生きてきたのかと啓造は思った。自分が怠惰で愚かしい人間に思われた。啓造はそう思いながら聖書を開いた。

ページを開いたところに、啓造は目をやって、思わずハッとした。

「夫は家にいません。遠くへ旅立ち、手に金袋を持って出ました。満月になるまで帰りませんと、女が多くのなまめかしい言葉をもって、彼を惑わし、巧みなくちびるをもって、いざなうと、若い人は直ちに女に従った」

旧約聖書の中にある言葉だった。旧約といえば、少なくともキリストの生まれる何百年以上か前のものである。

（すると、今から三千年も四千年も前に、既に夫の留守に男を引き入れた女がいたわけか）

姦通《かんつう》は遠いむかしから、あくことなく今に至るまで繰返されていたのかと、啓造はおどろいた。否、この後、何万年も同じことが繰返されるにちがいないと啓造は思った。

啓造は自分と同じように、妻を憎み、のろったであろう数知れない男たちのことを思った。

（いや、夫をうらぎった女よりも、妻をうらぎった男の方が何十倍も何百倍もあるのだ）

啓造は新聞の身の上相談欄に、夫の不貞に悩む女性たちの手紙をよく見かけることを思いだした。

（そうか。悩んだのはおれ一人ではないのだ。何千年、いや、何万年のむかしから、今も、そして恐らく人類のこの世にある限り、不貞はくり返されて行くのだ）

憎しみと嫉妬《しっと》にかられて妻を殺した記事がついこの間も新聞に出ていたと、啓造は思った。

（だが、おれのように、妻への憎しみのために、自分の子を殺した犯人の娘を引きとるなどという、たわけたやつはいないだろう）

今考えると啓造は、どうして陽子を引きとったのか自分自身にも、わけがわからなかった。「汝《なんじ》の敵を愛せよ」という言葉で自分自身と高木をだまし、実は夏枝に犯人の子を育てさせようとした卑劣で冷酷な人間が自分なのだということを、啓造はいやでも認めずにはいられなかった。

(だれにも顔向けのならないことをしながら、それでもおれはまだ内心夏枝を責める心がある)

このまま何かの病気で死ぬことがあれば、自分の一生は何と泥にまみれた一生だろうと啓造は思った。

(思いきって教会に行こうか。教会に行って、こんな愚かな醜い自分でも、なお真実に生きて行くことができるか牧師にきいてみようか)

啓造は聖書を閉じた。

(とにかく行ってみることだ)

今まで時折り教会に行ってみたいと思うこともあったが、啓造は何となく行きそびれてきた。啓造は聖書をふろしきに包んだ。

時計をみると四時を過ぎていた。外出から帰ったらしい陽子の声が階下から聞えてきた。

夕食を終えると啓造がいった。

「陽子、車を呼んでくれないか」

「はい」

陽子がすぐに立ちあがって電話機を取った。夏枝がふしぎそうに啓造をみていった。

「あら、どこへいらっしゃいますの」

「いや、ちょっと、そこまで」

啓造は口ごもった。教会に行くということが恥ずかしかった。啓造は用もないのに、夕食をすましてから外出するということはなかった。行先をいわずに出ることもなかった。夏枝はけげんそうに啓造をみたが、だまって着がえを手伝った。

「おかえりは何時ごろになりますの」

「さあ、多分、九時ごろまでには帰るよ」

車がくると啓造は逃げるように家をでた。

(何も悪いところへ行くわけでもないのに)

車の中で啓造は苦笑した。しかし教会に行くと夏枝に告げたなら、夏枝は何というかわからない。何となく冷笑されそうに啓造は思った。

月が出ているらしく、雪は青かった。軒のつららが月の光に輝いている。

「どこまでですか」

大通りに出ると、運転手がたずねた。啓造はあわてた。教会のあるところを知ってはいなかった。ふと啓造は辰子の家からみた教会を思いだした。何年か前の日曜日の朝、夏枝と陽子と三人で辰子をピクニックに誘ったことがあった。その時、近所で鐘が鳴っていたので、何かとたずねたところ、教会の鐘だと辰子は教えてくれた。教会の十字架が辰子の家のななめうしろの方に見えたのを、いま啓造は思い出したのである。

「六条十丁目のキリスト教会へ」

そういうと啓造はほっとした。

車が教会に近づくにつれて、啓造は気が重くなってきた。啓造は人の家でも、どこでも訪ねるということが苦手だった。まして全くはじめてのところは、なおのことである。車が緑橋通りを走り、市役所の角を曲った。市役所の傍《そば》の高いポプラの裸木が夜空にくろく美しい。車がとまった。教会堂の前である。チケットを渡して車の外に出ると、啓造は教会堂を見あげた。十字架の下の明るく灯《とも》ったプラスチックの飾窓に、

「神はそのひとり子を賜わったほどに、この世を愛して下さった」

と筆太に書いてあった。

若い学生が二人、啓造の横を通って教会の段をあがって行った。礼拝堂は二階にあるらしく、階段は外から直ちに登るようになっている。啓造は何となく入りそびれて、隣の石油スタンドの方に歩いて行った。寒さがきびしかったが、それは啓造は気にならない。ふたたび教会の方に行こうとした時、中年の夫婦らしい一組が啓造を追い越した。

「あなた、寒くない？」

「大丈夫だよ」

二人が教会の階段を、いたわり合うようにしてあがって行くのが見えた。それはほん

の一瞬であったが、啓造は自分たち夫婦にはないあたたかいふんいきを二人に感じた。啓造が教会の門に近づいた時、ふいにうしろから肩をたたかれた。

　ふり返ると辰子が、にやにやと笑っていた。

「どうしたの？　教会へ行くの」

「いや、べつに」

　啓造はあかくなった。

「説教の題は〈なくてはならぬもの〉と書いてあるわよ。入るんなら早くお入んなさい」

　辰子はそういって啓造をみた。啓造は入る気がしなくなった。

「辰子さんは教会のすぐ近くにいて、ここへきたことはないんですか」

　啓造はふたたび石油スタンドの方に歩みを返した。

「あるわよ」

「ほう」

「感心することないわ。毎年五月のバザーの時におすしやおしるこを食べにくるだけよ」

　辰子は笑った。教会というところは、近所だからといって必ずしも近いということではないと啓造は当り前のことを、今さらのように思った。

「家《うち》へおよりなさいよ。せっかくここまできたんだもの」

辰子の言葉にちょっと心が動いたが、啓造はことわった。

「ダンナ。ダンナにはやっぱり教会が似合うわ。いっていらっしゃいよ。帰りには寄ってちょうだい」

辰子は啓造の気持を察したらしく、そういってさっさと別れて行った。啓造は説教の題名〈なくてはならぬもの〉に心をひかれた。教会の前に行くと、中から讃美歌《さんびか》がきこえてきた。自分の知らない讃美歌をきくと、啓造はやっぱり入りにくいような感じがした。啓造は自分の優柔不断さに情けなくなった。

(思いきって入ればいいじゃないか)

それはわかっていた。だが何となく入りづらいのだ。

(じゃ、さっさと帰ればいいんだ)

しかし啓造は帰ることもできなかった。ようやく寒気が身にしみてきた。啓造はオーバーの衿《えり》をたてた。

(なくてはならぬものとは何だろう? おれにとって、なくてはならぬものとは何だろう)

啓造は十字架を見あげた。

学生時代に英語をならいに宣教師のところに通った時は、教会はこんなに入りにくくはなかったと思いながら、ついにぐずぐずとして啓造は教会に入りそびれた。緑橋通りにきて車をひろうと、啓造はつくづく自分という人間にあきれた。

（これでは、また当分、教会に足を向けることがないだろうな）

啓造は自嘲《じちょう》した。こんなことでは、求道のきびしい生活に入ることはできないと、啓造は思った。

（神はこの世を愛して下さったと書いてあったが、ほんとうに神は人々を愛しているのだろうか）

神に愛されるには、あまりにも醜いと啓造は自分の心の中を考えていた。

写　真

陽子は高校二年生になった。体格がいいので、和服を着ると高校を卒業した娘に見えた。陽子が学校から帰って着かえていると、夏枝が機嫌よく陽子の部屋に入ってきた。

「徹さんから写真を送ってきたのよ」

「あら、どんな写真かしら」

「まあ、ちょっとお待ちなさい。今日は六月と思えないくらい暑いのね」

夏枝は陽子の着がえるのを待って白い角封筒から、写真をとりだした。二人は顔をよせ合って、写真を手にとった。いかにも仲のよい母娘に見える。

一枚目は、徹と北原が腕相撲をしている写真だった。徹も北原も口を横に曲げて、相手の腕を押し倒そうとしている。腕の細い徹の方が少し負けているようであった。

「まあ、おにいさん、負けそうよ」

夏枝はだまって次の一枚を手にとった。北原と徹が、寮で机を並べて本を読んでいる。徹の机の上は整然としているが、徹よりひとまわり大きい北原の机の上は雑然と本が積まれ、机の下も横も本の山だった。陽子は思わず微笑した。雑然とした中にあっても、北原の清潔な印象は変らなかった。

「北原さんって案外だらしがないのね」

夏枝がいった。

(でも、わたしには魅力的よ)

陽子はだまっていた。次は徹が馬に乗ろうとしている写真である。腰がつきでてユーモラスな写真に、二人は笑った。

「おにいさん、乗馬をはじめたといってたものね」

次は馬上の徹である。いつもの神経質な顔ではない。

「男らしくて、りりしいわ。おにいさんでないみたいね」

陽子の言葉に夏枝が顔をあげた。唇のあたりに冷たい微笑をみせて、夏枝は次の一枚を陽子の前においた。陽子は思わずハッとした。北原と女子学生が温室のベンチで話をしている。二人ともたのしそうに笑っていた。

「この女の方、ずいぶんきれいなかたね」

夏枝がいった。感じのよい女性だった。北原をみている少し横向きの顔である。陽子はその顔を正面にねじ向けたいような嫉妬《しっと》をかんじた。

次の写真は、その女子学生が北原の腕にかるく手をかけて、ポプラ並木を歩いている。ねじむけたいと思っていた顔が、注文通り真正面を向いている。ゆるやかにウェーブのかかった短い髪が風に吹かれて、笑ったくちもとの八重歯が愛らしかった。

「このかたが北原さんの恋人だという女性かしら」

夏枝はさりげなくいった。以前からこの女性の存在を知っているような、言い方だった。陽子はとどめを刺されたような思いがした。そのあとの幾枚かの写真は陽子の目には、入らなかった。

小学校から男女共学の陽子には、男と女がちょっと肩をたたいたり、顔をよせ合って一つの本や何かをのぞくということを、何とも思わずに眺めてきた。

しかし北原と、見知らぬ女性との写真にはそうはいかなかった。写真というものは、何日たっても心にはっきり焼きついて始末が悪かった。いまだに二人が温室のベンチで話しあっているようであった。いつまでも二人が腕を組んだまま、ポプラ並木を歩いているように思われた。二人がやがてベンチを去り、組んでいた腕をはなしたはずのことが想像できないわけではない。しかし心に焼きついた影像は、いつまでも温室のベンチでむつまじく語り合い、ポプラ並木を腕を組んで歩いていた。

「北原の恋人」だといった夏枝の言葉が耳に残っていた。陽子は自分と北原は単なる友人だとは思えなかった。正月のあの寒い日に会って以来、北原と陽子は文通していた。

陽子は人にかくれたじめじめとした交際はいやだった。二人の手紙はからりとしていた。教室で話し合うような手紙だった。お互いの親密さを示す言葉を陽子は不用だと思っていた。心から話し合える相手がいるというだけで、陽子は十分に満足していた。

その北原に恋人がいたと思うと、陽子は悲しいというよりもさびしかった。何でも話し合えると思っていた相手に自分の知らない大事なことがあったことがさびしかった。陽子はちょうどかきかけの手紙を細かく破って捨ててしまった。今までもらった七通の北原の手紙を読み返しもせずに捨ててしまった。陽子の心の奥底にひそんでいた激しさが、一度に爆発したようであった。

「お互いにかけがえのない存在でありたい」

というねがいが陽子の大きなねがいであった。自分が一筋であるように、北原も一筋であってほしかった。

北原から手紙がきた。陽子は一瞬、心がゆらいだ。はさみを手に持って封を切ろうとしたが、やめた。あの写真をみたあとでは、北原のどんな手紙も読みたくはなかった。「嵐《あらし》が丘」のあの激しい愛が陽子はほしかった。陽子は生まれてはじめて、人をゆるすことのできない思いにとらわれた。それは異性を愛することを知った少女の潔癖であった。恋のかけひきも何も知らない、体ごとぶつかって行きたいような、激しく、そして高貴といってよいほどの陽子の純な熱情であった。

陽子はマッチの小箱と手紙を持って、林の中を歩いて行った。川の畔《ほと》りに出ると、陽子は北原の手紙に火をつけた。六月のあかるい太陽の下の炎は透明であった。北原の手紙はめらめらと他愛なく、陽炎《かげろう》のように透明な炎となって燃えてしまった。

陽子は、ひとつまみの灰になった北原の手紙をじっとみつめていた。郭公《かっこう》が鳴きながら川の上を、ひくく飛んだ。向う岸に渡った郭公の声が次第に遠のいて行った。

堤防

その後、二度ほど北原から手紙がきたが、そのたびに陽子は封を切らずに焼きすててしまった。いかなる弁明も陽子はききたくなかった。

（かけがえのない存在でありたい）

と激しくねがっていた陽子にとって、北原と他の女性のむつまじそうな写真は、陽子を深く傷つけた。

七月に入って、徹が夏休みで帰ってきた。

「北原が陽子は病気じゃないかと心配していたよ。あいつは盲腸をこじらせて、ずっと入院しているんだ」

（入院？）

陽子は胸をつかれた。

「だいぶおわるいの？」

「今はもう危機を脱したというところだがね。一時は血圧も下ってあぶなかったよ」

「そんなにおわるかったの？」

陽子は、もし北原が死んだらと思うだけで、体がふるえそうだった。

「北原はもてるんだな。いつ行ってもメッチェンが見舞にきていたよ」

飛んで見舞に行きたいと思っていた陽子の心に、水をかけるような言葉であった。

「ところでおにいさん、乗馬はだいぶ上手になって？」

陽子はあかるい声でたずねた。北原に傷つけられた自分を、陽子は自分一人の中にそっとしまっておきたかった。

徹が帰ってくると、やはり家の中はあかるくなった。しかし陽子の心は淋《さび》しかった。病院にいる北原のことが、たえず心にかかった。ともすれば一度会ってみたい思いにおそわれた。去年の今ごろ、あの林の中ではじめて北原に会ったのだと思うと、陽子は林の中に入ってみないではいられなかった。

その日も、陽子は北原とはじめて会ったストローブ林の中の切り株にすわっていた。このごろは北原に会いたくなると、必ずこの切り株に陽子は座った。ここにいるとまた北原が、チモシーの揺れる小道に現われるような気がした。

(こんなに会いたいのに、でも、わたしはあの人をゆるすことはできない)

病気とききながら見舞状一本出さない自分自身に、陽子はおどろいていた。

(恋とは憎しみだろうか)

陽子は自分のふしぎな心の動きがくやしかった。かつて陽子はこんなに人にむかって怒り、憎み、そして惑い、なつかしむ激しさを持ったことはなかった。

陽子は切り株に腰をおろして、空をみあげた。ストローブ松のやわらかいみどりの梢《こずえ》が、日に輝く白い雲の中を流れて行くようであった。

その時、うしろに足音がした。一瞬、陽子は息をつめた。

(北原さんがいらっしゃるはずがない)

陽子は苦笑した。

「陽子、何をぼんやりしているの」

徹が白がすりを着て、立っていた。

「何もしていないわ」

陽子は快活にたちあがって、ノースリーブの腕をかるくだくようにした。

(もし、ここに本当の北原さんが現われたら、わたしはどうするかしら。胸にすがって泣いてしまうかしら。それともパッと逃げだすかしら。おにいさんじゃ、そのどちらもできないわ)

「このごろ何だか元気がないじゃないか」

徹は、北原と陽子が正月以来ふたたび文通をはじめてから、陽子を独占したい思いにとらわれていた。いま、ここに白い腕をかるく組んで立っている陽子をみると、徹はつくづく美しいと思わずにはいられなかった。

「あら、元気よ、この通り。わたし鬼ごっこをしたいわ。逃げるわよ、おにいさん」

陽子はすばやく徹の横を通りぬけて、一気に堤防をかけ上った。堤防に接して青い空がある。下からみると、堤防の上の陽子は青空の中をあまかけているように見えた。それをみると、徹も「よし」とかけ声をかけて後を追った。徹が堤防にかけあがると、陽子はもう堤防をおりて、ドイツトーヒの暗い林の中に、白いスカートをひるがえして入って行くところだった。

うすぐらい林の中に入ると、徹は松の根に足をとられてころびそうになった。下駄《げた》で走るのは無理だと、徹はゆっくりと歩きだした。林の中の笹《ささ》やぶや、窪地《くぼち》をみると子供のころの遊び場だったと、徹はなつかしく立ちどまった。登山帽をかぶって、輪尺《りんじゃく》を持った青年が、

「やあ、お元気ですか」

と、あいさつをして過ぎた。この見本林を管轄している旭川営林局の職員である。子供のころにも、こうした営林局の人の姿を、この林の中でよく見かけたものだと徹は思った。林の中だけは、むかしの感じが変らないような気がした。

(あのころは、陽子がほんとうの妹だと思っていたものだ)

そう思った時、陽子の声がした。

「おにいさあん。早くいらっしゃいよう」

林の外からの声である。林をぬけると陽子が川の畔《ほと》りのどろの木を背に立っていた。

「このごろこんなに、一生けんめい走ったことはなかったわ。とても楽しかった」

「それはよかった。ぼくは下駄だから、ころびそうになったよ」

徹は笑って草の上に腰をおろした。陽子もならんですわった。

空が晴れて、十勝岳の連峰が青く、くっきりと美しかった。

「陽子」

「なあに」

「シリトリをしようか」

「いいわ」

陽子が笑って、

「でも、連想あそびの方が面白いわ」

「そうだね、間髪をいれずに答えなければ負けだよ。いいか。林」

「嵐《あらし》が丘」

あやうく北原の名を、陽子はいうところだった。

連想あそびにもあきて、徹と陽子はだまって川の流れをみつめていた。徹はやわらかい草をまさぐっていたが、そのひとむしりを川に落した。草は一度くるりと回って流れて行った。

「陽子」

「なあに」

「どこへ進学するか決めたの」

陽子はだまって首を横にふった。

「早く決めて、受験の方針をたてるといいよ」

「わたし、大学へは行かないわ」

「行かない？　どうして」

徹はおどろいて陽子を見た。

「勉強したいと思わないのよ」

「嘘《うそ》をいってはだめだよ。陽子は数学をやりたかったんじゃないの？」

陽子は答えなかった。

「陽子は進学コースをとらなかったのか」

「おにいさん、わたし、やっぱりひねくれているのかしら。高校を出していただくだけで、もったいないと思っているの」

「ばかだね、陽子。何をいうんだ」

「しからないで、おにいさん。でも正直のところ陽子は大学に行かせてっていえないの。それより自分で働きたいの。わたしってきかないのね。それもひねくれているというのかしら」

陽子は淋《さび》しそうだった。

「陽子はちっともひねくれてはいないよ。だけど、ちょっと気になるな」

「なにが?」

「陽子、高校を出たらつとめるつもりだろう」

「そうよ」

「何になるつもりなんだ」

「国家公務員の初級職をとって、営林局にでもつとめたいわ」

「しかしね、陽子。家《うち》では陽子が働いたって、ありがたくもないし、大学へ行ったって、財産にはそう大きくひびかないんだよ」

「それはわかっているの。問題はわたし自身にあるの。わたしの自立心を尊重したいの。大人であるということは、経済的にも自立することだと思うのよ」

　徹は不安げにじっと陽子をみつめていたが、

「陽子。もしかしたら、高校を卒業してすぐに、家を出るつもりじゃないか?」

といった。

「どうして? つとめるというだけのことよ。家をとびだしたりはしないわ。そんなことをしたら、今まで育てて下さったおとうさんやおかあさんにわるいわ」

「そうか」

　徹は安心したように微笑した。

「わたしがこの家を出るのは、死んだ時だけよ」

陽子の言葉に徹はハッとした。陽子は結婚する時にこの家を出て行くはずである。

（もしかしたら、陽子は結婚しないのだろうか。それとも……）

徹は青年らしいうぬぼれをもって陽子をみた。

「陽子がうちを出る時は結婚する時じゃないか」

徹はさりげなくいった。川が陽《ひ》に光ってまぶしかった。

「いやよ。わたし結婚はしないの」

「どうして」

「どうしても」

「じゃ、一生うちにひとりでいるつもりかい」

「いけないかしら？」

陽子の年ごろでは、みんな一生結婚しないなんていいたがるものだからね」

徹は陽子が北原をどう思っているかを知りたかった。

「そうかしら。でもわたし、ほんとうにいつまでも家にいたいわ」

陽子は北原の写真を思いだしていた。淋《さび》しかった。林の中から山鳩《やまばと》の低く鳴く声がきこえた。

「陽子」

「なあに」

「陽子が本当にいつまでも家にいてくれるとしたら……」

徹は口ごもった。陽子が家にいたいということは、あるいは自分と一緒にいたいということではないかと、徹は思った。

「あ、おにいさんが結婚なさったら、困るわねえ。いつまでも小姑《こじゅうと》のわたしが家にいては」

陽子がおどけたように首をすくめて笑った。徹は笑わなかった。陽子が徹との結婚を望んでの言葉か、全くそんな気持がないのか、徹にはわからなかった。

「ぼくはね……」

(陽子と結婚したいんだ)

兄と妹として育ったということが、徹をためらわせた。もう少し距離をおいて生活していなければ、いえない言葉だった。

「陽子、辰子《たつこ》おばさんのことをきいた？」

徹は夏枝からきいたことを思いだした。

「辰子おばさんがどうかなさって？」

「陽子をほしいっていっているんだってさ」

「あら、どうしてかしら」

「おばさんは子供がいないからじゃないか。どうせ陽子は結婚して辻口家を出るんだから、今のうちにくれないかっていうんじゃないのかな」

徹も詳しいことはきいていない。夏枝がいっていたことだけを徹は告げた。

（生まれてすぐもらわれてきて、今またよそに行くなんて……）

そこがたとえ大好きな辰子の家でも、陽子は耐えがたく淋《さび》しかった。自分の知らないところで「もらう」とか「やる」とかいわれている自分が、ひどくあわれに思われた。

「おかあさんは何とおっしゃったのかしら」

「おふくろは、せっかく今まで育てたんだもの、ここの家から花嫁姿で出したいっていっていたよ」

陽子の顔がパッと輝いた。辰子の家へやることによって、陽子があるいは大学へ行き、あるいは多くの財産を持つようになるのではないかと思って、夏枝がそういったとは徹も陽子も知らなかった。陽子は夏枝の言葉が涙のでるほどうれしかった。

「うれしいわ、おにいさん」

陽子はそういうと、徹の手をとって立ちあがった。陽子には冷たい夏枝だが、自分を手放そうとしなかったと思うと、それだけで陽子は素直にうれしかった。その陽子のうれしさが徹にはわからなかった。辻口の家にいるのがうれしいのは、自分と一緒にいるのがうれしいのではないかと、徹は手前勝手に考えた。

二人はふたたび夏草の長《た》けた暗いドイツトーヒの林にもどって行った。林の中は、光が夕もやのようにたちこめている。印象派の絵をみるような美しさだった。

「この林は暗いけれど、一番好きよ」

「うん」

徹は、陽子にいいたい言葉が胸につかえていた。

「おにいさん」

陽子がたちどまった。山鳩《やまばと》がまたひくく鳴いた。

「何だい」

「あの……、あのね。おにいさんはわたしの本当のおとうさんやおかあさんを知っていらっしゃる？」

思いがけない言葉に、徹はとっさに言葉がなかった。木の根に足をとられたりして、徹は、

「ああ、痛い。足をぶった」

と、顔をしかめた。

「大丈夫？　おにいさん」

「大丈夫だよ。だけどちょっと痛いな。ええと、陽子のおとうさんとおかあさんを知っているかって？　どうして？　ぼくの小さい時だから何も知らないよ。うちのおやじだって知らないんじゃないか」

徹は内心必死だった。

「そう。知らないの、おにいさん。わたしね、わたしを産んでくれた親たちと、辻口のおかあさんとは、どんな関係かしらと思うことがあるのよ」

陽子は中学卒業の時の答辞のことを思いながらいった。

「でも、もう考えないわ、そんなこと」

（おかあさんは、わたしを辰子おばさんのところにもやらないといってくれたんだもの）

「そうだよ。そんなことを考えたって、だれもわかりゃしないことだからね」

徹はほっとした。陽子に生みの親など詮索《せんさく》されては、かなわないと徹は思った。だが、何も知らない陽子がつくづくとあわれだった。

「陽子。何でも困ることがあったら、ぼくにいうんだよ」

「ありがとう」

徹の言葉がうれしかった。

「陽子がだれと結婚しても、また一人でいても、とにかくぼくは独身でくらすよ」

「あら、なあぜ？」

陽子が無邪気におどろいた。徹はだまって歩きだした。急にだまりこんだ徹を陽子は立ちどまって見送った。徹がくるりとふりむいて大またで近づいてきた。

「陽子、ぼくは陽子ときょうだいで育たなければよかったと思っているんだ。北原がうらやましいよ」

徹の言葉に陽子はハッとした。

「いけないわ、おにいさん。そんなことといっては」

陽子はドイツトーヒの幹に手をかけた。体がゆらゆらとゆれるような思いであった。

徹の目のいろの激しさが、陽子を不安にした。

「陽子はぼくをきらいなのか」

「好きよ。大好きよ」

陽子はふいに孤独をかんじた。

「そうじゃないんだ。つまり、陽子は……兄としてのぼくを好きなだけだろう?」

「そうよ。当り前じゃないの、おにいさんですもの」

陽子の言葉に徹は臆《おく》さなかった。

「陽子、ぼくはね。ずっと前から、陽子を妹としてではなく、血のつながっていない他人として、女性として、陽子のことを考えてきたんだ」

「……………」

「しかし、陽子はぼくを兄としてしか、考えてはくれなかっただろう」

風がしずかに林の中を過ぎていった。陽子は徹の言葉がさびしかった。

「おにいさん。おにいさんは陽子が小さい時から、ずっとおにいさんよ。いつまでもおにいさんでいてほしいの」

哀願するように、陽子は徹を見あげた。

「だけど、ぼくは陽子に結婚を申しこむ資格があると思うんだ。おねがいだ。今日から、ぼくを兄だと思わないでくれないか」

徹はひたいに汗をうかべていた。

「おにいさんにそんなことをいわれたら、陽子は一体どうしたらいいの？　陽子はだれに頼ればいいの？　きょうだいとして育ったということは、大きなことよ。血がつながっているかいないかということより、大きなことよ。陽子はいつまでも辻口の家にいたいと思ったのに、おにいさんにそんなことをいわれたら、いるにもいられないじゃないの」

陽子は徹の前から逃げだしたくなった。徹と結婚するなどということは夢にも考えることはできなかった。と、いって無論、徹がきらいというのではない。そのことが徹にわかってもらえないことが、陽子には辛《つら》かった。

「陽子、やっぱり北原が好きなんだね」

（そんなこととは、ちがうわ。北原さんが好きでもきらいでも、おにいさんと結婚する気にはなれないのよ）

陽子はだまって、傍《かたわ》らの桑《くわ》の葉を一枚つんだ。だまっているより仕方のない思いだった。

「しかしね、陽子。陽子は北原とは結婚できないんだよ」

陽子は「なぜ？」ともたずねなかった。あの写真の北原と女性の顔が目にうかんだ。

（陽子は、だれの子か知っているのか）

徹はそういいたかったのである。気づいて徹ははっとした。陽子のさびしそうな顔が目の前にあった。

(何という卑劣なおれだろう？　陽子を得たいばかりに、おれは何を考えているのだろう。この秘密だけは口がさけても、だれにもいえないことなのに)

向うからヨチヨチと歩いてくる女の子がある。女の子は赤い服を着ていた。ルリ子ではないだろうかと思いながら、啓造は女の子の方に向ってあるいていった。

(はてな。ルリ子であるわけがない。ルリ子は死んだはずだ)

そう思っていると、小さな女の子は急にまっしぐらに啓造をめがけて走ってきた。犬ころが走ってくるようなかんじだった。

「あぶないよ。そんなに走ったらころぶじゃないか」

と、啓造がだきとめると、女の子は陽子だった。幼い陽子を抱きあげると、盛りあがった胸が啓造の胸をおしつけた。ふしぎに思って陽子の胸をまさぐると、豊かにまろやかな乳房が指にふれた、啓造は思わず、その胸に唇をよせると、たちまちさっと黒い幕が二人の間をさえぎって、啓造はおどろいて目がさめた。

(夢か)

いま夢の中でふれた豊かな乳房の感触が、まだなまなまと指先に残っている。夢とは思えなかった。ふれた乳房が、陽子のそれであることに、啓造は深い罪をかんじた。陽子が中学生のころ、シュミーズ一枚でデッキチェアにねむっていたことがあった。その時の陽子のあらわな太ももを、啓造はおりおり思い出すことがあった。それはだれにも語れない、しかしひそかな楽しみでもあった。だが、いま見た夢には底深い罪のにおいがあった。「不倫」という言葉を啓造はつぶやいてみた。

三時ごろでもあろうか。短い夏の夜は既にしらみかかっている。部屋の中がぼんやり見えている。夏枝の規則正しい寝息が、清潔で健康に思えた。妻にもいえない夢をみて、人のまだねむっている時間に目をさましている自分が、啓造は恥ずかしかった。

「世の男は、自分の娘の胸をまさぐる夢をみることがあるだろうか」

そんなあさましいことは、だれにもたずねようがないと啓造は自嘲《じちよう》した。啓造は寝そびれてしまった。このごろ啓造は目がさめると、床の中にゆっくりしていることができなくなった。そっと床をぬけ出すと、夏枝が寝返りをうった。

顔は定かには見えないが、啓造はふいに夏枝がいとしいと思った。いとしいというより、あわれといった方がよかった。夏枝があわれなのか、夫婦というつながりがあわれなのか、啓造にもよくわからない。

一つの部屋に、こうして一人の男と一人の女がねむっていることがふしぎでもあった。一つ部屋にねむるということは、心をゆるしていることでなければならなかった。夫婦ではあっても、心の中に何をかくして生きているかはお互いにわからない。あるいはただ憎しみだけしか持たずに生きている夫婦もあるのではないかと、啓造は思った。一つ部屋にねむっているという、平凡なこの事実がひどく啓造の心にこたえた。陽子の夢をみたためか知れなかった。

啓造はそっと寝室を出て、書斎に入った。書斎の窓のカーテンをあけると、すでに外はすっかり夜が明けていた。ふいに空から黒い小石がひとつ落ちてきた。おどろいて窓をのぞくと雀《すずめ》だった。めまぐるしいほど敏捷《びんしょう》に雀《すずめ》は餌《えさ》をあさって飛び立った。次にまた、さっと二羽の雀が庭に降りた。活気に満ちた雀の動きをみていると、啓造はいかにも自分がじだらくに見えた。

（こんなに命いっぱいに生きているだろうか）

ふたたび啓造は陽子の夢を思った。その時、思いがけなく林の中から人影があらわれた。陽子だった。啓造は夢のつづきをみているのかと疑った。陽子は啓造に見られていると気づかずに林の入口でたちどまった。

水色のブラウスに、紺のチェックのスカートをはいている。長い形のよい足を啓造はみつめた。陽子は腰をかがめて何かを拾った。落葉でも拾うような、そのしぐさに乙女らしさがあふれていた。立ちあがると、陽子は林に沿った小道をゆっくりと歩いて行った。

林の中には、いくつかの小道があって、いま、陽子が歩いて行った小道はムラヤナ松の林につづく道である。

（まだ四時になっていないではないか。こんなに早くから陽子は何をしているのだろう）

陽子がふたたび立ちどまるのが見えた。下半身は草におおわれて啓造からはみえない。立ちどまって陽子は何か考えているようにみえた。

(何か悩んでいるのだろうか)

啓造は今しがたの陽子の夢を思いだした。自分が蒲団《ふとん》の中で陽子の夢をみているころに、すでに陽子は林の中を歩いていたのかと思うと、啓造は自分の夢がたまらなくあさましく思えた。

(それにしても、陽子はこんなに早くから、何を考えているのだろう)

啓造はハッとした。

(まさか、陽子は自分の親のことを知ったわけではないだろうな)

十年前うかつにも啓造は、自分の手紙で夏枝に秘密を知られてしまった。そして、徹にも何年か前に、陽子の出生は知られてしまった。いままた、陽子はそれを知ったのではないかと、不安になった。

すでに陽子の姿は森の中に消えている。啓造はのびあがるようにして、林の方をみつめた。

(陽子の年ごろでは何時間ねむっても、ねむいころなのだ)

夜もねむれないほどの悩みは何かと、啓造の不安はふくれあがった。

(いくら何でも、夏枝だって、徹だって、陽子にだけは秘密はもらすまい)

花嫁姿でこの家から陽子を出したい、といった夏枝を啓造は信じたかった。しかし心の隅に、夏枝が、いったん思いつめると何をやるかわからないという、不信の思いがかすかにあった。夏枝ならば、あの秘密を絶対に守ってくれるといいきる自信がなかった。考えてみると、徹にしても同じことがいえそうだと、啓造は気が落ちつかなかった。

陽子はなかなか林から出てこない。陽子の姿が見えないことが、啓造の不安をいよいよ大きくした。

（よし、迎えに行ってみよう）

椅子《いす》から立ちあがった時だった。ムラヤナ松の林の方から、陽子が姿を現わした。啓造はほっとした。うつむいたまま家の方に歩いてくる。啓造にみられているとは気づかない。枝折戸《しおりど》をあけて陽子は自分の部屋の戸口をソッとあけている。庭に向いて部屋の入口があった。

（案外、ただねむられなかっただけかも知れない）

姿を見ると安心して啓造は椅子《いす》にすわった。自分は何も知らなかったことにしておこうと、啓造は思った。

（秘密を持っているというのは、不安なものだ）

啓造はつくづくとそう思った。陽子を高木から世話してもらって以来、いつも心の中にしこりのようなものがあった。夏枝にかくしていることのうしろめたさと、いつ真実が暴露するかというおそれがあった。それが夏枝に知られ、徹に知られてしまった。徹はそのことのために高校入試を拒否したが、過ぎてみると案じたほどの悲劇にもならなかった。夏枝もこの家を出て行くということさえしなかったと、啓造は今更のようにほっとした。

よそ目には、円満な模範的な家庭と思われながら、生活してきているということが、考えてみると不思議だった。案外どこの家にも夫の不貞、妻の浮気、嫁姑《よめしゅうと》の不仲、子供の非行など、人には聞かすことのできない恥ずかしい話があるかも知れない。けれども人々は、何とか一応の体面を保っているのかも知れない、と啓造は思った。その、かくされたドラマが、何かの動機で自殺、家出、殺人、離婚などという形になった時、世の人々ははじめてそのことに気づくのではないかと思うと、啓造は今更のように、陽子を引きとった自分が恐ろしい人間に思われた。

(しかも、けさ見た夢はどうだ?)

啓造は自分の指をみた。

(夢の中の自分だって、自分だ。夢のなかの思いや行動だって、みんなこの自分から出たものなのだ)

啓造はつくづく自分を罪ぶかいと、思った。そうは思ってもまた、どこのだれよりもやはり自分がかわいいのが不思議だった。

(もし他人が、おれのように妻の不貞を憎んで、陽子を妻に育てさせたときいたなら、おれはその男を罵倒《ばとう》するだろう。第一、おれ自身がもし一夜の浮気をしたとしても、おれは決して自分を怒りはしない。それなのに妻の浮気は絶対ゆるせないのだ。一体これ

はどういうことなのだろう。人がやって悪いことは、自分がやっても悪いはずだ)
人のことなら、返事の悪いことでも、あいさつの悪いことでも腹が立つくせに、なぜ自分のことなら許せるのだろう、と啓造は人間というものの自己中心なのにおどろいた。
(自己中心とは何だろう。これが罪のもとではないか)
啓造は、陽子の部屋のカーテンがかすかに揺れるのをながめていた。

街　角

夏休みの間、徹は二度と自分の気持を、陽子に持ちだすことはしなかった。しかし陽子には、辻口家がひどく居づらい場所に思われた。徹と二人っきりになるのを、陽子は避けた。

北原とは遠ざかり、徹にも心をひらくことができなくなった陽子は、孤独だった。夏休みが終って徹が札幌に帰っていった。陽子も二学期が始まると気がまぎれた。しかし、仲のよい何人かの友人は進学組で、廊下を歩く時も単語カードを見ながら歩いていて、ゆっくり話し合える友はいなかった。

「陽子ちゃん、北原さんから手紙がこなくなったわね。けんかでもしたの?」

夏枝は陽子にそんなことをいうようになった。陽子は答えられなかった。陽子は北原からの何通かの手紙を封も切らずに燃やしてしまったくせに、ぱったりと手紙がこなくなると、さびしくて、いても立ってもいられない思いがした。

日曜など、郵便の配達される時間になると、じっと家にいることが苦痛でさえあった。苦痛ではあったが、耳をすまして「郵便！」という声を待っている間は、さびしさを忘れることができた。

（今度、お便りがきたら、決して燃やしたりはしないわ）

待っている間は、ほのかに甘い期待があった。そんな陽子の気持を見とおすように、夏枝は、

「北原さんから手紙がこないのねえ。あなたから出してごらんなさいよ」

と、いうことがある。しかしあの北原の写真で傷つけられた陽子は、自分から先に手紙を出す気にはなれなかった。あんなに心から「かけがえのない存在」でありたいとねがった自分をうらぎった北原を、やはり陽子はゆるせなかった。

夏枝は、北原と陽子が文通していないのが気になっていた。自分の知らないところで、二人は文通しているのではないかと、思っていた。

陽子の友人のところにでも、北原の手紙がきているように思われた。夏枝は自分が北原の手紙を、陽子にだまってかえしたことを心にとがめていた。だから、二人は夏枝にかくれて文通しているように思われてならなかった。

「おかあさんは北原さんって、あんまり好きじゃありませんよ。あなたに手紙をよこしながら、どこかのお嬢さんと仲よさそうに写真をうつしたりして……、北原さんて女の

お友達が多いのね」

　夏枝はそんなこともいった。陽子は夏枝が北原に親切だったことを忘れてはいない。北原と毎日のように林の散歩に行った夏枝を陽子は知っていた。北原がきらいだという夏枝の言葉を、陽子は素直に受けとれなかった。だが、夏枝は北原が札幌の喫茶店で、自分をふり捨てるように中座したことを、恨みに思っていた。その恨みが、北原と文通している陽子の上にも向けられていた。北原の手紙がこないままに、秋になり、冬になった。冬休みがはじまっても、徹はなぜか帰ってこなかった。

〈ことしの冬休みは帰りません。札幌の療養所でアルバイトをします。大晦日《おおみそか》から一週間ぐらいは、帰るかも知れませんが、あてにしないで下さい〉

　徹からの簡単なハガキを、夏枝は淋《さび》しがった。

「変ですわねえ。どうしてアルバイトなんかするんでしょう。おこづかいに不自由させてはいませんのに。働きたいのなら、うちの病院でおてつだいをしたらいいんですのに」

　啓造は徹のアルバイトをあまり気にもとめてはいなかった。啓造にも、同じ経験があったからである。

「まあ、いいんじゃないか。おやじの病院なんて、働いた気がしないものだからね。もっとも、徹なんかのできることは、せいぜい喀痰《かくたん》検査か、赤血球、白血球をかぞえることぐらいだろうがね」

陽子は、やはり徹のことが気になった。自分とのことが原因で、徹は冬休みだというのに、家にもどれないのではないかと、陽子は心配であった。

徹が帰らない理由はあった。それは、陽子が自分と他人になるためには、少しでも離れていた方がよいということだった。北原が病気になっても見舞おうともせず、文通もしていないらしい陽子の様子に、徹は心ひそかに安心していた。

最初は北原に陽子を託そうとした徹であった。しかし、陽子が小学校四年の時から、実は養女であるという自分自身の身の上を知っているときいて、徹の陽子に対する恋情はおさえがたくなった。

しかも北原が陽子を深く愛しているらしい様子をみると、徹の思いもあおられた。陽子のことを何も知らない北原と結婚した方が、陽子の幸福になると思いながらも、長いこと愛してきた陽子を徹はやはりあきらめることはできなかった。

徹が帰らないままに、クリスマスが近づいた。庭のナナカマドの真紅な実に、白い雪がつもると、教会のベルのような形になるのが陽子には楽しかった。陽子は淋《さび》しさに馴《な》れて次第に独りいることの楽しさを知った。陽子は独りで、ギリシャ語の勉強をはじめたり、もともと好きな数学に没頭して、ユークリッドの幾何学を啓造の本棚から見つけだしたりするようになった。

しかし、ナナカマドの紅《あか》い実の雪をかぶった姿をみあげながら、陽子はいつのまにか、

（北原さんにも見せてあげたい）

と、思っていた。それに気づくと陽子は自分の心がふしぎだった。北原から手紙がこなくなっても、陽子の淋《さび》しさを支えているものがひとつあった。それは、

（北原さんは、わたしをうらぎったけれど、わたしはあの人をうらぎらなかった）

ということである。北原のことで陽子の良心が責められることはなかった。

夏枝から買物をたのまれた陽子は、夕食を終えて街にでた。大きなぼたん雪が、ふわりふわりと降っていて、あたたかい晩である。クリスマスの近い夜の街には、ジングル・ベルの曲がにぎやかに流れていた。どの店もクリスマス・セールと横文字で書いた看板をかかげ、ショーウインドウには、クリスマス・ツリーが飾られて赤や青の豆電球が点滅している。

買物を終えた陽子が、洋品店を出た時だった。二、三メートル向うに雑踏の中を歩いてくる北原をみた。陽子はハッとしてすくんだように立っていたが、北原は黒いネッカチーフをかぶった女性と話をしながら、陽子の方に近づいてくる。陽子はとっさに店先の大きなクリスマス・ツリーのかげにかくれた。

写真でみた女の顔が笑って、まっ白い八重歯が愛らしかった。陽子は目の前を通って行く北原を、クリスマス・ツリーの枝越しにじっとみつめた。北原は少し痩《や》せたようで幾分かふけてみえた。二人は陽子に気づかずに店の前を通って行った。

なつかしかった。深く自分を傷つけたはずの北原が、どうしてこんなになつかしいのか、陽子にはわからなかった。陽子は二人のあとを追った。追ってどうしようとするのか考えてはいなかった。ぼたん雪の降る中に、北原と女性の姿だけが、陽子をとらえて離さなかった。女は時々北原をみあげて話しかけていた。

四条の平和通りの信号のところで二人が立ちどまった。北原だけが交差点を渡って、連れの女性は右に曲った。二人とも、ふり返りもせず、手もあげない。あっさりとした別れである。

陽子は赤に変った信号の向うに、北原の姿を見うしなった。追って行ってみたところで、話しかけることもできないはずである。すぐ角の薬局に赤電話があった。その電話のダイヤルを回しているのが、いま北原と別れた女性だった。陽子は思わずその女性のうしろに立ちどまった。相手は話し中なのか、女性はふたたびダイヤルを回した。受話器をじっと耳に当てたまま、その人は何気なく陽子をみた。

「ごめんなさい。話し中らしいんですの。おさきにどうぞ」

愛らしい八重歯を見せて、その女性は陽子に電話をゆずろうとした。

「いいえ、よろしいんですの」

陽子は微笑した。

(この人はわたしを知らないんだもの。この人は悪い人ではないわ。感じのよい人だわ)

女性は陽子の言葉に素直にふたたびダイヤルを回した。陽子は立ちさりかねていた。

「もしもし、あ、やっちゃん。あら、わたしよ。いやね、わからないの。わたしよ。みちこよ。北原みちこ」

(北原みちこ？)

陽子は、その女性をじっとみつめた。

「ええ、ありがとう。でも、兄と二人できているの」

その女の人は赤電話にかがみこむようにして話をしている。

(兄と二人で？)

陽子はあまりのことに、呆然《ぼうぜん》とした。

(何という思いちがいをしていたのだろう)

北原の妹は、少しも北原に似ていない。

(しかし、あの写真を見ていた時、おかあさんは、これが北原さんの恋人だという人ねとおっしゃったわ)

北原の妹は受話器を耳にしたまま、何かしきりに笑っている。

(おにいさんだって、北原とは結婚できないんだといっていたわ。どうして、あんなことをおっしゃったのかしら)

陽子は、徹がいった「北原とは結婚できない」という言葉を、「北原には恋人がいる」というように受け取っていた。そして、その恋人は写真の人だと思っていた。

(この人が妹さんなら、ほかに恋人がいるのかしら)

陽子は、徹がまさか、

「お前は殺人犯の娘だから、素性を知られたら北原と結婚はできないよ」

といっているとは知るはずがなかった。陽子は空をみあげた。街の夜空はほのかに明るかった。

「すみません、お待たせして」

北原の妹が、陽子にあいさつをして立ちさろうとした。陽子は思わず声をかけた。

「あの……」

「……?」

北原の妹がいぶかしそうに立ちどまった。

「失礼ですけれど、北原邦雄さんの妹さんですの?」

「ええ、そうですけれど……。ああ、あなたが辻口陽子さん?」

北原の妹は親しみを見せた。

「辻口です」

陽子は次にいうべき言葉がなかった。

「兄はすぐそこの本屋に行きましたわ」

北原の妹はやさしくいった。陽子はおじぎをすると、信号もたしかめずに飛び出しそうになった。いつもの陽子には決してないことであった。交差点をわたると、角から二軒目に本屋があった。

本屋の中は混んでいたが、あまり大きな店でなかったから、長身の北原はすぐに目についた。蛍光灯のあかるい下で北原は本を手にとってページを繰っていた。陽子は北原のそばに行くことがためらわれた。

（どうして北原さんを信ずることができなかったのだろう。ただ一人のかけがえのない人として、どうして信じて行けなかったのだろう）

陽子は自分がなさけなかった。先《ま》ず、あの仲のよさそうな写真に陽子は心を傷つけられ、次に夏枝のいった、

「これが北原さんの恋人だという人ね」

という言葉に、迷わされた。さらに徹が、

「北原は女にもてる」

といった上に、

「北原とは結婚できないよ」

と、とどめを刺した。それでも、よく確かめずに疑ったという自分は軽率だったと陽子は、北原の姿を人越しにみつめながら悔いていた。

北原が本を二冊ほど買って、入口に近づくのをみると、陽子はやはりかくれてしまった。

「妹さんだとは思わなかったのです」

で、済ませることではないと陽子は思った。北原の手紙を封も切らずに焼きすてた日の激しい怒りを陽子は思いだしていた。

（もう、北原さんの胸にもどる資格はないわ）

陽子は、それが恋というもののなす激しさであることに気づかなかった。ただ疑った自分が恥ずかしかった。

（もしも、これが逆に北原さんから、こんな疑われ方をしたら、わたしは決して許さないかも知れないわ）

陽子は自分がもっと善意で、もっと理性的であり、意志的であると思っていた。陽子はわずか五、六メートル先を歩いて行く北原のうしろ姿をみつめながら歩いていた。

（北原さんがお病気だったというのに、わたしはお見舞もしなかったわ。丈夫な北原さんにとって、あるいは一生に一度の入院生活かも知れなかったのに……。やっぱり、わたしは北原さんとおつきあいする資格はないわ）

三条通りを北原が左に曲った。三条通りは少し暗かった。陽子も北原のあとについて行った。北原は三条食堂に入って行った。三条食堂は、歩道からすぐに地下に向って階段がある。陽子は地下の入口に立って、階段をみおろした。入って行く勇気はなかった。

ぼたん雪の降る夜の歩道に陽子は立っていた。北原の出てくるまで、陽子はそこにじっと立ちつくしていたかった。

（滝川《たきかわ》からわざわざ旭川まで、何しにいらっしゃったのかしら）

オーバーの肩につもった雪をふり払いもせずに、陽子は店の灯のとどかない路地にじっと立っていた。

(おにいさんが帰ってきた時に、どうして、この写真の女の人は、北原さんの何にあたるかとたずねなかったのだろう)

しかし、それは少女の陽子にできることではない。陽子のプライドがそれをゆるすはずがなかった。

(それにしても、おにいさんはどうしてあんな写真を何の説明もつけずに送ってきたのかしら)

何だか徹があの写真を送ってきた理由が、今になってわかるような気もした。

(だけど、おにいさんって、そんな心の人ではないわ。おにいさんは男らしくて、やさしくて、とてもいい人だわ)

北原と徹を公平に比べてみると、決して徹は北原以下ではないと陽子は思った。

(だけど、おにいさんより北原さんの方が好きなのは仕方がないわ。おにいさんは、おにいさんとして好きなんですもの)

陽子は、ぼたん雪の降る中に立ちつくしていた。賑《にぎ》やかなジングル・ベルの曲も、明るいネオンサインも、いまは陽子の思いを妨げることはなかった。暗い路地にギターを胸に下げた男が二人消えて行った。

〈北原さん。

わたくしには、お手紙をさしあげる資格のないことを、よくよく存じて居ります。あるいは、この手紙が封も切られずにストーブの中に投げ捨てられるかも知れないと思いながらも、しかしやはり一言おわび申し上げずには居られませんでした。

北原さん。どうか、わたくしをおゆるしになって下さい。わたくしは誤解していたのでした。

徹にいさんから送られてきた写真の中に、わたくしは北原さんのお写真を見たのです。ポプラ並木の下を、女の方と睦《むつ》まじそうに手を組んで歩いていらっしゃるお写真です。

「北原さんの恋人というのは、この人のことなのね」

母はその時そう申しました。その時のわたくしの心持をご想像いただけますでしょうか。わたくしは自分の体が断ち割られたような思いでした。ちょうどその時書きかけていた北原さんへの手紙も、大事にしまって居りましたあなたからのお便りも、わたくしは悲しみの余り焼き捨ててしまったのです。

「この女性はどなたですか」

と、一言おたずねする、へりくだった気持を持って居りましたなら、こんな誤解は生まれませんでしたのに。

その後の北原さんからのお便りを、わたくしは封も切らずに焼いてしまいました。誤解とはいえ、わたくしはあなたの人格を疑ってしまったことを、取り返しのつかない思いで悔いて居ります。

今夜、わたくしは妹さんにお目にかかりました。そして本屋から出られたあなたのあとを歩きました。北原さんが本屋を出られ、食堂に入られると、雪の中にわたくしはじっと立って居りました。愚かなことですけれど、そうしているより仕方のない思いだったのです。こんなことで自分への罰と思ったわけではございません。ただわたくしはあなたをじっと待っていたかったのです。

あなたは食堂を出られてから、駅に向って歩いていらっしゃいました。わたくしは入院していらっしゃったあなたにさえ、お手紙をさしあげなかった自分の冷たさを思いながら、あなたのあとに従って歩いて居りました。

駅には妹さんが待っていらっしゃいました。あなたは妹さんの買物包みを持ってあげて、改札を入ってから、ちょっと街の方をふり返られました。その時わたくしはハッと致しました。わたくしにお気づきになったのかと思ったのです。わたくしはホームにはいらずに待合室から、お見送りいたしました。

北原さん。何と書いたらおわびの手紙になるのか、わからなくなりました。何を書いても、わたくしの今の心をお伝えできるとは思えないのです。

北原さん。今はただお目にかかりたいと思っております。

陽子〉

北原邦雄様

北原へ手紙を出して三日目である。陽子は外で雪はねをしていた。北原が陽子の手紙を読んだかどうか不安だった。破りさられたとしても仕方がないと陽子は、力いっぱいに雪をはねていた。

今はじめて、陽子は、自分の手紙を待ちわびた北原がどんなに淋《さび》しかったことかと思いやることができた。

「速達ですよ」

ふり返ると郵便配達が陽子に封書を手わたした。北原からの手紙だった。陽子は玄関のあがりがまちに腰をおろした。足がふるえるようで立っていることができなかった。

(お返事を下さった!)

しかし、封を切るのが恐ろしかった。

「いま、郵便屋さんが見えたわね」

夏枝が外出着で、玄関に顔を出した。

「ええ」

「どこから」

「わたしにきたの」

夏枝は、あがりがまちに腰をおろしている青ざめた陽子を見た。陽子は弱々しく微笑した。それは夏枝がみても、心を打たれるような、かなしげな微笑だった。

「辰子さんのところにいますから、用事があったら、お電話してね。おとうさんも今日は遅いとおっしゃってたから、晩ごはんは陽子ちゃん一人でおあがんなさい」

陽子はうなずいて、下駄《げた》箱から夏枝の防寒草履を出しそろえた。

「元気をおだしなさいね。帰りにはクリスマス・ケーキを買ってきてあげるわね」

夏枝は、陽子に悪い便りがあったものと、一人ぎめをしていた。弱々とした陽子の顔をみると、夏枝も冷淡にはなれなかった。

「行っていらっしゃい」

夏枝のやさしさが、感じ易くなっている陽子の胸に素直に流れてきた。

「バスでいらっしゃるの？」

玄関を出た夏枝に陽子がいった。

「そこまで出て、農協によってから車をひろいますわ」

黒いアストラカンのコートの下に、淡い青のりんずが美しかった。

陽子は茶の間のストーブのそばにすわると、はさみで北原の手紙の封を切った。今まで、封も切らず燃やしてしまったことが、またしても悔まれた。陽子は祈るような思いで、手紙を開いた。

〈お手紙拝見。いつかは、ぼくが誤解し、今度は君が誤解した。一対一ですね。

昨夜、何十分もの間、雪の中に立っていたなんて、ずいぶん無茶なおじょうさんだ。風邪を引かれませんでしたか、心配しています。

クリスマス・イブの六時に君の家を訪ねます。正々堂々と訪ねなかったぼくが悪かったと思っています。妹が君に会った由、よろしくといっています。

北原邦雄

陽子さま〉

〈クリスマス・イブは今夜だわ〉

陽子は手紙を持って、うろうろと立ちあがった。

北原の手紙に、陽子は心うたれた。ひとつの恨みごともいっていない。そればかりか、訪ねなかった自分が悪いと北原はいっている。そして、ふたたび、汽車に揺られて旭川まできてくれるのかと思うと、陽子は北原という人間の大きさと誠実さに感動した。

日が暮れると、陽子は無意味に家の中を歩き回ったり、幾度も時計を見あげたり、落ちつくことができなかった。自分が恐ろしく愚かな女になったような気がした。人間の中には愚かな部分がなければ、人を愛することなどできないのかも知れないと、陽子は思った。

外に自動車のとまる音がした。陽子はあわてて時計を見た。まだ五時半である。小走りに出て玄関の戸をあけると、

「ただいま」

門灯の下に徹がにこにこと立っていた。

「まあ、おにいさん」

北原ではなかったと思うと、幾分がっかりした。

「驚いたろう？　大晦日《おおみそか》まで帰らないつもりだったんだが」

徹は陽子の驚きの表情に満足そうだった。

「おかえりなさい。おかあさんがびっくりなさるわ」

やっぱり陽子にとって、徹はただ一人の兄である。久しぶりに顔を合わすことは、うれしかった。

「おかあさんはどこかへ行ったの」

徹はオーバーを脱ぎながらたずねた。

「辰子小母《おば》さんのおうちよ。お電話しましょうか」

「いいよ。帰ってきて、いきなり顔を合わした方がうれしいだろうからね。おやじさん遅いのかな」

「そうですって。おにいさん、お食事は？」

「汽車のなかですましてきたよ」

徹はあぐらをかいて、早速スーツケースを開いた。

「陽子にクリスマス・プレゼントを買ってきたんだ」

徹はうれしそうだった。電灯の下の徹の影がたたみにゆれた。

「まあ、ありがとう。何かしら」

陽子は時計を見あげた。北原の訪問が気になった。

「何だかあててごらん」

「さあ、何かしら」

応接室のストーブに火は入っている。お茶もお菓子も用意してある。そう思いながらも、陽子は落ちつかなかった。徹に北原がくることを告げようと思ったが、徹は楽しそうにスーツケースの中をのぞいている。

「何だと思う？」

ふたたび徹がたずねた。

「それはアクセサリーでしょう？」

徹が今まで陽子に何か買ってくる時は、ブローチ、マフラー、手袋などが多かった。

「はい、そうです。アクセサリー」

徹はまじめな顔をして答えてから、にやにやした。いかにもうれしそうだった。今までのプレゼントとはちがうようだと、陽子は徹のうれしそうな顔をみた。

徹は陽子と北原の交際は終ったものと思っていた。北原さえ遠ざかれば、陽子は必ず自分を慕ってくれるように思っていた。

「兄としてではなく、異性として考えてくれないか」

夏休みに帰った時、徹は陽子にそういった。そのことが、きっと陽子の中で何らかの形で成長していると徹は期待していた。兄と妹として仲がよかった以上、自分の希望通りになるのは、そうむずかしいことには思わなかった。この期待が徹にオパールの指輪を買わせたのである。

(妹だもの、何を買ってやっても、そうおかしくはない)

徹はほんとうは、婚約の指輪ということにしたかった。しかし、今すぐそれをいうことは早いような気がした。

「アクセサリーといっても、広うござんす」

なかなか当らないだろうと思うと、徹はうれしかった。

「それは上半身と下半身に分けて、上半身に使うものですね」

「はい、そうです」

「では、頭と、胸に分けて、頭につけるものですか」

「ちがいます」

「では胸ですね」

陽子は柱時計を見あげた。六時に近い。

「ちがいます」

「まさか、腕輪や指輪じゃないでしょうし……」

その時、玄関のブザーが鳴った。

「あら、北原さんよ」

陽子はパッと顔をあからめて、急いで玄関に出ていった。

「指輪だよ」

と、いおうと楽しみにしていた徹は、ふいに口の中に何かを押しこまれたような感じがした。

(そうか。今夜は北原がくることになっていたのか)

陽子が待っていたのは北原だと知って、徹は自分をわらいたくなった。

(やっぱり、おれの役目は兄貴《あにき》ということだけなのか)

徹は買ってきたオパールの指輪を、てのひらにのせた。電灯の下にうすいみどりや、ピンクが微妙に変るのを徹はじっとみつめていた。兄妹として育った陽子が、徹を兄としか感じないのは当然かも知れないと、徹は指輪をスーツケースの中にもどした。

(しかし、おれはもう妹として、陽子をみることができなくなっている)

ストーブがごうごうと音を立てて燃えていることさえ、徹には淋《さび》しく思えた。


「しばらくでしたね」

北原は例のはにかんだ笑いをみせて、玄関に立っていた。

「ごめんなさい、わたし……」

陽子は涙ぐんだ。

「雪の中に立っていたりして、風邪を引きませんでしたか」

北原の言葉に、陽子はみるみるうちに目に涙をいっぱいためた。

「あがらせて下さいよ、玄関に立ちんぼをさせられるのはかなわない」

北原は笑って靴をぬいだ。つられて陽子も笑いながら、

「あら、すみません。どうぞ、どうぞ」

と、応接室のドアを開けた。

「おかあさんは？」

「父も母も今日はおそくなりますの。でも兄がおりますわ」

「ああ、辻口は帰っていますか。アルバイトで大みそかに帰るっていっていたけれど」

「さっき、帰ったばかりよ」

北原は、うなずいて、じっと陽子をみつめた。

「ほんとうにごめんなさい。何とおわびしていいのか……」

「あいこですよ。この前はぼく。こんどはあなた。若いっていうことなんでしょうね。こんなことで本気になって怒ったり、誤解したり……。そして、だんだん利口になっていくんじゃないかな」

二人は向い合って椅子《いす》にすわった。

「利口になっていくでしょうか」

二人はだまって顔を見合わせていた。しばらくして陽子は、お茶の用意に立とうとし

た。

「あ、ちょっと、その前にきいておきたいことがあるんですけれどね」

北原は改まった口調になった。

「何ですの」

陽子はもどった。

「きいてよいことか、どうかと思ったんだけれどね。……やっぱり、きいておきたいんですよ」

「まあ、何でしょう」

陽子は不安な顔をした。

「実はね。辻口からきいたんだけれど、君と辻口とは、血がつながっていないっていう話は……」

「ええ。わたしは生まれて間もなく、この家にきたんですって」

陽子はわるびれずにいった。

「……それで、辻口のことが少し気にかかるんですよ」

「気にかかるって……。何がですの」

「辻口は、あなたのことをただ妹として、かわいがっているとも思えないんですよ。辻口の気持を、あなたは知っているんでしょうね」

「わたしたち、兄妹ですわ。わたしは兄が好きよ。大好きですわ。でもそれは兄として好きだということよ。それでいいと思いません？」

陽子は、そういいながら、何かプレゼントをもってきてそれを自分に当てさせようとした楽しそうな徹の顔を思いだした。一人置きざりにしたようで、徹がかわいそうになった。

茶の間に行くと、徹はスーツケースに手をかけたまま、ぼんやりとすわっていた。

「北原さんよ、おにいさん。おにいさんも応接間にいらっしゃいよ」

陽子は徹のそばにすわっていった。

「ああ、今いくよ」

徹は、陽子をチラリと見た。陽子はココアとみかんをお盆にのせて立ちあがった。

「おにいさんの分も、あちらに運んでおくわ」

「ああ、ちょっと休んでからいくよ」

徹はごろりと横になった。茶の間を出ようとして陽子がふり返ると、どきっとするほど淋《さび》しい表情で徹が陽子を見あげていた。陽子は立ちさりかねた。

「今いくよ。先にいっていなさい」

応接間に入ってからも、陽子は今の徹の淋しそうな表情が気にかかった。

「兄はいま一休みしてから参りますって」

「そう。アルバイトで大分つかれてるのかな」

北原はココアをスプーンでかきまわした。

(疲れている顔だろうか)

陽子には徹がつかれているだけとは思えなかった。

「陽子さん」

「なんですの」

「君はこんど三年生でしょう？　進学はどこにしたの」

「わたしは進学しないんです」

「どうして？」

おどろいたように北原は、ココアを飲む手をとめた。陽子はだまって微笑した。

「そうか。そういうものかなあ」

北原は察したようだった。

「北原さんは大学院にいらっしゃるの？」

「行きたいと思っているんですよ。それで、今後ぼくも陽子さんもよっぽどしっかりしなくてはと思ってね。君はまだ高校生。ぼくはこれから大学院だとなると、ゴールインまで長い年月があるわけですからね。誤解をしたりなんかしてはいられませんよ」

北原はしみじみといった。

「ごめんなさい。もう誤解などしませんわ」

「いや、ぼくだって辻口と君とが他人だときいてから、どうも落ちつかなくって……」

北原はいく分ゆううつそうだった。

「いやですわ。そんなこと、おっしゃって」

「しかし、人間の心なんて変りやすいものですからね」

「わたしは変りません」

陽子が怒ったようにいった。

「陽子さん。そんなこと、いってはいけませんよ。人間なんて、あすにもどう変るかわかりませんからね」

「あら、では北原さんは変ります？」

「変るとも変らないとも断言できませんよ。今は一生変らないつもりではいますけれどもね。あくまで、つもりですよ。でも口に出して永遠にぼくの気持は変らないなんていえないなあ。だから、結婚の約束もぼくはしませんよ」

陽子は北原の言葉に誠実を感じとった。だが、少し淋《さび》しかった。

「永遠を誓わない」という北原の言葉にうなずきながらも、陽子はやはり誓ってほしかった。陽子の顔を見て北原は笑った。

「ご不満ですか、陽子さん。幾億の男女が、永久に変らないとか、結婚をするとかいって誓いながら、破れているのが多いでしょう。みんな自分たちだけはと思って誓い合うんでしょうがね」

陽子がうなずいた。

「陽子さんはぼくの所有物じゃないし、ぼくも同じですよ。だから、陽子さんだって、北原邦雄以外の人と結婚することになったって仕方がないんですよ」

「まあ、いやよ、そんな……」

「いや、それを希望しているわけじゃありませんよ、ぼくだって。だけど、お互いに自由ですからね。好きな人ができたら、いって下さい。ぼくのねがうのは、毎日を誠実に生きていきたいということなんです。その誠実な生活の結果が別れになったとしても、これは仕方がないことでしょうからね」

陽子は、北原のいうことが、わかるような気がした。そして、こんなことをいう北原は、多分心の変らない人間ではないかと、思った。

「わかりましたわ。ではおにいさんを呼んできましょうか」

陽子は茶の間のふすまをあけた。さっきまでいたところに、徹の姿はなかった。スーツケースも、オーバーもない。二階の徹の部屋かと、陽子は階段を登っていった。徹の部屋は暗かった。陽子は不安になって、階段をかけおりた。

ふたたび茶の間に入っていった。やはり徹はいなかった。ふと、茶だんすの上をみると、便箋《びんせん》が折りたたんである。陽子は動悸《どうき》をおさえかねた。

〈急に雪のない正月をしてみたくなりました。茅ケ崎《ちがさき》のおじいさんのところに行きます。よい正月を迎えて下さい。　　　　　　　　　　　　　　　徹〉

あて名はなかった。陽子は胸がしめつけられるような思いがした。先ほどの、胸をつかれるような、徹の淋《さび》しい表情を陽子は思いうかべた。

北原に徹のいないことを告げようとして、陽子はやめた。帰ってきたばかりで急に茅ヶ崎に発《た》って行かずにはいられなかった徹の淋しさを、だれにもかくしてやりたいような気がした。

陽子はお茶をいれて、北原のところに運んでいった。

「ごめんなさい。兄は疲れてねむったようですわ」

北原はじっと陽子をみつめた。徹が顔を出さないのは不自然だった。北原はだまってピアノのそばによった。

「これは、あなたが弾くんですか」

「いいえ。だれも弾きませんわ」

「飾りですか」

「母が少さい時から弾いていたピアノですって。でも、いまは母も弾きませんわ。鍵《かぎ》を失くしたんですって」

陽子はこのピアノが開かれたのを見たことがない。ピアノはいつも、ただここに置かれてあるだけであった。考えてみると、このピアノはふしぎな存在であった。

「じゃ、みなさんによろしく」

北原は握手を求めずに玄関を出た。

「またどうぞ」

「正月の二日には出てきますよ」

その時、さっと車のヘッドライトが雪道を照らした。

「あら、父か母ですわ」

車が門の前にとまって、ルーム・ランプがついた。夏枝だった。車から降りた夏枝は北原を見て、表情をこわばらせた。

「ごぶさたしてすみません。おるすにお邪魔しておりました」

北原はハキハキとした明るい態度だった。

「まあ、しばらくでした。もうお帰りですの？」

夏枝は笑顔になって北原をみた。しかし、札幌の喫茶店で、ふいに「失礼します」と中座した時の北原を、夏枝は決して忘れてはいなかった。北原が去ると、夏枝は陽子に何もいわずに、さっさと家へ入って行った。

「陽子ちゃん。だれもいない時は男の方を家にお上げしないようになさいね」

夏枝はそういって、クリスマス・ケーキの箱をテーブルの上においた。

「ごめんなさい。これからは気をつけますわ。でもね、おかあさん。北原さんがお見えになった時は、おにいさんが帰っていたのよ」

「あら、帰ったの、徹さん」

夏枝が部屋の中をぐるりと見まわした。

「ええ、でも……」

陽子は、徹の書きおいた便箋《びんせん》を夏枝にさし出した。夏枝は不審そうに手にとって一読した。

「どうしたの？　一体」

夏枝は顔色を変えて陽子をみた。陽子にも、わかるようで、わからないことだった。

「なぜ今夜帰ってきて、今夜すぐに発《た》たなければならないのでしょう。あなたはなぜとめなかったの」

「すみません」

夏枝がいうことは、もっともであった。「知らなかった」ですむことではなかった。すぐに車で追えば、徹が汽車に乗るのを引きとめることができたと、陽子は思った。

陽子はうなだれた。

「すみませんって、徹さんとけんかでもしたというの」

夏枝はいらいらとしていった。

「いいえ」

「けんかも何もしないのに、親にも会わずに行ってしまうなんて……」

北原の来訪が徹にとって、それほど大きなショックだったのだとは夏枝も思えなかった。

「陽子ちゃん。あなたは徹さんがいないのに、平気で北原さんとお話をしていたんですね」

夏枝には、徹が陽子にこの家から追い出されて、遠い旅に立ったように思えてならなかった。

「すみません」

陽子は、そうより答えようがなかった。

啓造が帰ってきた。夏枝が玄関に迎えに出た表情に、啓造はギクリとした。夏枝は冷たい能面のような顔をしていた。茶の間に入ると陽子がうなだれて座っている。その様子に、

(言ってしまったのか!)

思わず啓造は、夏枝をふり返った。決して陽子にいってはならないことを、夏枝がいってしまったと啓造は思った。

夏枝はだまって徹の書いた便箋《びんせん》を啓造の前においた。啓造はそれに目を走らせていった。

「何だ。徹は帰ったのか」

啓造は、陽子のことではないと知って安心した。

「帰ったかと思うと、すぐ出て行くなんて、一体どうしたんでしょう」

夏枝は陽子を射るようにみた。

「どうしたって、こうして書いてあるところをみると、徹はこっそり出て行ったんだろうね。陽子は家にいたのかね」

啓造はやさしくたずねた。

「北原さんと応接間にいたんです。おにいさんが、ひと休みしたら行くからとおっしゃったので、いらっしゃるかと待っていたんですけれど……。茶の間にきてみたら、もういらっしゃらなかったんです」

陽子は徹の淋《さび》しそうな顔を思いうかべた。

「それじゃ、仕方がないな」

なぐさめるように、啓造は陽子の言葉にうなずいた。

「仕方がないって、あなた、ここは徹の家ですわ。何もこそこそ出て行かなくってもいいと思いますわ」

「なにも家出したわけじゃない。急に東京にでも行ってみたくなったんだろう。若い時は、ふっと思いついて、そんなことをすることがあるよ」

「でも、陽子ちゃんは気がついたら、どうしてすぐに駅に行ってくれなかったんでしょう」

夏枝はあくまでも陽子を責めたかった。

「北原君がいるのに、ばたばたすることもできないよ。小さい子ならともかく、徹は陽子より大人なんだからね。徹は茅ヶ崎はおろか、フランスにだってアフリカにだって、一人で行ける年なんだよ。しかもだれが出て行けといったわけでもない。親にも顔を見せずに行ったのは徹なんだ。何も陽子が責任を負わされることはないよ」

啓造は、陽子がしょんぼりとしているのをみると、かわいそうであった。夏枝は啓造の言葉をきくと、キュッと口をつぐんだ。徹が旅立ったのは北原と陽子が原因ではないかと、夏枝は今になって気づいた。二人の親しげな様子に徹が傷ついたのではないかと、夏枝は思った。陽子の親がだれであるかを知っていながら、それほど陽子を愛していたのかと夏枝は恐ろしくなった。このままほっておけないような気がした。北原と陽子が結ばれることは、徹にとっては喜ばしいことに思えた。

しかし、夏枝は北原と陽子のことを喜べなかった。夏枝は北原から受けた屈辱を忘れられなかった。夏枝は陽子に嫉妬《しっと》していた。

とびら

年があけた。おだやかな元旦《がんたん》であった。たくさんの年賀状には、茅ヶ崎の徹からのハガキもあった。

〈海を渡ってこちらについた途端に、正月はやはり雪のあるところで、過ごした方がよかったと思いました。今は何よりもおかあさんの料理が恋しい。一月一ぱいこちらにい

るつもりでしたが、二十日までには帰ることになると思います。おじいさんは相変らずお元気。他もお変りなし〉

　夏枝はこのハガキをいくども読み返した。くらい影はどこにもなかった。夏枝はほっとした。わけても「今は何よりもおかあさんの料理が恋しい」という言葉は、涙のでるほどうれしかった。徹が遠く旅立ったのは、陽子と北原のためだと思っていた気持も、ふしぎなほど和らいだ。

　何年来味わったことのないような元旦《がんたん》の気分で、その日一日、夏枝は陽子にも、つとめてやさしく振舞った。年始客に疲れた啓造が早く床についたあと、夏枝は陽子にきげんよくいった。

「陽子ちゃん、あしたのお買物は、あなたの着物を買いにいきましょうね」

　辻口家の娘として持っているべき着物は、大たいそろえておかなければならないと、夏枝は思った。夏枝は着物が好きであった。だから、それがたとえ陽子のものであっても買うということは楽しかった。

「あら、あした？　あさってではいけないかしら、おかあさん」

「どうして？　都合がわるいの」

　夏枝は出ばなをくじかれた思いで、ふきげんにいった。

「ごめんなさい。あした北原さんがいらっしゃるんです」

　陽子が白いセーターの腕をかるくだくようにして、夏枝をみた。それは夏枝の一番きらいなポーズだった。なんとも小生意気な態度に見えた。せっかくの気持のよい元旦《がんたん》が一挙に陽子にふみにじられたように感じた。しかも、北原が陽子を訪ねるときいて、夏枝は深い屈辱を感じないではいられなかった。

(ふん、いい気になって、何よ、腕を組んだりして。どこのだれの子か知りもしないで!)

長年の間に、生理的といってもいいほどの陽子への憎しみに、ふいに火がついたような思いだった。

(いいわ。あした北原さんの前で何もかもぶちまけてやるから)

夏枝はとっさに心にきめた。北原は当然おどろいて陽子から去るだろうと夏枝は思った。それは、茅ケ崎に旅立った徹のためにすることだと思うと、そうしたところで悪いとは思えなかった。

とにかく、あした北原にすべてを告げようと心にきめると、夏枝の怒りが少しおさまった。

「北原さんは何がお好きだったかしら」

夏枝のきげんがなおったようにみえた。

夏枝の言葉に陽子はほっとした。

「北原さんはカレーライスがお好きですって」

「まあ、カレーライスなんていやね。寒い時は鍋物《なべもの》がいいわ。よせなべか石狩《いしかり》なべほどうかしら」

夏枝は、打って変って異常なほどに、きげんがよかった。

「そうね」

「おビールはおあがりになったけれど、日本酒はどうかしら。ウイスキーの方がいいかしら」

「さあ、わからないわ。ちっとも」

「まあ、だめじゃないの、陽子ちゃん。大事なお友だちのことが何もわからないなんて。そんなことも、こんどよくおたずねしておくのよ」

夏枝はかるく陽子の肩をたたいて笑った。陽子は夏枝のはしゃいだ調子に何か不安なものを感じた。たった今の冷ややかな夏枝の態度が、なぜに急に変ったのか陽子にはふしぎだった。

「じゃ、今日は早くおやすみなさいね」

「おやすみなさい」

陽子が去ると、夏枝はソファにすわったまま、じっと動かなかった。北原と陽子の前にすべてをしらせる明日のことを思った。陽子は苦しむかも知れない。しかし被害者である自分たちだけが長い間苦しんできたのに、加害者側が何も知らずにいるということは、不当に思えた。陽子も苦しみをわかつのが当然だと夏枝は考えた。

（子供ならともかく、陽子はもう子供ではない。自分で大人だといっているんだもの。

もう知っていいんだわ)

去年の冬、陽子は、

「ひめごとを持っているのは、大人のしるし。陽子も大人になったの」

といったことがある。そのことを思いだして、夏枝は皮肉な微笑をうかべた。

(でも、ことによったら、あの子は苦しまずに、胸を張って生きていくかも知れない)

夏枝は陽子の中学卒業の答辞を思いうかべた。

「泣かせようとする人の前で泣いては負けになります。その時にこそ、にっこり笑って生きて行けるだけの元気を持ちたいと思います」

陽子はそういった。何を知らされても、陽子は平気で生きて行くかも知れないという想像が、夏枝の憎しみをあおりたてた。

(陽子も苦しむべきだわ)

夏枝はそう思って立ちあがった。寝室に入ると、啓造は寝息もたてずにねむっている。起きているのかと、電気スタンドの傘をかたむけて、顔を近づけたが啓造はねむっていた。

(あなたも、このごろは苦しんだりしてはいないようね)

夏枝は、自分だけが苦しんでいるようで腹だたしかった。ふと徹のことを思いだした。徹だけは恐ろしかった。陽子の秘密をあばいたと知ったなら、徹はどんなに怒るかわからなかった。しかし、陽子は決して告げ口をする性格でないことに、夏枝は安心もしていた。

外は吹雪のようである。ガラス戸が止む間もなくガタガタと鳴っていた。夏枝は風の音で目をさました。この吹雪では北原は出てこれないのではないかと、夏枝は頭をもたげて枕もとの時計をみた。暗い中で夜光時計が六時を指していた。

目をさますと同時に、今日何もかもぶちまけるのだと思うと、目がさえた。

廊下に足音がきこえた。やがて茶の間でストーブをつつくデレッキの音がした。陽子も風の音に目がさめたのか、それとも北原の訪ねてくる日で眠っていられなかったのかと、夏枝は床の中で、茶の間の様子に耳を傾けていた。

「風がうるさいな」

隣の床で啓造が寝返りをうった。

「お正月早々荒れますわね」

「うん」

啓造は腹ばいになって枕《まくら》もとの電気スタンドをつけた。

「わたくしも茅ケ崎に行けばよかったと思いますわ」

「三月になったら、行くといいよ。陽子も連れていくといい」

「陽子ちゃんは修学旅行で行きますもの」

「しかし、茅ケ崎にはよらないだろう」

「あなた」

「何だ」

「茅ヶ崎に陽子ちゃんを何しにやりたいんですの」

「何しにって……」

啓造は、夏枝が何をいおうとしているかに気づいて口をつぐんだ。

「わたくしは連れて行きませんわ」

「うん」

啓造はだまって、電気スタンドの傘を傾けた。灯りが夏枝の髪を照らした。つややかな髪だった。

「しかしね、夏枝。陽子の親のことはもう忘れていいんじゃないか」

啓造は小声になった。夏枝は答えなかった。無論、啓造は夏枝が何を考えているかに気づくはずはない。

「殺人の時効だって十五年だ。まして、当の張本人は死んでいるんだからね」

啓造はさらに声を落した。

「けれども、あの子は生きていますわ。わたくしの目の前に生きていますわ」

夏枝の声が少し高かった。

「あの子に罪はないよ」

「あきれましたわ。そんな人ごとのようないい方をなさって。陽子ちゃんに罪はないかも知れませんけれど、あの子がだれの子かと思うだけでも、わたくしの胸はにえくりかえりそうなことがありますわ」

啓造は床の上に起きあがった。廊下ひとつへだてた茶の間に陽子は起きている。話がもれるのを啓造はおそれた。

「起きないか。目がさめると、どうも床の中にじっとしていられない」

啓造は夏枝の口を封ずるように部屋を出た。


「すこし吹雪がおさまったようだな」

啓造は洗面を終えて、すっかりあたたまっている茶の間にもどった。

「列車は何本か運休になりますって、テレビでいっていましたわ」

陽子がストーブの灰をおとしながらいった。

「じゃ、北原さんはいらっしゃるかしら」

夏枝は、先ほどの寝室での言葉を忘れたような顔をしている。

「ほう、今日北原君がくることになっていたのか。きても徹がいなくて気の毒だな」

外はようやく明るくなってきた。時計が七時を打った。

「北原さんは徹さんなんかに用事はございませんわ」

夏枝の言葉に陽子がかすかに眉《まゆ》をくもらせた。啓造は夏枝の言葉をきき流して、新聞をひらきながらいった。

「陽子はことしいくつになったんだね」

「陽子ちゃんは十九になりましたのよ」

夏枝は食卓を拭《ふ》いていた。

「ほう、十九？　十九の春か。厄年だな。そうか、早いものだなあ」

啓造は新聞から顔をあげて陽子をみた。ほおからあごにかけての線が、ふっくらと、しかも引きしまっているのが、いかにも若々しかった。

「いやよ、十九なんて。十七なんですもの、まだ」

「だがね。おとうさんには数え年の方が見当がついてピッタリするよ。むかしの十九というのは感じがあったよ。そうそう、おかあさんは陽子の年に婚約したはずだったね？」

夏枝があいまいに微笑した。

「そして、二十で結婚したんだからね。陽子もそんな年になったというわけか」

啓造は新聞に視線をもどした。はじめて夏枝にふれた時のその年齢に、陽子が達しているということが啓造の感慨を誘った。

陽子は食事をととのえながら、時折り外をみていた。北原は出てこれないような気がした。陽子の様子をチラリチラリとみながら、夏枝も北原のことを考えていた。すべてを知ったならば、北原は陽子からはなれていくだろうと思った。

「なんとまた、かわいそうなことをしたもんだね」

新聞をみていた啓造が声をあげた。

「どうしたんですの」

夏枝が茶碗《ちゃわん》を啓造の方においた。

「うん。開拓農家の未亡人の家に泥棒が入って、現金二万円を盗まれて、一家心中したんだそうだ」

「あら、それは暮れの新聞じゃございません？」

夏枝が笑った。

「ああそうか、十二月三十日の新聞か」

啓造はまじめな顔でいいながら箸《はし》をとった。

「二万円ぐらい、男の人達なら一晩か二晩で飲んでしまうお金ですわね。それくらいの事で死ななくてもよかったでしょうに。三つと五つの子供も死んだそうですわね」

夏枝の言葉に啓造は箸をとめた。

「二万円を盗まれたぐらいでというがね。開拓農家で三つと五つの二人の子をかかえた生活の中での二万円は大きいよ」

経済的な苦労をしたことがない夏枝でも、わかりそうなことだと啓造は思った。

「でも、死ぬ気になれば何でもできると思いますわ。道連れにされた子供たちがかわいそうじゃありませんか」

一応もっともな言葉である。啓造はしかし、この未亡人は何がきっかけでも、死んだのではないかと思った。女手ひとつの開拓農家の生活の中で、二万円の現金を握るということは、死にものぐるいの生活ではなかったかと啓造は思った。一生懸命に働きながら、この人は疲れきっていたのだろうと想像できた。ある限りの力をふりしぼって走っている時には、小さな石につまずいても、もう起き上る力はないのではないかと思われた。

　正木次郎が退院を前に自殺したことを啓造は思いだした。この生活に疲れた開拓農家の未亡人の死からみると、正木次郎の死はぜいたくにみえる。しかし一人の人間が死のうとする時には、他の者がうかがい知ることのできない、絶望があるにちがいないと啓造は思った。

「絶望か」

　啓造はつぶやいた。

「え？」

　夏枝がきき返した。

「いや、君は自殺をどう思うかね」

「どうって……」

　夏枝はふいに、ルリ子が殺された時も、死なずに生きてきた自分を思った。そのことを啓造にいわれたような気がした。

「自殺なんて、わがままですわ。死ぬより辛《つら》いことはだれにだってありますわ」

「なるほどね、わがままか」

啓造は陽子をみた。陽子は微笑しながら二人の話をきいている。

「陽子はどうだね」

「自殺のこと？　わたしって、すごく生きたがりやなの。死にたくなんかないの。殺されたって生きているかも知れないわ。だから、自殺する人の気持ってよくわからないわ」

生きたいというのは、だれにとっても自然なことだった。

「でも自殺する人って、とにかくわがままですわ」

夏枝がくり返した。

「そうかも知れないね。自分の命をかけてまで、自己主張するというふうに考えればね。しかし、そうとばかりもいい切れないな」

「あなたは決して自殺なさらないでしょうね。いつも冷静でいらっしゃるから」

夏枝はお茶をいれながら、啓造をみた。

「さてね。ふっと誘われるように死ぬことだってありそうだな」

啓造は行方不明になって何年にもなる松崎由香子を思いだしていた。由香子となら、死ぬことがあったかも知れないと思った。正月ごとに、もしや、どこかに生きてはいないかという、ひそかな望みで待つ由香子の年賀状は今年もこなかった。

二日にくる約束だった北原は、吹雪のためか、とうとう訪ねてこなかった。列車が復旧したら、すぐにでもくるのではないかと、陽子は心待ちにしていたが、翌日も、そして十日を過ぎても北原からは何の便りもなかった。陽子は毎日外出もできずに落ちつかなかった。それ以上に夏枝も落ちつかなかった。

その日十四日は朝からおだやかな天気だった。陽子は小学校時代のクラス会が一時からあるので、出かけなければならなかった。

「もし北原さんがお見えになったら、お電話してあげるわね」

夏枝は陽子の心を見とおすようにいった。

「ありがとう」

陽子は素直に礼をいって出かけた。陽子が出ていくと、夏枝は気分がくつろいだ。陽子は夏枝にさからうようなことも、気にさわるようなことも、自分からは何ひとつしなかった。しかし、陽子がいくら、何もしなくても、陽子の存在そのものが、夏枝には気にさわる存在だった。やさしくされればされたで、夏枝はカンにさわった。

(いくらやさしくされたって……)

明るい笑い声をきくと、それも喜べなかった。

(わたしは心から笑うこともできないのに……)

とにかく夏枝は陽子がうとましかった。それはルリ子の母として当然な感情だと、夏枝は思っていた。陽子を愛さなければならないという責任も感情も、夏枝にはなかった。

一つ釜《かま》の飯を食べさせ、着物を着せ、学校にやっているだけで十分だと夏枝は思っていた。

陽子がクラス会に出ていって一時間ほどたった時、玄関のベルが鳴った。短い控え目な音である。夏枝はこのベルの押し方におぼえがあった。村井靖夫の押し方である。だが、その村井は夫婦そろって、三日の日に年始にきていた。村井の訪問であるはずがないと思いながら、夏枝は玄関に出ていった。北原だった。

「まあ、ようこそ。お待ちしておりましたわ」

夏枝は、北原と村井のベルの押し方が似ていることに軽いおどろきをおぼえた。こころよいおどろきであった。夏枝は応接室に北原を通して、ガスストーブに火をつけた。北原は冷たい部屋の中にぎこちなく立っていた。

「あら、どうぞおかけになって」

かたい表情をみせて立っている北原に、夏枝は年長らしいやさしさをみせていった。

「あけましておめでとうございます。今年もどうぞよろしくおねがい致します」

夏枝は月並みな年始のあいさつを、改まった態度でのべると、

「滝川から汽車でいらっしゃいましたの」

と笑顔になった。

「はあ」

「滝川はこちらより雪が多いんでしょうね」

あくまで夏枝はやさしかった。母親のようなやさしさであった。それが北原の一番のぞんでいる態度であることを、今は夏枝も忘れてはいなかった。

部屋の中があたたかくなった。ガスストーブの上のやかんの湯が音をたてはじめた。

「ごめんなさい。寒い部屋にお通しして」

「いいえ」

北原のかたい表情がいつしかほぐれていた。

「今日は何をごちそうしましょうね。お酒は召しあがります？」

北原は思わず夏枝の顔をみつめた。

(札幌の喫茶店で中座した時の失礼を、この人は忘れているのだろうか。あの時この人が特別の感情を示したように思ったのは、自分の思いちがいだったのだろうか)

そう北原が思ったほど、夏枝はこだわりなく、さらりとしていた。

「……ぼく、酒はあまりのみません」

北原もすなおにいった。

「お正月ですもの。少しくらいはよろしいでしょう？」

「ええ、ウイスキーなら少し……」

この世にこれほどやさしい笑顔の人がいるだろうかと、北原はつい夏枝に見とれていた。

(辻口の奴《やつ》、しあわせだなあ)

北原は母性的なものには強く心がひかれた。夏枝が部屋を出ていくと、北原は訪ねてよかったと思った。陽子のことも、夏枝は了解してくれるだろうと安心だった。

夏枝がウイスキーとチーズを運んできた。

「徹のおつまみはいつも板チョコですのよ。ご存じでしょう?」

「そうですか。知らなかった」

「あら、寮では板チョコをいただかないのかしら。やっぱり恥ずかしいのでしょうか」

夏枝が北原のグラスにウイスキーをついだ。夏枝は陽子がいるともいないともいわなかった。北原は落ちつかなかった。

「あの、徹君はいないんですか」

北原は陽子の名をいいそびれた。

「徹は茅ヶ崎に参りましたの」

「ほう、茅ヶ崎とはいいところにいきましたね」

北原は夏枝をみて微笑した。

(なぜ徹が行ったのかを、この人は知らない)

徹が陽子を愛していると知ったなら、北原はどんな顔をするだろうと夏枝は思った。

「あの……陽子さんも茅ヶ崎にいったのですか」

北原は顔をあからめた。夏枝は北原をじっと見まもった。北原のがっしりとした肩や、はちきれそうにもりあがったもののあたりを夏枝はながめた。夏枝はふっと息ぐるしいような圧迫感をかんじた。そっと身じろぎをして、夏枝は目をふせた。

「陽子さんも茅ヶ崎にいったのですか」

北原は、夏枝が何かほかのことを考えているのかと思って、くり返した。夏枝はねたましい思いで、北原が陽子の名を口にするのをきいた。

(陽子がだれの子か知ったなら、どんなことになるだろう)

「陽子はクラス会に行きましたの」

夏枝はさりげなく答えた。窓ガラスが水蒸気でしっとりとくもっていた。

「クラス会ですか」

ほっとしたように北原がいった。

「どうぞ」

夏枝は北原にウイスキーをすすめた。北原のどこにひかれるのか、夏枝は自分でもよくわからなかった。最初は青年らしいすがすがしさや、すぐにはにかむ初々しさに心ひかれていた。しかし北原が自分を異性としてみていないということのために、夏枝は、自分ながら腹だたしいほど北原の心を得たいと思うようになっていた。だが、そんな態度を北原にみせることはできなかった。北原に軽蔑《けいべつ》されるのが恐ろしかった。夏枝はふたたび北原の広い胸のあたりをみた。

「おばさんはウイスキーはおあがりにならないんですか」

北原はだまっている夏枝に言葉をかけた。

「わたくし、すぐあかくなって……」

夏枝は思いきり酔ってみたいような気もした。その時、ドアをノックして陽子が入ってきた。

「やあ」

陽子をみたとたんに、北原の顔がさっと明るくなったのを夏枝はみた。

「あら、やっぱり北原さんでしたのね。あけましておめでとうございます」

陽子の声も、うれしさをかくしてはいなかった。

「おかあさん。ただいま。北原さんはいついらっしゃいましたの」

寒さで赤くなったほおを陽子は両手でおさえた。

「いま、さっきよ」

夏枝は北原が来たら電話で知らせるといった自分の言葉を忘れたような顔をしていた。

「二日にいらっしゃるとおっしゃったのに、今日までいらっしゃらないなんて、ひどいわ、北原さん」

陽子があかるい声で、うらみごとをいった。

「わるかったですね。実は二日のあの吹雪の日から風邪をひいて、一昨日までねこんでいたんですよ。ぼくも気が気でなかったんだけれど、去年盲腸をこじらせてから、少し弱くなったんですね」

北原は陽子をくるむようにみつめた。夏枝はちらりと北原の視線をみた。

「まあ、それは大変でしたのね。もうすっかりよろしいんですか」

「大丈夫。このとおりです」

二人は顔を見あわせて、にっこりと笑った。夏枝は、自分が完全に無視されているように感じた。ガスストーブの火を細める夏枝の横顔が、皮肉な微笑を浮かべていることに、北原も陽子も気づかなかった。

「あら、ウイスキーを召上るの」

陽子は北原の顔をのぞきこむようにした。

「少しは飲みますよ」

北原がはにかんで、頭をなでた。陽子が北原のグラスにウイスキーをついだ。二人は楽しそうに微笑しあった。

「お似合いですことね。あなたがた」

夏枝も微笑していた。やさしい笑顔に見えた。

「お似合いですこと」

といわれて陽子と北原は、はにかんだ。

「おばさん、ぼくたちはおたがいの気持がよくわからなくて、いろいろ誤解していたんですけれどね。やっとまた仲なおりをしたところなんですよ」

北原は、率直にいった。この際はっきりと、陽子との交際を夏枝の前でいっておきたかった。

「そうですの？　でも誤解しあっていらっしゃるから、仲がよくいっているんじゃありません？」

夏枝は皮肉な微笑をうかべて、北原と陽子を交互にみた。

「……おばさんのおっしゃること、ちょっとよくわかりませんが……」

北原はとまどったように、夏枝をみた。

「わたし、もう誤解なんかしていませんわ」

陽子も言葉を添えた。

「誤解という言葉は的確じゃないかも知れませんわね。じゃ、お互いにあなたがた買いかぶっていらっしゃいますわ」

夏枝は北原をみた。

「買いかぶりですか。それは少しはだれにでもあることでしょうがね」

北原は夏枝のものの言い方に、ようやく毒があるのをかんじた。

「少しぐらいじゃありませんわ」

夏枝は胸の高まるのをおぼえながらも、落ちついていった。北原が少し考える表情をした。

「おばさん。おばさんは、ぼくたちがつきあっていることを、あまり賛成なさっていられないようですね」

「あら、いまごろお気づきになって？　わたくし、いつかあなたのお手紙を陽子ちゃんに代ってお返ししたことがありましたでしょう？　あれで、わたくしの気持がおわかりにならなかったんですの、あなたがた」

「おばさん。ぼくたちのこと、それこそ誤解していらっしゃるんじゃありませんか。ぼくたちは、まじめにつきあっているつもりです。セクシャルなものじゃありませんよ。握手だってしたこともありませんからね」

「そんなこと、わたくしは存じませんけれど……母性的なものにひかれるなんておっしゃって、肩などもんだりなさる北原さんですからね」

夏枝が冷たく笑った。あまりのことに北原は呆然《ぼうぜん》とした。

「おばさん、変な誤解はなさらないで下さい」

「変な誤解をなさったのは、あなたの方ですわ。何をかんちがいなさってか、札幌の喫茶店でふいに席を立って……。わたくし、あんなに恥ずかしい思いをしたことは、ありませんわ」

夏枝の巧妙ないい方に北原は唇をかんだ。何もわからない陽子は、じっと二人の話をきいていた。

「北原さんって、女のお友だちも多いんですってね。徹がいっていましたわ」

夏枝はまず、陽子の心から北原を追い出してしまいたかった。

「おかあさん。北原さんのこと、そんなにおっしゃるのは失礼ですわ。北原さんのいつかのお写真も、おかあさんは恋人のようにおっしゃったけれど、妹さんでしたわ。わたしはそれで北原さんにあやまりましたけれど」

夏枝は刺し通すようなまなざしで、じっと陽子をみつめた。

（ふん。佐石の娘なんかに負けていられるものですか。高校生の分際で、大っぴらに恋人気どりでいるなんて……）

「おばさん。どうも、おばさんは最初っから、ぼくたちの仲を遠ざけようとしていられるようでなりませんが……」

北原は感情をおさえて、ていねいにいった。夏枝はだまって北原を見返した。とうとうこの北原からは、一顧だにされなかったという思いが、夏枝の気持を新たに刺激した。

「どうして、陽子さんとぼくが仲よくしてはいけないのですか」

北原は陽子のためを思って、した手にでた。

「それをいえとおっしゃいますの、北原さん」

夏枝は落ちつきはらっていた。

「もし、さしつかえなければ……」

北原は言葉を乱さなかった。陽子はこの場は北原に一任するしかないと思った。先ほどの刺しとおすような夏枝の視線が陽子を不安にさせていた。

「さしつかえはありますわ」

夏枝は陽子をみつめた。

「ぼくのどんな点がお気にいらないんですか。ぼくはおばさんには喫茶店で中座したりして失礼致しました。それはあやまります。しかし、ぼくはぼくなりにまじめに生きているつもりです。でも、悪いところがあれば、おっしゃって下さい。改めますから」

北原は、頭を下げた。

（こんなにまでして……。この人は陽子を得たいのかしら。知らないということは、こんなに若い人をおめでたくするものなのね）

夏枝はどう言いだそうかと思った。自分からいいたくて言ったのではないように、しなければならないと思った。

「さしつかえがあると申しあげたのは、陽子のことですの」

「陽子さんのこと？」

北原は陽子をみた。

「ええ。言わない方がいいんじゃありません？　これを言いたくないばかりに、わたくしは最初にあなたのお手紙を、お返ししたんですわ。あれはわたくしの好意でしたわ。わたくしの好意を、あなたがたがどう取ったかはわかりませんけれどもね」

「どんなことですの、おかあさん」

陽子がしずかにたずねた。

「どんなことって、北原さんがおききになったら、逃げ出すことですよ。いいのかしら、申しあげても」

夏枝は陽子の顔を見返した。

「ぼくは逃げだしませんよ。何をきいても。しかし、そんなに言いにくいことなら、何わなくって結構です。ぼくはぼくの知っている陽子さんで十分ですよ」

北原は、夏枝の言葉に陽子が傷つけられることを恐れた。

「ほら、ごらんなさい。やっぱり北原さんはきくのが恐ろしいんですわ」

夏枝が笑った。

「恐ろしくなんか、ありません。しかし、そんな言いにくいことなら、伺わなくてもいいんです」

「しかし、何もご存じないいんじゃ、あまり北原さんにお気の毒ですものね」

「ぼくが気の毒ですって？　気の毒でもかまいません」

北原はいよいよ、陽子の前では何もきかない方がよいと思った。

「わたしは知りたいわ、おかあさん。わたしが、北原さんにお気の毒な人間だとしたら、北原さんに申し訳ありませんもの」

陽子の目がきらきらと美しく輝いていた。その美しさが夏枝の憎しみを誘った。

「いっても、いいのね、あなたの秘密を」

夏枝は陽子を見すえた。

「いいわ。何をおっしゃっても」

「おばさん、おやめなさい」

北原は、秘密という言葉におそれた。

「でも、この人がいってもいいと申しておりますもの」

夏枝の顔は蒼白《そうはく》だった。

「どうぞ、伺いたいわ」

陽子の言葉が、夏枝にはふてぶてしくひびいた。

「北原さん。この人の父親は、徹の妹を殺した犯人ですのよ」

夏枝の声が上ずってかすれた。

「おばさん！」

北原はかみつくようにいって立ちあがった。陽子はかすかに眉《まゆ》をくもらせたが、ほとんど表情を変えなかった。

「もう一度おっしゃって」

陽子はあまりにも思いがけない夏枝の言葉に、かえっておどろくことができなかった。あまりにも信じがたい言葉だった。

「何度でもいいますわ」

夏枝は肩で大きく息をした。

「ルリ子は、あなたの父親に殺されたのですよ」

陽子が、かすかにうめくような声をたてた。

「うそだ！」

北原が叫んで、陽子のそばにかけよった。陽子はいつのまにか、ピアノの横にたっていた。

「うそじゃありません」

夏枝の目がつりあがつて、唇がけいれんしていた。

「では、ほんとうだという証拠をみせて下さい。この陽子さんが犯人の娘だという証拠がどこにあるんです」

陽子の肩をだいたまま、北原は夏枝をにらみつけた。

「いま、証拠をお目にかけますわ」

夏枝は、急いで部屋を出ていった。陽子も北原も化石のように、じっと動かない。ただ、夏枝のもどってくるのを、息をひそめて待っていた。夏枝は変色した古新聞や、日記帳をかかえて入ってきた。

「これをごらんなさい。これがルリ子の殺された時の新聞ですわ。この写真の男が、佐石土雄という犯人です。これがこの人の父親ですよ」

北原は新聞を手にとって、さっと目を走らせたが、やがて読み終ると、

「この新聞が何の証拠となるんです。陽子さんの父親はこの男だと、どこに書いてあるんです」

と、きびしく問いつめた。夏枝はひるまなかった。

「この古い日記をごらん下されば、わかりますわ、陽子はこの時生まれて一か月で、す

ぐに高木さんが嘱託をしている育児院にあずけられました。わたくしがルリ子の身代りと思って女の子を育てようと、高木さんにお世話していただいたのが、事もあろうに、この陽子だったのですわ」

「少し話がおかしいな」

北原の唇に笑いがうかんだ。

「何をお笑いになりますの」

「だって、その話だけでは、この陽子さんが確かに犯人の娘であるという証明にはなりませんよ。そのたしかな証拠はどこにもないじゃありませんか」

北原は疑わしそうに夏枝をみた。日が暮れかかって、部屋の中がうすぐらくなった。

北原は電灯のスイッチを入れた。

「だから、この日記をごらん下されば、よくわかりますわ。わたくしはまさか犯人の子供とは夢にも思わず、それはかわいがって育てていましたのに……。こんなひどいことって、あるでしょうか」

夏枝は憎々しそうに陽子をみた。陽子は北原に肩を支えられて、一語も発しない。

「しかし何で高木という人は、わざわざ犯人の娘を、ここによこさなければならなかったんですか。それがわからないな」

北原は、今は落ちついていた。

「辻口がわるいんですわ。辻口が高木さんに犯人の子をほしいって、おねがいしたんですもの」

「おばさんにないしょで、何のためにそんなことをする必要があったんです？」

夏枝は答えられなかった。村井と夏枝の間を啓造が嫉妬《しっと》したとはいえなかった。

「まあ、かりにおじさんがそう頼んだからって、この陽子さんが必ずしも犯人の娘であるとは限らないじゃありませんか。犯人の娘だよといって、ちがう子供をよこしたかも知れないじゃありませんか。何の証拠もないことを、どうして信ずることができるんですかね。ぼくなら、その証拠をみないうちは決して信じませんがね。ね、陽子さん」

北原はかたわらの陽子の顔をみた。陽子は青ざめたまま、だまって夏枝をみつめていた。

「証拠ですって？」

夏枝は冷笑した。

「そんなことをおっしゃるなら、北原さんは北原さんのおとうさんとおかあさんの息子さんかどうか、何か証拠をみて信じていますの？」

「…………」

北原は夏枝の逆襲にちょっとたじろいだ。

「ほら、ごらんなさい。あなたがおとうさんを信ずるように、わたくしたち夫婦も、高木さんという人を信じられますもの。高木さんは辻口の親友ですわ。高木さんは辻口の信頼をうらぎるような方ではございませんわ。あなたは高木さんというお方をご存じないから、証拠などとおっしゃいますけれど、高木さんは嘘《うそ》をいうようなお方ではございません。さっぱりとした男らしいお方ですわ」

夏枝の言葉に北原がふたたび笑った。

「ますますもって、おかしな話じゃありませんか。そのさっぱりとして男らしい、嘘をいわない高木という男が、何でおじさんと組んで女のおばさんをだましたりしたのですか」

笑われて夏枝は唇をかんだ。何といっても陽子が犯人の娘だという事実を、北原は、がんとして受けつけないのが口惜《くや》しかった。

「とにかく陽子さんは犯人の娘じゃありませんよ。ぼくは札幌に行って高木というけしからん男に談判してきます。はっきりした証拠があるかないかを、ききだしてきますよ」

「どうぞ、きいていらっしゃい。まちがいなく陽子には殺人犯人の血が流れていますから」

陽子が北原の腕の中で、ゆらりとゆれた。

「大丈夫？　陽子さん」

陽子は青ざめたまま、かすかにうなずいた。

「おばさん。ことわっておきますがね。陽子さんが、たとえ殺人犯の娘でも、ぼくは逃げたりはしませんよ。陽子さんには何の責任もないことですからね」

陽子は辛うじて立っているようにみえた。

「どうしたの、陽子さん。こういう時こそ元気を出すんだ。君は断じて殺人犯の娘じゃないよ。それを信ずるんだよ」

「もう、いいわ」

陽子が、かすかに頭を横にふった。

「何がもういいの？　陽子さん」

いま、陽子には、いろいろのことがよくわかった。小学校一年の時に夏枝に首をしめられたこと、中学卒業の答辞の紙をすりかえられたこと、それらがどんな意味を持っていたかを、陽子ははっきりと知ることができた。陽子はだまって、夏枝をみつめた。見つめたまま陽子はのろのろと夏枝のそばに寄って行った。夏枝は、おびえたように退いた。陽子はその夏枝を、目の中に吸いこむようにじっとみつめた。憎しみの目ではなかった。悲しいほど淋《さび》しい目であった。

「長い間、わたくしはあなたのために、どんなに苦しんだか、わかりませんよ」

夏枝は後ずさりしながら、そういって急いで部屋を出て行った。陽子は夏枝の出て行ったドアを、しばらく身動きもせずにみつめていた。

「あんな、でたらめを気にしてはいけないよ」

北原は陽子の肩に手をおいた。陽子はだまって、テーブルの上においてある新聞を手にとった。陽子は一枚一枚丹念に読んでいった。

「犯人佐石の子供（生後一か月）は市立育児院に、あずけられた」

という記事に朱線が引いてあるのを陽子はみた。いくども、いくども、いくども陽子はその個所を読み返した。その陽子の姿が不気味に思われるほどしずかであった。

「陽子さん。もう、そんなものを読むんじゃない」

北原は陽子の手から、新聞をとりあげた。

「あすは札幌の高木っていうヤツのところに行って、とっちめてやりますよ」

北原はそういって、陽子の手をとった。

「ありがとう。でも、もういいのよ」

「もういいって、一体何のことです。陽子さんらしくもない。さあ、もっと元気を出すんですよ」

陽子は乾いた目を北原に向けた。北原は思わずハッとした。暗い目であった。陽子特有の燃えるような輝きは失われていた。何かヒヤリとするようなものを北原は感じた。

「だめだ、陽子さん。君は犯人の子なんかではないっていうのに……」

不吉なものを感じて、北原は陽子を強く抱きしめた。陽子はされるままになっていた。

「陽子さん！　君はおかあさんなんかの言葉を信じているの？」

「心配なさらないで。犯人の子でも、そうでなくても、とにかく同じことなのよ、北原さん」

陽子が淋《さび》しく笑った。

「冗談じゃない。同じことじゃないよ。大ちがいだ」

北原は陽子が何を考えているのか、はかりかねた。にわかに陽子と言葉が通じなくなったような感じだった。鳩時計《はとどけい》が四時をしらせた。北原はこのまま陽子をおいて帰るのが不安だった。

「外へ出ませんか？　お茶でも飲んで、今のおばさんのヒステリックなたわごとは、忘れてしまいませんか」

「どこにも行きたくありませんわ」

陽子は何かを考えている表情でいった。

「まさか……」

（死んだりはしないでしょうね）

いおうとして、北原は口をつぐんだ。言葉に出すと、何だか陽子がほんとうに死んでしまうように北原は思った。いま、陽子は自分のどんな慰めの言葉も受けつけないように北原は思った。

（一番感じ易い年ごろだというのに……。ひどいことをいったものだ）

北原は、夏枝に対する憎しみをこらえきれなかった。北原は陽子のほおを両手ではさんで上に向けた。陽子はされるままになっていた。北原はそっと唇を近づけて、陽子をみた。陽子の白っぽく乾いた唇がいたいたしかった。北原は顔をはなした。今はくちづけすることもできなかった。

冬休みの間は、三度の食事の支度は陽子がしていた。しかし、その日の夕方は五時をすぎても、陽子は茶の間に顔を出さなかった。四時を少し回ったころ、北原が玄関で何かくどくどと陽子に話しているのを聞いたが、夏枝は送りに出ていかなかった。

そのあと、陽子は外出した気配がなかった。多分、自分の部屋にひきこもっているのだろうと夏枝は思っていた。

(いくらシンの強い陽子でも、自分の親がルリ子を殺したときいては、今日はごはん支度もできないだろう)

夏枝はそう思いながら、暗くなった窓のカーテンを引いた。先ほどの落ちついた陽子の表情を思いだすと、泣きだしもしなかったのが、妙に小憎らしく思えた。

(もっといろいろ言ってやるのだったわ)

北原が、犯人の娘だという証拠があるかなどと、ばかげたことを言いだして、思っていたことの十分の一も言えなかったのが口惜《くや》しいと、夏枝は腹を立てていた。

その上、陽子の出生をきいた北原が、陽子を捨てて逃げさるだろうと思っていたのに、その話を信じないばかりか、たとえ犯人の子でもかまわないといったことも心外だった。

(徹といい、北原といい、今の若い男性は、恋人の親が人殺しでも泥棒でも、大して気にもとめないものかしら。わたしなら、どんな好きな人でも、人殺しの息子だときいた

ら、逃げださずにはいられないわ）

　ふしぎなことだと夏枝は思った。

（あすからの、陽子の出方がみものだわ）

　しかし、今日のとり乱した様子のない陽子を思うと、夏枝はつくづくと、しぶとい人間だとあきれていた。

　食事の支度ができても、陽子は部屋から出てこなかった。

（何もこちらから、きげんをとるように呼びに行くこともない）

　夏枝はそう思って、啓造と自分の二人分だけを食卓に並べた。

　帰ってきた啓造が、食卓をみていった。

「陽子はどうしたんだね」

「さあ、何か気に入らないことでもあるのでしょうか。部屋にいるようですわ」

「ほう、陽子らしくないことだね。わたしが行ってみようか」

「いいえ、わたくし見てまいりますわ」

　廊下に出ると、離れになっている陽子の部屋に灯りがついていた。夏枝は陽子の部屋まで行かずにもどってきた。

「眠っているようですわ」

　夏枝はさりげなくいった。

「そうか。陽子がいないと、やはり淋《さび》しいね。ところで、徹はいつ帰るんだろうね」

厚い鮭《さけ》の切身をほぐしながら、啓造はいった。

「たしか、年賀状には二十日ごろまでに帰ると書いてありましたけれど」

夏枝は暦をみあげた。徹の帰りが何となく恐ろしかった。

「今日は十四日か、まだ少し日があるね」

何も知らない啓造は、おいしそうにごはんを食べていた。

遺　書

長い間、辻口家の娘として育てて下さった御恩に、何のおむくいすることもなく、死んでしまうということは、ほんとうに申しわけないことと思います。

ついこの間、私は、

「殺されても生きる」

と申し上げました。自殺など、まちがってもしない人間だと、自分でも思っておりました。人間の確信など、こんなにも他愛ないものなのでしょうか。

自殺ということは、まちがっていると、今も思っております。どんな理由があるにせよ、自殺ということを、私は決してよいことだと思ってはおりません。でも、悪いと知りつつ、私はやはり死ぬことにいたしました。

死の覚悟を決めてからは、心がひどく静かです。

私は、小学校四年生の時に、自分が辻口家の娘でないことを、ある人の話で知りました。しかし、そのことは、もっと以前から漠然と感じとっていたように思います。けれども、私は、実の娘でないからこそ、決してそんなことでひねくれたりはしまい、石にかじりついても、ひねくれたりはすまいという、強い気持で生きて参りました。

中学の卒業式の時、答辞が白紙になっていた時には、おかあさん（今は、こう呼ぶことをおゆるし下さい）の意地の悪さに驚きました。私は生意気にも、

「こんな意地悪い人のためには、どんなことがあっても、自分の性格をゆがませたりする愚かなことはすまい。私を困らせようとするならば困るまいぞ、苦しめようとするのなら苦しむまいぞ」

という不敵な覚悟で、少なくとも表面はかなり明るく振舞って生きて来たのでした。

しかし、私がルリ子姉さんを殺した憎むべき者の娘であると知った今は、おかあさんが、私に対してなさった意地悪も、決して恨んではおりません。ああなさったのは当然であると思います。当然というより、どんなにおつらい毎日であったことかと、心からお気の毒でなりません。

おかあさんは、少なくとも人間として持ち得る限りの愛情で、育てて下さったこととしみじみ思います。

誰《だれ》が、自分の娘を殺した人間の子に、着物を着せ、食べさせ、学校にやって二十年近くも同じ屋根の下で暮すことができるでしょう。おとうさん、おかあさんだからこそ、

出来得たことで、他の人には、一日も真似《まね》のできないことでした。

ほんとうにこのことだけは信じて下さい。陽子は死を前にして、おとうさんおかあさんの心持を思うと涙がこぼれるのです。心から感謝しないではおられないのです。

しかし、自分の父が、幼いルリ子姉さんの命をうばったと知った時、私はぐらぐらと地の揺れ動くのを感じました。

今まで、どんなにつらい時でも、じっと耐えることができましたのは、自分は決して悪くはないのだ、自分は正しいのだ、無垢《むく》なのだという思いに支えられていたからでした。でも、殺人者の娘であると知った今、私は私のよって立つ所を失いました。

現実に、私は人を殺したことはありません。しかし法にふれる罪こそ犯しませんでしたが、考えてみますと、父が殺人を犯したということは、私にもその可能性があることなのでした。

自分さえ正しければ、私はたとえ貧しかろうと、人に悪口を言われようと、意地悪くいじめられようと、胸をはって生きて行ける強い人間でした。そんなことで損われることのない人間でした。何故《なぜ》なら、それは自分のソトのことですから。

しかし、自分の中の罪の可能性を見出《みいだ》した私は、生きる望みを失いました。どんな時でもいじけることのなかった私。陽子という名のように、この世の光の如《ごと》く明るく生きようとした私は、おかあさんからごらんになると、腹の立つほどふてぶてしい人間だったことでしょう。

けれども、いま陽子は思います。一途《いちず》に精いっぱい生きて来た陽子の心にも、氷点があったのだということを。

私の心は凍えてしまいました。陽子の氷点は、「お前は罪人の子だ」というところにあったのです。私はもう、人の前に顔を上げることができません。どんな小さな子供の前にも。この罪ある自分であるという事実に耐えて生きて行く時にこそ、ほんとうの生き方がわかるのだという気も致します。

私には、それができませんでした。残念に思いますけれども、私はもう生きる力がなくなりました。凍えてしまったのです。

おとうさん、おかあさん、どうかルリ子姉さんを殺した父をおゆるし下さい。

今、こう書いた瞬間、「ゆるし」という言葉にハッとするような思いでした。私は今まで、こんなに人にゆるしてほしいと思ったことはありませんでした。

けれども、今、「ゆるし」がほしいのです。おとうさまに、おかあさまに、世界のすべての人々に。私の血の中を流れる罪を、ハッキリと「ゆるす」と言ってくれる権威あるものがほしいのです。

では、くれぐれもお体をお大事になさって下さい。これからは、おしあわせにお暮しになって下さいませ。できるなら私が霊になって、おとうさんおかあさんを守ってあげたいと存じます。陽子は、これからあのルリ子姉さんが、私の父に殺された川原で薬を飲みます。

昨夜の雪がやんで、寒いですけれど、静かな朝が参りました。私のような罪の中に生れたものが死ぬには、もったいないような、きよらかな朝です。

何だか、私は今までこんなに素直に、こんなへりくだった気持になったことがないように思います。

陽子

おとうさま
おかあさま

北原さん
短い御縁でした。お礼の申しようもない程、やさしくしていただいて、陽子はどんなにうれしかったことでしょう。

でも、北原さん、陽子は死にます。

「陽子には殺人犯の血が流れている」との母の言葉が耳の中で鳴っています。この言葉は、私を雷のようにうちました。私の中に眠っていたものが、忽然《こつぜん》と目をさましました。

それは今まで、一度も思っても見なかった、自分の罪の深さです。

一度めざめたこの思いは、猛然と私自身に打ちかかって来るのです。

「お前は罪ある者だ、お前は罪あるものだ」と、容赦なく私を責めたてるのです。

北原さん、今はもう、私が誰《だれ》の娘であるかということは問題ではありません。たとえ、殺人犯の娘でないとしても、父方の親、またその親、母方の親、そのまた親とたぐっていけば、悪いことをした人が一人や二人必ずいることでしょう。自分の中に一滴の悪も見たくなかった生意気な私は、罪ある者であるという事実に耐えて生きては行けなくなったのです。

私はいやです。自分のみにくさを少しでも認めるのがいやなのです。みにくい自分がいやなのです。けれども、既に私は自分の中に罪を見てしまいました。こんな私に、人を愛することなど、どうしてできるでしょう。

さようなら北原さん。

おしあわせをお祈りいたします。

さようなら

陽子

北原邦雄さま

徹兄さん

今、陽子がお会いしたい人は、おにいさんです。

陽子が、一番誰《だれ》をおしたいしているか、今やっとわかりました。

おにいさん、死んでごめんなさいね。

陽子

徹さま

P・S

辰子小母《おば》さんによろしくお伝え下さいね。小母さんには、死んだりしてなぐられそうな気がいたします。

おかあさんを責めないで下さいね。おかあさんのおかげで、陽子は自分の中のみにくさを知ることができたのです。

何も知らずに、安易に生きて行くよりも、今死ぬ方が陽子にはしあわせなのですから。

さようなら

三通の遺書を書き終ると、陽子はそれを机の上に置いた。家の中はしんと静まりかえっていた。陽子は黒いセーターに、黒いスラックスを着けて、オーバーを着た。今、死にに行くのにオーバーを着て暖かくしたいというのが、自分でもふしぎだった。

ねむり

思ったほど新雪はない。しかし林の中の雪は深かった。ひざまで埋まる雪の中を陽子は一歩一歩、あるいて行った。時折り音もなく木の上から、雪がはらはらと散った。雪を吹きつけられて、片側だけが白い松の幹に、陽子は歩きなやんで手をかけた。

手も足も冷たかった。やっとストローブの松林をぬけると、堤防があった。陽子ははうようにして、堤防をよじのぼった。堤防にあがってふり返ると、陽子の足あとが雪の中に続いていた。まっすぐに歩いたつもりなのに、乱れた足あとだと、陽子はふたたび帰ることのない道をふりかえった。

　夜はすっかり明けていた。意外にてまどった。家人に気づかれては大変だと、急に陽子の気がせいた。林の向うの辻口家に別れをつげて、陽子は堤防を降りていった。

　ドイツトーヒの林の中に入ろうとして、陽子はハッと立ちどまった。吹きさらされて固い雪の上に、カラスがおびただしく落ちていた。白い雪の上に死んでいる黒いカラスは美しくさえあった。陽子は息をつめて、カラスをみた。あたりに生きたカラスが一羽もいないのが、ひどく淋《さび》しかった。雪に埋まって死んでいるカラスも、いるらしい。雪の下のカラスを思うと、

「淋しい」

　と思わず陽子はつぶやいた。

　自分の死と、これらのカラスの死と、一体どのようなちがいがあるであろうかと陽子は思った。人間の死も鳥の死も、全く同じであると考えることは淋しかった。

（人間は沢山の思い出をいだいて死ぬのだわ）

　何らかの思いを秘めて死ぬならば、その思いは冷たいむくろの中にあってもなお、なまなまと生きつづけるのではないかと陽子は思った。

　陽子は徹を思った。自分の出生を知っていて、なおやさしかった徹を思うと、陽子はほんとうに会いたかった。カラスの死骸《しがい》をさけながら、陽子はドイツトーヒの林の中に

入っていった。雪があって、この暗い林も意外にあかるかった。徹が陽子と鬼ごっこをして、この林の中を追ってきた日のことが思いだされた。あの時、自分は北原を愛していたのだと思うと、徹の淋《さび》しさが今の陽子には切ないほどよくわかった。

(小さい時からよく遊んだ、思い出の多い林だわ)

陽子は一歩一歩深い雪の中を歩くことに、ひどい疲れをおぼえた。やっとの思いで林をぬけると、美瑛《びえい》川の流れが青くうつくしかった。川風がほおを刺した。川の凍ったところを渡って、陽子はルリ子が殺されたときいていた川原にたどりついた。

陽子は静かに雪の上にすわった。朝の日に輝いて、雪はほのかなくれないを帯びている。

(こんな美しい雪の中で死ねるなんて)

陽子は雪を固くまるめて、それを川の流れにひたした。それを口に入れると同時にカルモチンをのんだ。いくども雪を川にひたしては、くすりを飲んだ。

(どの位苦しんで死ぬのかしら)

もし、苦しんで罪が消えるものならば、どんなに苦しんでもいいと、陽子は雪の上に横たわった。

徹は駅に降りたつと、すぐに車をひろった。どの店もまだブラインドを閉ざしたままで、へんによそよそしく、自分の街に帰ってきたというかんじがなかった。

(何で、こんなに早い汽車で帰る気になったのだろう)

茅ケ崎からの帰途、二、三日札幌でゆっくりするつもりで、徹は昨夜札幌についた。人っけのないガランとした寮には、それでも何人か、帰省せずにアルバイトをして残っている寮生がいた。そんな中で、何もかも忘れてねむりたいと床についたはずなのに、徹は妙にねつかれなかった。何か不安であった。「虫のしらせ」と俗にいう、そんな感じがあった。余程、電話で家人の安否をたずねようかと思った。

一刻もはやく帰りたい。そんな思いでかえってきて、街がひっそりと静まって人影もまばらな様子をみると、不安は一層色こくなった。眠たそうにむっつりしている運転手に話しかけることも億劫《おっくう》で、徹はいらいらと体をのりだすような姿勢で外をみていた。時計をみた。七時五十分である。

日の丸の旗の出ている家が一軒あった。今日は成人の日だと気づいたのは、その家を二百メートルも過ぎてからだった。祝日で街の夜明けがおそかったのである。街を行く人影のまばらなのも道理だと、徹は苦笑した。

(祝日なら、わが家も八時すぎまで眠っているな)

陽子だけは起きているかも知れないと、徹は思った。今日が成人の日と気づいてから、昨夜からの不安は忘れたように消えていた。陽子に贈ろうとした指輪を徹は思いだした。スーツケースの底から、指輪の小箱をだして、徹は上衣《うわぎ》のポケットに入れた。

陽子が北原を愛して、それが幸福ならば、その幸福が永遠のものになるように、せい一ぱいの努力をしてやろうと徹は思った。北原と陽子のためには積極的に何でもしてやろうと、この旅で徹は思うようになっていた。

自分でなければ、陽子をしあわせにすることはできないと思いこんでいたことを徹は恥じていた。

(北原の方が立派な人間だ。万一陽子の出生を知ったとしても、北原なら陽子を愛しつづけてくれるにちがいない)

と、思えるようになっていた。淋《さび》しいことではあった。しかし陽子を思うと、ほんとうに心から、陽子が幸福になってほしいとねがわずにはいられなかった。

(かわいそうに。何という運命に生まれてきた奴《やつ》だろう)

遠くに離れていると、陽子のことが一層身にしみて、あわれに思われてならなかった。

「北原としあわせに暮す日がくるからね。あと、二、三年のしんぼうだよ」

帰って、そう陽子をはげましてやりたかった。家の前で車を降りると、徹は少しきまりの悪いような思いで、わが家をながめた。

裏口の戸はあいたのに、家の中はひっそりとしていた。茶の間には誰《だれ》もいなかった。ストーブも燃えてはいない。徹はオーバーを着たまま、ストーブの灰をおとした。冬の間は何か月もストーブの火を絶やすことはない。灰をおとすと、火はすぐに音をたてはじめた。

徹はオーバーを脱ぐと、そっと父母の寝室の前に立った。

「おかあさん、ただいま」

「あら、徹さん？」

夏枝はさめていたようである。

「おかえりなさい。早かったのね。おかあさんも今起きますわ。もう八時ですものね」

徹は寝室のふすまをあけた。夏枝がふとんの上に起きあがって徹をみあげた。

「早いじゃないか」

啓造は寝たまま声をかけた。

「ただいま。茅ヶ崎からのおみやげがたくさんありますよ」

徹は部屋を出た。

「お元気でした？」

夏枝がふすまごしにたずねた。

「おじいさんは一年一年若くなるみたいですよ」

徹はそういって廊下を曲ると、陽子の部屋の前に立った。

「陽子、ただいま」

返事がなかった。

「陽子」

めずらしくまだねむっているのかと思った。陽子は朝の早い方である。

「陽子」

やはり返事がなかった。徹はふいに胸が動悸《どうき》した。思いきってふすまをあけた。陽子はいなかった。今までここにいたという気配もない。部屋はきちんと整頓されている。徹の目は机に釘《くぎ》づけになった。白い角封筒が三つ並べておいてある。徹は思わずかけよった。

父母あて、北原あて、徹あての封書だった。徹は自分あての封筒をひきさくように開いた。手がふるえた。

「死んでごめんなさいね」

の字が目にとびこんできた。

「陽子が、陽子が」

徹は大声で廊下をかけもどった。

「どうした！」

寝巻のまま啓造が顔をだした。

「陽子が、自殺した」

徹はあえぐように叫んだ。啓造があわてて陽子の部屋にかけていった。陽子が部屋で死んでいると思った。夏枝も蒼白《そうはく》な顔で、よろけるように走った。それを見送って、しばらくぼんやりとしていた徹はまもなく陽子の遺書をわしづかみにしたまま、廊下の壁に倒れかかった。かけもどってきた啓造が、

「徹！　しっかりするんだ！」

と、叫んで、いきなりほおをなぐった。気を失いそうになっていた徹はハッとした。

啓造はすでに電話機にしがみついていた。

「辻口だ。そう、院長の辻口。看護婦二名、胃洗滌《せんじよう》用具、ビタカンフル、リンゲル、アンチバルビ。うん、そう、そう、解毒剤だ。以上、至急わたしの家までたのみます」

啓造の緊張した声がきびきびとしていた。

「助かる？　おとうさん」

徹は不安げに陽子の顔をのぞいた。家に運びこんでからも、陽子は蒼白《そうはく》な顔で昏睡《こんすい》をつづけている。

「服毒時間がわかれば……」

啓造は言葉をにごした。病院の車が着いて胃を洗滌《せんじよう》したのが、八時四十分をすぎていた。服毒後二時間以内なら助かるはずだと啓造は考えていた。

(何とかして助けたい)

ただこの一事だけが、いまの啓造の心を占めていた。啓造はそっと陽子の脈をとった。

「大丈夫？　おとうさん」

ふたたび徹がたずねた。

「ヘルツ（心臓）は丈夫だがね。しかし……」

啓造は苦しそうに口をつぐんだ。看護婦二人が陽子の足もとの方にすわっている。二人は啓造を注視して、待機の姿勢をとっていた。

ふすまをあけて夏枝が入ってきた。徹は刺すような視線を夏枝に投げた。夏枝のうしろから辰子が入ってきた。辰子はだまって陽子の顔をのぞきこんだ。辰子はじっと陽子をみつめたまま微動だにしない。どうして、こんなことになったのかとも、助かるかとも辰子はたずねなかった。

夏枝はぐったりとうなだれていた。

(何も死ななくてもいいのに)

自分への面あてのように薬を飲んだ陽子を、夏枝は心の中で責めていた。かわいそうだと思うよりも、自分の立場も考えてみてほしいと夏枝は思っていた。

(このまま死なれたら、人はわたしを何というだろう)

夏枝はそのことが気がかりだった。

「かきおきは?」

しばらくして辰子が低い声で啓造にたずねた。啓造は、ちょっとためらったが、だまって自分たち夫婦にあてた遺書を辰子に手渡した。辰子はきびしい表情で遺書を読んだ。読み終ると、長い指をそろえて瞼《まぶた》をおさえた。涙がつうとほおを伝って落ちた。

それをみると、徹ははじめて悲しみがこみあげてきた。こらえきれずに部屋を出ようとした時だった。にわかに玄関の方がさわがしくなった。辰子がそっと立っていった。

玄関で何かいう声がきこえた。

「何？　くすりを飲んだ？」

廊下をドタドタと歩きながら、高木の声が近づいてきた。啓造も夏枝もハッと顔をあげた。さっとふすまが開かれた。

「…………」

高木の大きな体が、入口一ぱいに立ちはだかっていた。啓造は思わず身をすくませた。高木に何とどなられても仕方がないと思った。その時、高木がのめるようにすわったかと思うと両手をついた。

「すまん。おれがわるかった」

高木のうしろから北原が入ってきた。北原は陽子の枕《まくら》もとにすわるなり、ねむっている陽子の前に一枚の写真をつきだした。

「陽子さん。やっぱりぼくの思った通りだ。これがあなたのおとうさんおかあさんだったのに……」

思わずみんなの視線が北原の持つ写真にそそがれた。一目みて、啓造も夏枝も徹も辰子も一瞬ハッと息をのんだ。

そこには、陽子を三十歳代にしたような、陽子そっくりの女性と、眉《まゆ》の秀でた知的な和服姿の青年が並んで写っていた。

「すまん。おれがわるかった」

ふたたび高木はそういって、がっくりと頭を垂れたが、すぐに頭をふりあげるようにして、

「いつ飲んだ?」

と陽子の顔をのぞきこんだ。

「時間がはっきりしないが、朝方だろうと思う」

「そうか。ハルン(尿)は?」

「あまり、はかばかしくないんでね」

高木は陽子の手をとって脈をみた。

「プルス(脈)はわるくはないな」

「ああ、ヘルツが丈夫なので、少しは希望を持てるが……」

写真の人を問いただすよりも、いま啓造にとって陽子の命の方が大事だった。

「洗滌《せんじょう》は何時だった?」

高木は時計をみた。十二時半である。

「八時四十分をすぎていた」

「四時間たったのか。少しねむりすぎるな」

高木が不安そうに陽子の顔をさしのぞいた。

「うん」

啓造の声も重かった。

「この男を知ってるだろう？」

高木が北原から写真を受けとって、啓造の前においた。

「見たことはあるようだが……」

「理学部にいた中川光夫《みつお》だよ」

「ああ、中川光夫か」

学部はちがっても、中川光夫の名は大ていの学生が知っているほど、有名な秀才だった。中川光夫《みつお》は下宿先の、三井恵子《けいこ》と恋愛をした。恵子の夫が出征中に終戦になり、あすにも夫が帰るのではないかという時になって、恵子は妊娠した。二人は困って高木に相談にきた。まだ姦通罪《かんつうざい》のある時代だった。堕胎も懲役になる時代だった。高木も知合いの産院の離れにこっそりと五か月もあずかってもらって、無事生まれたのが陽子だった。

中川光夫は生まれたら自分が引きとるといっていたが、陽子の生まれる半月前に心臓マヒでポックリと死んだ。そのうちに、恵子の夫が復員するという電報が入った。やむなく陽子は育児院にあずけられた。

「ちょうどそのころだよ。お前が犯人の子をほしいといってきたのは。辻口はあの時、夏枝さんには犯人の子だといわずに育てさせると固く約束したはずだ。そして、辻口は〝汝《なんじ》の敵を愛せよ〟を一生の課題とすると言ったんだ。おぼえているか、辻口」

おぼえているかといわれて啓造はうなだれた。

「おれはお前のその言葉を信じた。辻口のような君子なら、本当に汝の敵を愛せよという言葉を実行するだろうと思った。それなら犯人の子でなくても、だれの子でもかわいがるだろうと思ったんだよ」

徹がきびしい視線を啓造に向けて、高木の話をきいていた。夏枝はすっかり青ざめた顔を、ひくひくとけいれんさせていた。

「正直にいうがね。おれは夏枝さんがかわいそうだった。こんなやさしい人が、犯人の子とも知らずにかわいがって育てるのかと思うと、辻口をつくづく残酷なヤツだと思ったんだ」

啓造は顔をあげることができなかった。

「それで、行きどころのない陽子ちゃんを夏枝さんに育ててもらおうと思った訳だ。おれは辻口がにくくもあった。夏枝さんにおれはほれていたからな」

夏枝の泣く声に高木は口をつぐんだ。

「おじさんは、どうして陽子さんが犯人の子供だと信ずることができたんですか」

さっきから、陽子のそばにうちのめされたようにうずくまっていた北原が顔をあげた。

「高木を信じていたからね」

啓造の声はかすれていた。

「おれも辻口という男は、犯人の子供だということを夏枝さんにはいわずに、本気で〝汝《なんじ》の敵を愛せよ〟を真面目《まじめ》にやる男だと信じていた。人間なんか信用できないと知っていながら、辻口だけは信じていたんだ」

（信頼し合ったことさえ、悲劇になることもある）

啓造は心の中でつぶやいた。お互いに信頼し合いながらも、結局は高木も自分も相手を欺いていたのだと思うと、啓造は背筋の寒くなるような思いがした。どこかがまちがっている。信頼とはこんなものではない、と啓造は思った。

（人間同士は心の底まで見とおすことはできないからな。これがもし、神の前だったら……）

しょせん、高木も自分も神の前に立つということを知らなかったのだと啓造は思った。

（人目はごまかせるからな）

啓造はだまって、陽子の手をとった。

（自分自身さえ、ごまかしてきたおれだ）

ここに、自分をごまかさずに、きびしくみつめた人間がいると、啓造は陽子のかすかにひらいている口もとをみつめた。その時ふいに、

「ゆるして、陽子ちゃん」

夏枝が陽子をゆさぶるように叫んだ。辰子がそっと夏枝の肩をだいて連れ出そうとしたが、夏枝は陽子のふとんにしがみついて泣いた。犯人の子でもないものを、そう思いこんで憎みつづけたことを思うと、夏枝は陽子も自分もあわれでならなかった。

（おれも佐石も、夏枝も村井も、高木も、そして中川光夫も三井恵子も、みんなで陽子

をここまで追いやったことになる)

人間の存在そのものが、お互いに思いがけないほど深く、かかわり合い、傷つけ合っていることに、今さらのように啓造はおそれをかんじた。

夏枝が辰子にかかえられて部屋を去ると、高木が深いためいきをついた。啓造は思いきったように、高木に遺書をさし出した。裁かれるような気持だった。北原あての遺書も、陽子の机の中から出して北原の前においた。

高木と北原がそれぞれに遺書を読んでいる。徹が陽子のプルス(脈)をみていた。啓造はじっと陽子を見まもった。

(陽子はだれをも責めずに、自分だけを責めて薬を飲んでしまった)

責められないことの苦痛を啓造は感じた。

(おれさえ、最初から夏枝をゆるしていたら、こんなことにはならなかった)

「かわいそうなことをしたな」

高木は、読み終った遺書を手に持ったまままつぶやいた。そのまま高木は何かを考えているようだった。

相変らず陽子は昏睡《こんすい》状態だった。

(いつまでねむるのだろう)

脈が少し微弱になったようであった。

「ビタカン」

啓造の声に徹と北原がビクリとしたように顔をあげた。看護婦が注射針をさしても、陽子の顔に動きはなかった。

「何錠のんだ」

高木は暗い表情になった。

「百錠ぐらいらしい。ふだん時々飲んでいたようで、よくはわからないが」

「そうか、弱ったなあ」

高木が心細そうにつぶやいた。

「もう一日早ければ、陽子さんは自殺しないですんだのに……。残念です」

北原の声も重かった。

「いや、陽子ちゃんは、だれの子に生まれても、いつかは、こういうことになったんじゃないのかな」

高木はいま読んだ遺書を思い浮かべながらいった。

「そうでしょうか」

北原は納得のいかない顔をした。

「まあ、そうだな。罪について、こんなにきびしく意識する人間は、だれの子に生まれても、結局同じ考え方をするようになるだろうな」

「しかし、おばさんがあんなひどいことをいわなければ、こんなことにはならなかったはずですよ」

北原は腹だたしそうにいった。

「そうかも知れない。だが、いつかは同じ罪意識を持つような人間だよ、陽子ちゃんは」

高木はそういって啓造の顔をみた。

（そうかも知れない。おれは犯した罪のことを問題にしているが、陽子は罪の根本について悩んだのだ。姦通《かんつう》によって生まれたということを知っても、苦しむだろうし、何の問題もなく育っても、同じように苦しむ人間なのかも知れない）

啓造は、自分がそこまで悩んだことがないことに気づいた。

夕食時になっても、陽子は昏睡《こんすい》からさめなかった。次第にだれもが無口になった。食卓の前にすわっても、みんな黙然とうなだれていた。

昏睡《こんすい》したまま、ふしぎに陽子の生命は保たれて三日目を迎えた。酸素吸入の音だけがきこえている。二晩一睡もせずに、陽子を看病して、泣いてばかりいた夏枝も、今はただぼんやりとすわっていた。北原も高木も、今朝まで起きていたが、夜が明けると別室でねむってしまった。徹は、ときどきうつらうつらしながらも、陽子の傍《そば》から離れない。辰子は目の下に黒いくまができていた。すでにだれもかれもが、疲労しきっていた。

啓造は、陽子の意識がもどることだけを、念じて、じっと見守っていた。しかし陽子はねむりつづけている。啓造は、自分や高木が医師であるということが、今は何のためのみにもならないような気がした。

「だめかも知れない」

つぶやいた啓造の言葉に、徹が顔をあげた。

「だめだって？」

徹の顔がしわくちゃにゆがんだ。

「ああ、何とかして助かってほしいが」

啓造の言葉に徹はポケットから指輪をだした。涙がオパールをぬらした。徹はそっと陽子の手をとった。

「陽子がだれを一番おしたいしているか、今やっとわかりました」

と、遺書にあった言葉を思いながら、オパールの指輪を青白い手にはめてやった。啓造も思わず、涙がこぼれた。

夜になった。依然として陽子の命は絶えそうで絶えなかった。さすがに三晩目になると、夏枝も徹もねむたかった。うとうととしては、何ものかに引きもどされるようにハッと目をさます。そして昏々《こんこん》とねむる陽子を見た。しかし、陽子が死ぬかも知れぬという恐怖が、現実感を伴わずにふたたび眠りにひき入れられた。

今朝少しねむった北原と高木が、やや元気だった。啓造はふらふらになりながらも、陽子の枕《まくら》もとにすわっていた。打つ手はすべて打った。これ以上何をしていいのか、精も根もつき果てた思いだった。

「今夜かな」

啓造はつぶやいた。お茶を運んできた辰子が、陽子の顔をそっとなでた。

「ねむるだけ、ねむったら早く起きるのよ。全くちがった人生が待っているんだもの」

辰子はつぶやくようにいった。看護婦が四時間ごとの肺炎予防のペニシリンをうった。

啓造はハッとした。注射針をさされた陽子の顔がはじめて苦しそうにゆがんだのだ。

(助かるかも知れない!)

啓造は、陽子の脈をみた。微弱だが、正確なプルスだった。高木も、すばやく手をのばして脈をみた。高木の唇に微笑が浮かんだ。啓造と高木は顔を見あわせて、しずかにうなずいた。啓造は祈るような思いで、陽子の青白い顔をながめた。

ガラス戸ががたがたと鳴った。気がつくと、林が風に鳴っている。また吹雪になるのかも知れない。

解説

一

『氷点』は一九六四年（昭和三十九年）十二月九日から翌年十一月十四日まで、朝日新聞朝刊に連載された小説である。作者の三浦綾子氏は作家としてそれまで全く無名の人であった。一九六四年七月十日の朝日新聞朝刊に、懸賞小説の当選者として三浦綾子氏の氏名が発表されて一躍脚光を浴びたのである。

世間の注目と話題をよんだのは、その懸賞金が当時の常識からすると、かなり思いきった高額であったこともあるが、その当選作のテーマが「人間の原罪」であると発表されたことにも、当時の人々の心に何か特別に響くものがあったように思われる。「原罪」などという言葉は、新聞の読者には聞きなれない用語であったのだろうが、小説の題名が「氷点」で、テーマが「原罪」ということを知らされて、なにかそこに自分たちの生活にとって無視できないものを人々は感じとったのであろう。「原罪はゲンザイとよむ」というふうに当時の出版物に懇切に解説されもした。

「原罪とは何か？」という、一般の関心が当選作の発表があってから連載の開始される四か月間に、かなり話題沸騰したので同年の十二月の朝刊に連載第一回が発表されると、加速度的にその話題は全国的にひろまり、連載がはじまって間もない時期に、ついに『氷点』は氷点ブームとして沸点に達してしまった感があった。

二

文学には「大衆文学」と「純文学」というジャンルがあるといわれる。『氷点』は大衆文学の読者が喝采《かっさい》して氷点ブームの担い手となった。その現象をある筋ではつぎのように解説した。『氷点』の組立ては、有閑マダムの浮気と継子《ままこ》いじめ、そして主人公が自分の出生の秘密を悩みながらたぐってゆくという浪曲の筋にもなる大衆性がブームをよんだのである、と。しかし「氷点ブーム」の内容は、それだけであっただろうか。

江藤淳氏は、朝日新聞の文芸時評で『氷点』を評して「この作品は文壇への挑戦である」といった。それはかつて佐古純一郎氏が同じ朝日新聞紙上にて「文学はこれでよいのか」と、問題提起をした事柄と相通じる。佐古氏は現代文学のテーマの貧困と、それに起因する作品の不毛性を問題にした。『氷点』の持つテーマの重さは、現代文学の味の薄さに充《み》たされぬ思いを持っている純文学の読者にも深い感銘を与えたのである。

では『氷点』のテーマといわれる「原罪」とは何なのであろうか。それはキリスト教の特殊用語であることは大体において見当がつく。百科事典をひらいてみると「キリスト教の教理の一つで、アダムの堕罪の結果、その子孫である全人類に生まれながら負わされた罪である」と、説明されている。

要するに、アダムとイヴはパラダイスにいたが、蛇の誘惑にあいイヴが禁断の実を取り、アダムはイヴの行為に従う。人間のルーツであるこの二人が神の命に背き、その故に宿命的な罪が人間性の中に深く巣食うようになった、という話である。これが原罪であるとするならば、現代人である我々と、この旧約聖書第三章に記されている古物語と、何の関わりがあるのであろうか。この人類の歴史上無視し得ぬ問題、じつはそのことが『氷点』のテーマなのである。

「原罪とは何か」という問題の説きあかしは、専らキリスト教会においてなされるわけであるが、今日では教会でも、原罪という問題を信者や求道者にむけて、理解しやすいように説明を試みようとすると『氷点』が、その解説に多く用いられているのではないかと思う。それくらい『氷点』は、原罪とは何か？　という問題をはっきりと現代人に表示し、その問題の深さを投げかけた文学作品なのである。

三

『氷点』の主人公辻口啓造と夏枝は、およそ罪という言葉からは縁の遠い人物たちである。啓造は父の代からの辻口病院を受けつぎ経営手腕も確かであり、医師としての信用も高い。その上「汝《なんじ》の敵を愛せよ」という言葉を座右の銘としているほどの人格者でもある。家庭は一男一女をめぐまれ、妻の夏枝はとびきりの美人である。自分の人生や生活に文句のつけどころのない人物である。

夏枝は、『氷点』が最初にテレビ・ドラマ化されたとき、新珠三千代が演じてそのイメージをぴたりと表現したように、彼女は絵に描いたような幸福な家庭の妻である。だが、その夏枝の内面の状態はどうであったかというと、作者はこう書いている。

「啓造との生活にいくぶん退屈していたとはいえ、他の男のもとに走ろうとするほど、夏枝は積極的ではなかった。ちょっとした自分の身ぶりそぶりに、男が情熱を示してくるのが面白かったのかもしれなかった」

映画俳優のような眼科医村井と、ひとときを楽しむために幼いルリ子を戸外に追いやる。そしてその間に、ルリ子は川原で殺害される。ここから『氷点』のドラマは開始される。

一方、人格者の啓造は、犯人佐石の娘を引きとって育てようとする。「汝《なんじ》の敵を愛せよ」という座右の銘を実行せんとするのである。けれどもそれは、啓造のたてまえであって本音は、自分の留守中に他の男と心を通わせていた妻への復讐《ふくしゅう》であった。

「啓造はいま、自分の心の底に暗い洞窟《どうくつ》がぽっかりと口をあけているような恐ろしさを感じた。最愛であるべき妻にむかって、一体自分はなんということをしようとしているのか。この恐ろしい思いは、自分の心の底に口をあけたまっくらな洞窟からわいてくるように思われた」(傍点筆者)と、作者は書いている。原罪とは法にふれるような罪ではない。人格者啓造の心の中に巣食っている「この恐ろしい思い」なのである。

殺されたルリ子に劣らぬ可憐《かれん》さをもった陽子を、夏枝は佐石の子とは知らずにいつくしんで育てる。夏枝は美しさと優しさ、そして賢さを備えた理想に近い女性であり母親であった。だがその夏枝の優しさは、陽子が佐石の子であると知らされるまでの条件付期限付の優しさであった。乳児から少女期までわが子同様に手塩にかけて育てた陽子も、一つの事実を知らされてからは愛することができなくなる。そればかりか憎しみの対象となる。ほんとうの人間の美しさとは、優しさとは一体何なのだろうか？　作者はこう読者に問いかけるのである。「整った美貌《びぼう》であるだけに、表情を失った夏枝の顔は能面のように不気味であった」と、夏枝の姿を作者は書いている。美しい夏枝をそのように変えるものは、何なのであろうか？

四

なんの罪もない陽子は、辻口家においてはいじめられるだけの哀れな存在となる。成長した陽子は、夏枝の目を刺激するほどの美しさを備えるようになる。その上、苦労に耐える力強さと、弱者をいたわる優しささえその性格の中に兼ね備えるようになるのである。夏枝の心はその陽子を見るたびに穏やかではいられない。夏枝にとって佐石の子はそのようであってはならないからである。

啓造と夏枝は、自らの虚栄心と自己主張のゆえに、葛藤《かっとう》と悲劇の中に巻き込まれる。それは止むを得ないとしても、陽子は全くの被害者である。乳児の時に辻口家に貰《もら》われてきたことも、殺人者佐石の子であるということも陽子の責任ではない。陽子は百パーセント同情されるべきであり責められることは何もない。つまりなんの罪もない陽子である。しかし、ここのところが『氷点』を真に理解する重要な点である。

陽子は啓造や夏枝と異なり、この作品が主張する原罪とは無縁の存在なのであろうか。

『氷点を書き終えて』というエッセーに三浦綾子氏はこう書いている。「私はこの作品で原罪を訴えたかった。登場人物のひとりひとりにそれはあるのであるが、端的に現わすために少女陽子に問題のスポットをあてた。何の汚れもない、善意の塊のような少女陽子にそれを気づかせようとした」（日本基督《キリスト》教団発行「こころの友」一九六六年一月号所載）

人格者の啓造、美貌《びぼう》と優しさの夏枝、そして可憐《かれん》無垢《むく》な陽子。登場人物の全《すべ》ての中におおよそ人間であればだれひとり原罪と関係ない者のいないことを、この作品は訴えるのである。

『氷点』は追いつめられた陽子が自殺をはかるところで終る。陽子は遺書に自分の心境をこう書いている。「現実に、私は人を殺したことはありません。しかし法にふれる罪こそ犯しませんでしたが、考えてみますと、父が殺人を犯したということは、私にもその可能性があることなのでした。（中略）自分の中の罪の可能性を見出《みいだ》した私は、生きる望みを失いました。どんな時でもいじけることのなかった私。陽子という名のように、この世の光の如《ごと》く明るく生きようとした私は、おかあさんからごらんになると、腹の立つほどふてぶてしい人間だったことでしょう。けれども、いま陽子は思います。一途《いちず》に精いっぱい生きて来た陽子の心にも、氷点があったのだということを（後略）」

さらに陽子の遺書は、『続氷点』のテーマである〈ゆるし〉という問題を提起する。「おとうさん、おかあさん、どうかルリ子姉さんを殺した父をおゆるし下さい。今、こう書いた瞬間、『ゆるし』という言葉にハッとするような思いでした。私は今まで、こんなに人にゆるしてほしいと思ったことはありませんでした。けれども、今、『ゆるし』がほしいのです。おとうさまに、おかあさまに、世界のすべての人々に。私の血の中を流れる罪を、ハッキリと『ゆるす』と言ってくれる権威あるものがほしいのです」（傍点筆者）

一命をとりとめた陽子は、さらに新しい課題を背負って生きてゆかねばならない。その陽子の生きる課題が『続氷点』に展開されるのである。

原田洋一

本書は角川文庫（昭和五十七年）を底本としました。
本文中には、片ちんばといった現代では使用すべきでない差別語、並びに今日の医療知識や人権擁護、また歴史認識の見地に照らして不当・不適切と思われる表現がありますが、作品発表時の時代的背景と、著者が故人であるという事情に鑑み、一部を改めるにとどめました。

編集部

氷点《ひょうてん》

(下)

三浦綾子《みうらあやこ》

昭和57年 1月30日 初版発行
平成24年 5月25日 改版初版発行
令和7年 5月15日 改版41版発行

発行者●山下直久

発行●株式会社KADOKAWA
〒102-8177 東京都千代田区富士見2-13-3
電話 0570-002-301(ナビダイヤル)

角川文庫 17407

印刷所●株式会社KADOKAWA
製本所●株式会社KADOKAWA

表紙画●和田三造

ISBN978-4-04-100339-8 C0193

◆◇◇

角川文庫発刊に際して

角川源義

第二次世界大戦の敗北は、軍事力の敗北であった以上に、私たちの若い文化力の敗退であった。私たちの文化が戦争に対して如何に無力であり、単なるあだ花に過ぎなかったかを、私たちは身を以て体験し痛感した。西洋近代文化の摂取にとって、明治以後八十年の歳月は決して短かすぎたとは言えない。にもかかわらず、近代文化の伝統を確立し、自由な批判と柔軟な良識に富む文化層として自らを形成することに私たちは失敗して来た。そしてこれは、各層への文化の普及滲透を任務とする出版人の責任でもあった。

一九四五年以来、私たちは再び振出しに戻り、第一歩から踏み出すことを余儀なくされた。これは大きな不幸ではあるが、反面、これまでの混沌・未熟・歪曲の中にあった我が国の文化に秩序と確たる基礎を齎らすためには絶好の機会でもある。角川書店は、このような祖国の文化的危機にあたり、微力をも顧みず再建の礎石たるべき抱負と決意とをもって出発したが、ここに創立以来の念願を果すべく角川文庫を発刊する。これまで刊行されたあらゆる全集叢書文庫類の長所と短所とを検討し、古今東西の不朽の典籍を、良心的編集のもとに、廉価に、そして書架にふさわしい美本として、多くのひとびとに提供しようとする。しかし私たちは徒らに百科全書的な知識のジレッタントを作ることを目的とせず、あくまで祖国の文化に秩序と再建への道を示し、この文庫を角川書店の栄ある事業として、今後永久に継続発展せしめ、学芸と教養との殿堂として大成せんことを期したい。多くの読書子の愛情ある忠言と支持とによって、この希望と抱負とを完遂せしめられんことを願う。

一九四九年五月三日

角川文庫ベストセラー

母　三浦綾子

明治初め、東北の寒村に生まれた小林多喜二の母セキ。大らかな心で多喜二の理想を見守り、人を信じ、愛し、懸命に生き抜いたセキの、波乱に富んだ一生を描く。感動の長編小説。

銃口（上）（下）　三浦綾子

昭和2年、旭川の小学生竜太は、担任に憧れる。成長し、教師になるが、理想の教育に燃える彼を阻むものは、軍国主義の勢いであった。軍旗はためく昭和を背景に戦争と人間の姿を描いた感動の名作。

舞踏会・蜜柑　芥川龍之介

夜空に消える一閃の花火に人生を象徴させる「舞踏会」や、見知らぬ姉妹の情に安らぎを見出す「蜜柑」。表題作の他、「沼地」「竜」「疑惑」「魔術」など大正8年の作品計16編を収録。

藪の中・将軍　芥川龍之介

山中の殺人に、4人が状況を語り、3人の当事者が証言するが、それぞれの話は少しずつ食い違う。真理の絶対性を問う「藪の中」、神格化の虚飾を剝ぐ「将軍」。大正9年から10年にかけての計17作品を収録。

或阿呆の一生・侏儒の言葉　芥川龍之介

己の敗北を認めた告白「或阿呆の一生」、人生観・芸術観を語る「侏儒の言葉」の表題作他、「歯車」「或旧友へ送る手記」「西方の人」など、35年の生涯に自ら終止符を打った芥川の、計18編を収録する遺稿集。

角川文庫ベストセラー

羅生門・鼻・芋粥
芥川龍之介

荒廃した平安京の羅生門で、死人の髪の毛を抜く老婆の姿に、下人は自分の生き延びる道を見つける。表題作「羅生門」をはじめ、初期の作品を中心に計18編。芥川文学の原点を示す、繊細で濃密な短編集。

蜘蛛の糸・地獄変
芥川龍之介

地獄の池で見つけた一筋の光はお釈迦様が垂らした蜘蛛の糸だった。絵師は愛娘を犠牲にして芸術の完成を追求する。両表題作の他、「奉教人の死」「邪宗門」など、意欲溢れる大正7年の作品計8編を収録する。

河童・戯作三昧
芥川龍之介

芥川が自ら命を絶った年に発表され、痛烈な自虐と人間社会への風刺である「河童」、江戸の戯作者に自己を投影した「戯作三昧」の表題作他、「或日の大石内蔵之助」「開化の殺人」など著名作品計10編を収録。

伊豆の踊子
川端康成

孤独の心を抱いて伊豆の旅に出た一高生は、旅芸人の十四歳の踊り子にいつしか烈しい思慕を寄せる。青春の慕情と感傷が融け合って高い芳香を放つ、著者初期の代表作。

雪国
川端康成

国境の長いトンネルを抜けると雪国であった。「無為の孤独」を非情に守る青年・島村と、雪国の芸者・駒子の純情。魂が触れあう様を具に描き、人生の哀しさ美しさをうたったノーベル文学賞作家の名作。

角川文庫ベストセラー

続 明治開化 安吾捕物帖 坂口安吾

文明開化の明治の世に次々起こる怪事件。その謎を鮮やかに解くのは英傑・勝海舟と青年探偵・結城新十郎。果たしてどちらの推理が的を射ているのか？ 安吾が描く本格ミステリ12編を収録。

晩年 太宰治

自殺を前提に遺書のつもりで名付けた、第一創作集。〝撰ばれてあることの 恍惚と不安と 二つわれにあり〟というヴェルレエヌのエピグラフで始まる「葉」、少年時代を感受性豊かに描いた「思い出」など15篇。

女生徒 太宰治

「幸福は一夜おくれて来る。幸福は――」多感な女子生徒の一日を描いた「女生徒」、情死した夫を引き取りに行く妻を描いた「おさん」など、女性の告白体小説の手法で書かれた14篇を収録。

走れメロス 太宰治

妹の婚礼を終えると、メロスはシラクスめざして走りに走った。約束の日没までに暴虐の王の下に戻らねば、身代わりの親友が殺される。メロスよ走れ！ 命を賭けた友情の美を描く表題作など10篇を収録。

斜陽 太宰治

没落貴族のかず子は、華麗に滅ぶべく道ならぬ恋に溺れていく。最後の貴婦人である母と、麻薬に溺れ破滅する弟・直治、無頼な生活を送る小説家・上原。戦後の混乱の中を生きる4人の滅びの美を描く。

角川文庫ベストセラー

家出のすすめ　寺山修司

書を捨てよ、町へ出よう　寺山修司

ポケットに名言を　寺山修司

不思議図書館　寺山修司

幸福論　寺山修司

愛情過多の父母、精神的に乳離れできない子どもにとって、本当に必要なことは何か？「家出のすすめ」「悪徳のすすめ」「反俗のすすめ」「自立のすすめ」と四章にわたり現代の矛盾を鋭く告発する寺山流青春論。

平均化された生活なんてくそ食らえ。本も捨て、町に飛び出そう。家出の方法、サッカー、ハイティーン詩集、競馬、ヤクザになる方法……、天才アジテーター・寺山修司の１００％クールな挑発の書。

世に名言・格言集の類は数多いけれど、これほど型破りな名言集はきっとない。歌謡曲から映画の名セリフ。思い出に過ぎない言葉が、ときに世界と釣り合うことさえあることを示す型破りな箴言集。

けた外れの好奇心と独特の読書哲学をもった「不思議図書館」館長の寺山修司が、古本屋の片隅や古本市で見つけた不思議な本の数々。少女雑誌から吸血鬼の文献資料まで、奇書・珍書のコレクションを大公開！

裏町に住む、虐げられし人々に幸福を語る資格はないのか？　古今東西の幸福論に鋭いメスを入れ、イマジネーションを駆使して考察。既成の退屈な幸福論をくつがえす、ユニークで新しい寺山的幸福論。

角川文庫ベストセラー

戯曲　毛皮のマリー・血は立ったまま眠っている　寺山修司

美しい男娼マリーと美少年・欣也とのゆがんだ親子愛を描いた「毛皮のマリー」。1960年安保闘争を描く処女戯曲「血は立ったまま眠っている」など5作を収録。寺山演劇の萌芽が垣間見える初期の傑作戯曲集。

あゝ、荒野　寺山修司

60年代の新宿。家出してボクサーになった〝バリカン〟こと二木建二と、ライバル新宿新次との青春を軸に、セックス好きの曽根芳子ら多彩な人物で繰り広げられる、ネオンの荒野の人間模様。寺山唯一の長編小説。

吾輩は猫である　夏目漱石

苦沙弥先生に飼われる一匹の猫「吾輩」が観察する人間模様。ユーモアや風刺を交え、猫に託して展開される人間社会への痛烈な批判で、漱石の名を高からしめた。今なお爽快な共感を呼ぶ漱石処女作にして代表作。

坊っちゃん　夏目漱石

単純明快な江戸っ子の「おれ」（坊っちゃん）は、物理学校を卒業後、四国の中学校教師として赴任する。一本気な性格から様々な事件を起こし、また巻き込まれるが。欺瞞に満ちた社会への清新な反骨精神を描く。

草枕・二百十日　夏目漱石

俗世間から逃れて美の世界を描こうとする青年画家が、山路を越えた温泉宿で美しい女を知り、胸中にその念願を成就する。「非人情」な低徊趣味を鮮明にした漱石の初期代表作『草枕』他、『二百十日』の2編。

角川文庫ベストセラー

三四郎　夏目漱石

大学進学のため熊本から上京した小川三四郎にとって、見るもの聞くもの驚きの連続だった。女心も分からず、思い通りにはいかない。青年の不安と孤独、将来への夢を、学問と恋愛の中に描いた前期三部作第1作。

それから　夏目漱石

友人の平岡に譲ったかつての恋人、三千代への、長井代助の愛は深まる一方だった。そして平岡夫妻に亀裂が生じていることを知る。道徳的批判を超え個人主義的正義に行動する知識人を描いた前期三部作の第2作。

門　夏目漱石

かつての親友の妻とひっそり暮らす宗助。他人の犠牲の上に勝利した愛は、罪の苦しみに変わっていた。宗助は禅寺の山門をたたき、安心と悟りを得ようとするが。求道者としての漱石の面目を示す前期三部作終曲。

こころ　夏目漱石

遺書には、先生の過去が綴られていた。のちに妻とする下宿先のお嬢さんをめぐる、親友Kとの秘密だった。死に至る過程と、エゴイズム、世代意識を扱った、後期三部作の終曲にして、漱石文学の絶頂をなす作品。

兎の眼　灰谷健次郎

新卒の教師・小谷芙美先生が受け持ったのは、学校で一言も口をきかない一年生の鉄三。心を開かない鉄三に打ちのめされる小谷先生だが、周囲とのふれ合いの中で次第に彼の豊かな可能性を見出していく。

角川文庫ベストセラー

太陽の子　灰谷健次郎

ふうちゃんが六年生になった頃、お父さんが心の病気にかかった。お父さんの病気は、どうやら沖縄と戦争に原因があるらしい。なぜ、お父さんの心の中だけ戦争は続くのだろう？　著者渾身の長編小説！

天の瞳　全九巻　灰谷健次郎

破天荒な行動力と自由闊達な心を持つ少年、倫太郎の成長を通して、学ぶこと、生きること、自由であることのすばらしさを描く、灰谷文学の集大成。生きることを問うライフワーク。

注文の多い料理店　宮沢賢治

二人の紳士が訪れた山奥の料理店「山猫軒」。扉を開けると、「当軒は注文の多い料理店です」の注意書きが。岩手県花巻の畑や森、その神秘のなかで育まれた九つの物語からなる童話集を、当時の挿絵付きで。

セロ弾きのゴーシュ　宮沢賢治

楽団のお荷物のセロ弾き、ゴーシュ。彼のもとに夜ごと動物たちが訪れ、楽器を弾くように促す。鼠たちはゴーシュのセロで病気が治るという。表題作の他、「オツベルと象」「グスコーブドリの伝記」等11作収録。

銀河鉄道の夜　宮沢賢治

漁に出たまま不在がちの父と病がちな母を持つジョバンニは、暮らしを支えるため、学校が終わると働きに出ていた。そんな彼にカムパネルラだけが優しかった。ある夜二人は、銀河鉄道に乗り幻想の旅に出た――。